U0092131

當代大陸與馬華女性小說論

馬華女性小說論

楊啓平——著

序

　　畢業多年，遠在馬來西亞大學教書的楊啟平突然來了郵件，告訴我他的學術專著《當代大陸與馬華女性小說論》就要在臺灣出版了。我的學生中開始出版學術著作已有多位，但啟平是留學生中的第一人，真的是十分令人高興的事。作為他的博士生導師，並且該論著又是在其原博士論文的基礎上修改完成的。喜悅的心情帶我回想，過去的一段愉快的師生生活和指導他論文寫作的過程——。

　　啟平博士是我帶的學生中最優秀的留學生。當初他進南京師範大學既不是中國語言文學科又不是中國現代文學專業，而是在教育學院學習了大半年以後轉到中文學科我的名下的。我本來抱著指導外國留學生可以慢慢帶的心情接受此學生的。啟平與我首次接觸，給我印象高大英俊，為人樸實、幹練。開始我最關心他的漢語言是不是可以順暢交流，閱讀中文作家作品有沒有障礙，在中國南京這樣的城市是否適應生活，等等問題。在交談中，啟平漢語言表達的圓熟能力和中國文學閱讀的寬廣知識面，甚至某些方面優於我們國內一般學生中文水平。這打消了我的許多顧慮，也改變了對留學生難以溝通的一些成見。他來中國之前不僅已經在馬來西亞高校任教，而且確確實實是他通讀了較多的中國現當代文學作家作品，乃至中國文學的相關書籍，專業基礎知識十分扎實。在隨後的交往中，更令我驚訝的是，啟平為人處事也十分中國化，他與我的幾個同屆中國博士學生，甚至碩士研究生都交往甚密，沒有什麼隔閡。在節假日他喜歡在中國境內旅遊，山水間走走，到過中國許多都市

和城鎮。他也常與同學一起郊遊玩耍，大家聚餐喝酒也樂意叫他。有幾次隨著同學一起來我家中作客，他一點也不拘謹，隨性又有禮有節，彼此融洽相處，感情很深。

指導他博士學習的過程，並不在啟平聽我講了幾門專業課程。確切地說，我們之間更多時候在彼此相互交流讀書體會，解惑答疑的對話，重點放在專業科研論文寫作訓練指導上。啟平學習態度端正，刻苦認真。除了嚴格按照我開的專業書目系統讀書外，他勤於廣泛積累收集中國現當代文學的專業資料，一天他拿來一本安徽大學出版社出版的《世界華文文學研究》輯刊。我並不知道安徽大學還有這樣一種不定期的刊物，可是啟平博士卻注意了。這說明他很用心暸解國內的華文文學研究的情況。他說知道有這個刊物後，就將手中一篇寫馬華小說家商晚筠的文章投去，很快就收到編輯的用稿通知，多有收穫的喜悅。他還善於在細緻閱讀文本中思考問題。一次交上來的作業，是關於老舍話劇創作中的老太太形象的研究，選題小，很少有人關注，但卻是一個有意義的老舍研究話題。在文章中，啟平首次梳理老舍話劇作品中這一形象的線索，並且通過該形象塑造成因和其性格特徵的分析，旨在揭示老舍話劇獨特的創作視角和其女性觀，給人很有啟發。我立即推薦給了南京師範大學學報，編輯很快審稿通過了。這篇文章既做的實又有自己新見，發表後有刊物還摘編了部分內容，說明有一定的反響。啟平博士學習階段，正是本著這樣努力鑽研，積極實踐的扎實學風，專業學習進步很快。他除在馬來西亞的報刊上發表過文章外，更可喜的是，在中國大陸學界的學術刊物上也發表了專業論文好幾篇。這不但在我所在的文學院留學生中間是佼佼者，就是在國內的同屆博士生中也是很優秀的。他自覺進行獨立科研實踐，論文選題力求新意，論證問題理據到位，尤其自覺遵守學術規範。寫作投稿發表論

文積極參與學術活動。他發表的文章大都以自由投稿的形式被雜誌編輯部認可,更為難能可貴。

啟平博士良好的學術訓練和專業基礎,還表現為這部專著作為博士論文的選題從最初的醞釀設計、思考問題,到論文寫作中的查找資料、理論準備、參考文獻甄別梳理,以及最後的一次次修改等,每一步都做的十分認真,扎實而有條不紊。題目的推敲和寫作提綱的擬定就幾易其稿。論文從初稿到定稿前後修改有好幾個本子,不厭其煩。為了做到精益求精,最後論文的答辯的時間還推遲了半年。

開始,他說要寫「當代大陸與馬華女性小說比較研究」的課題,我極贊同支持,覺得切合本人實際。他有馬來西亞留學生的優勢條件,並且英語和漢語言的雙語基礎均好。既然選題有比較文學性質,正需要跨文化背景和中文專業又好的知識結構才能勝任。從國內該選題的研究狀況來看,已有的大陸當代女性小說的課題也亟待通過比較文學視域有所推進深入。在交流研討課題中,我倒是給吹了不少冷風,不斷提醒他做好該選題不易,其難度有二:一是大陸當代女性小說創作文本豐富,閱讀量大,以及有許多高起點的當代中國女性小說研究成果,不僅僅要廣泛收集資料而且還要客觀理解和超越前人研究;二是比較的視角不是簡單的比較方法,或者僅僅說明彼此的異同,而是比較文學的影響與平行研究,甚至跨文化的比較文學研究的視域,旨在找尋研究對象互為作用的背後緣由,尤其,之所以「比較」獲得的認知是獨一無而二的,所發現的問題是其他角度和方法研究女性小說不易解決的。但是,他對選題的難度大並沒有畏懼,啟平博士憑著一股求知的韌勁和學術追求的執著,勇敢而堅定地大膽探索,很快沉浸於深入細緻的文本閱讀、資料整理的研究狀態中,學術探究的科學理性論證、思辨,他也做的一絲不苟。

　　從收集資料入手，盡可能涉獵他能夠看到的馬華文學和大陸文學中的女性小說創作文本。以厚實的作家作品為依據，首先勾勒出一條兩地女性小說形成和發展的清晰演變線索，釐清了研究對象和夯實了立論基礎。同時，他瞄準把握課題有關的核心概念和重視必要的理論儲備。一開始就注意「女性寫作」、「女性主義文學批評」、「文化身份」、「他者」等關鍵字的界定和理論內涵的認知，從而確定了論題深入的中心目標。他明確指出本論文旨在「研究方法上注重小說的敘事策略，從女性主義的角度進行細緻的文本解讀，兼取比較文學及文化研究的宏觀視野，以考察兩地的女性書寫的發展概況、文化認同、敘事特點和理論意義為重點。」

　　論文將大陸與馬華女性小說納入世界文化語境中進行較為系統而全面的比較研究。這本身對長期兩地女性小說單向研究的某些局限性有了重大突破。論文的可貴之處在於，並不僅僅滿足於兩地女性小說創作的歷史線索的梳理和表層的異同比較，而是將重點指向兩地女性小說的文化身份、話語與異化、及其敘事策略和其文學史意義等問題，作者努力挖掘兩地女性文學內在深層之由，變遷之故，通過互動考察而闡發其獨特意蘊。這使得論文整體有了一定的學術性和學理的深度。

　　論文在分析馬華女作家雙重身份和邊緣書寫的情結、潛隱的國家意識，以及移民散居生存諸多特點時，始終置於互為映襯影響的東亞文化語境中陳述與辨析。這使得中國女性小說獲得了一個豐滿「他者」的觀照，也清晰地呈現了馬華文學生成流變的寬廣視域。「文化身份」的認同和尋找，準確地揭示了馬來西亞的華文女性作家寫作境遇，不論早期的芸亦塵、愛薇、紫曦等作家，還是後來的梅淑貞、李憶莙、商晚筠、陳蝶等作者，甚至新生代的黎紫書、賀淑芳等女作家的創作，均得到了合理評述。他還注意從中國現當代文學史中女性作家，尤其當代大陸馬蘭、查建英、虹影等留學國外

一批女作家的創作裏，指出她們與馬華文學語境相通、精神相連，並揭示如何促進和影響了各自國度裏文學母題、文學形式的獨特呈現。從性別角度和女性主義文學批評的考察，論文的第三、四章內容寫的更貼近研究對象的本體，文本分析和性別理論結合的較為完好。闡發女性表現的獨特的欲求、感受，以及文學的想像、表達的言說方式，單個作家單一維度的已有研究成果很多，但是，多元文化下兩地女性小說創作的比較研究，特別在第五章借助意識形態的「第三世界」術語來審視東亞文化中的女性文學的特點、價值意義較為鮮見。正是由於啟平博士付出了極大辛苦的這些學術努力，使得論文順利的通過了答辯，並且受到盲審評議專家和答辯組專家的一致好評。

當然，這一課題研究對啟平博士還只是開始，因為作為馬來西亞籍本土知識份子，熱心本民族文學，關注他在世界文學中發展、傳播和交流，需要更為寬闊的視野和學術胸懷。大陸與馬華文學是世界文學其中的一部分，超越性別、地域文化的馬華文學研究尚有極大的空間，更有待於向廣度和深度開掘。現在啟平博士先將這一前期成果付梓，我想既是對他前一段自己學術工作的總結，又是期盼得到更多的讀者鼓勵和鞭策，激勵他繼續課題的深入研究吧。

隨興雜亂地寫到這裏，仿佛與啟平博士面對面再一次的交談，是為兩人間的私語，如對讀者多有干擾，敬請海涵，也可姑妄言之。

權為序。

楊洪承
農曆辛卯年露月於金陵龍江小區外秦淮河畔

＊楊洪承（1954-），江蘇鎮江籍。現為南京師範大學文學院教授，博士生導師。兼有中國現代文學研究會理事，中國作家協會會員，中國比較文學學會會員，江蘇省中國現代文學學會副會長兼秘書長，江蘇省魯迅研究會副會長等。

目　次

提要

　　本書主要的內容是在文化語境下比較大陸與馬華的女性書寫為核心。本論文將以她們的小說文本為基點，考察與透視她們文本的話語方式和敘事選擇，確定她們作家的主體地位。本論文從女性主義的角度進行細緻的文本解讀，兼取比較文學及文化研究的宏觀視野，以考察兩地的女性書寫的發展概況、敘事特點和理論意義為重點，並從多側面多角度以及更廣闊的文學史的背景上去追尋及發掘其中所具有的創作啟示與文學史意義。

　　本書的主要內容分為以下五部分：第一章評述了大陸與馬華女性文學的歷史沿革和發展現狀，主要是為大陸和馬華兩地的女性文學的界定，重點為馬來西亞文化語境下的華文文學。本章將力圖較為全面介紹馬來西亞華人文化的生成及發展，闡明馬華文學的文化語境，並在此基礎上分析馬華女性作家們在異質文化語境下的邊陲發聲，以揭示這一特殊的文學現象。第二章為兩地女性作家文化身份的論述。首先分析兩地女性作家文化身份的差異，並從差異角度出發，論述身份認同對女性書寫的影響，以及兩地女性書寫在不同文化語境下的主動介入。其中重點為雙重身份、邊緣書寫、族群散居以及兩地女作家的文化身份的歸宿意識。

　　第三章是在把握了兩地女性作家的書寫中的語言及文化的共通性後，進入了論述女性書寫這一塊多重意義的文學領域。其中重點主要涉及女性主義文學批評中的酷兒理論，指出性別和權力在文化與審美等各個層面的因素，並以此鋪墊兩地女性書寫的創新性。

第四章繼續介入到女性主義書寫策略這一領域並進行可能性的探索。本章將從兩地女性小說中探索兩地女作家是如何利用「軀體寫作」理論來表達自己的思想，並使自己在文學領域中發揮更大的作用。當然這類書寫策略並非簡單展示身體或體驗，而是包含了形象重塑等在內的多重歧義。第五章依據以上四章的論述和文本分析後，首先論述第三世界女性主義對兩地女性書寫的影響，並進行探討相關理論的問題性及深化其理論意義。重點分析兩地女性小說中所內涵的第三世界女性主義與西方女性主義的歧義，並反思當代大陸與馬華女性小說在第三世界女性主義中的文學意義。本研究希望能夠有助於把女性書寫引至更深層處的理論探討與一個新的視域。

緒論

緒論

　　由於政治或經濟因素使然，百年來大量華人移民海外，在全球各個不同的文化區域內留下足跡，尤其是東南亞。經過了漫長的時段，他們建立各種社群，故土文化之根與移居地的異質文化形成了難於化解的結，形成自覺且獨特的語言文化氛圍。儘管家國離亂，分合不定，各個華族區域的子民總以中文書寫作為文化——而未必是政權——傳承的標記。王德威認為最明白的例子就是馬華文學。但是馬來西亞自獨立成國後，其新一代的華文作家和作品其實並不能以中國文學視之，因為從國家的立場而言，馬華作家的寫作不折不扣已是外國文學，但他們和大陸以及其他華文地區文學傳統的唱和，卻在在顯示域外華文的香火，仍然傳遞不輟。[1]

　　但是對於馬華文學的研究工作卻是欠缺及系統紊亂，長期以來，國內外對馬華文學，這屬於世界文學的其中一個板塊並未真正給予應該的關注，更何況是屬於邊緣的女性文學。所以，本文將馬華女性小說這一個特定的文學研究對象，然後置於中國文學乃至世界華文文學這個廣闊的文學時空裡去進行觀照及探索，就顯得必要了。

　　馬華女性小說的研究可以使人們從一個特殊的角度去挖掘和揚棄人類生存和意義的複雜性，探討基於漢語經驗的文學創作在新的語境中延伸的方式。而文學研究的突破點，在很大程度上取決

---

[1] 王德威：〈華語語系文學：邊界想像與越界建構〉，《中山大學學報》，2006年第 5 期。

於我們對研究的對象的獨特性給予足夠的重視，取決於我們為研究對象找尋一個最合適的角度。基於這樣的研究原則，我在思考論文研究題目的時候就充分的注意到這一點，所以選擇馬華女性小說為對象，並在大陸女性小說的參照下作比較研究，然後從文化及女性批評主義視角出發確實是一種最為有效的選擇，而且能夠更深刻地揭示這為數眾多女性作家的作品所蘊涵的文化意蘊、性別意識及其敘事策略所涵蓋的意義。而且，在大陸女性小說的觀照下，展開對馬華女性小說的研究，也具有探討中國文學擴延方式以及文學和文化理論本土化意義，及具有填補學界空白點的學科整合意義。

一、海外「華語語系文學」的學科意識

隨著中國的日益強盛，華人經濟圈的形成和繁榮，中國巨大市場導致的漢語熱，僑居世界各地華人的文化層次和學術地位的提升，加上全球性文化與文學交往的空前頻繁，華人文學的生產與消費正發生著前所未有的變化，尤其是海外華文語種的創作，引起學術界的極大興趣和關注。研究海外華文文學多年的大陸學者饒芃子就指出：海外華文文學是一個新的領域，但它的發展同樣要受到學科發展規律的制約。……我們研究的目的，是要在華文文學的整體觀照下，把握海外華文文學這一特殊領域的文學特性。對這個問題在過去的成果中已有過各種各樣的回答，有概念判斷式的，也有現象描述式的，前者回答：「它是什麼？」後者回答：「它是怎樣的？」但要在這一基礎上形成學科，還必須做好學科「底部」的理論奠基工作，那就是對它做出進一步的學理式探究，要回答：「它為什麼

是這樣的？」「它何以能成為一個學科？」而這就離不開研究者的學科自覺性和整合性的研究。[2]

　　雖然以學科意識來說，眾人在華人和華文文學上仍存在著概念上的分歧或混淆。因為從大陸的學術劃分標準來說，馬華文學是屬於世界華文文學的重要一環，但此一用法基本指涉以大陸中國為中心所輻射而出的域外文學的總稱。相對於中國文學，中央與邊緣、正統與延異的對比，就成為不言自明的隱喻。這或許是因為長久以來，我們已經慣用華文文學稱廣義的中文書寫作品。可是有鑒於海外華文文學／文化的蓬勃發展，尤其在全球化和後殖民觀念的激盪下，我們對國家與文學間的對話關係，必須做出更靈活的思考。所以海外漢學研究領域裡有了一個新興觀念，那就是「華語語系文學」（Sinophone Literature）。[3]哈佛大學東亞系教授王德威在 2006 年 4 月中旬召集並主持了一項題為「文學行旅與世界想像」（Traveling Chinese Literatures and World Imaginations）的工作坊，邀請了美國、香港、臺灣、馬來西亞等作家共襄盛舉。王德威教授在開場白中提出了「華語語系文學」（Sinophone Literature）這個概念，他認為這個概念能夠發掘一些議題，讓我們能夠更好地思考在當代的華語創作以及閱讀的範圍裡面，能夠擴張我們的研究版圖到多大，多遠，或者多複雜。這就意味著它與中國文學在內涵和外延上分屬於不相同的概念，並嘗試將此舉的辯證落實到文學的創作和閱讀的過程上，力圖給華語文學的研究帶來新的突破與展望。

---

[2]　饒芃子、費勇：《本土以外：論邊緣的現代漢語文學》，中國社會科學出版社，1998 年，第 25 頁。

[3]　王德威：〈華語語系文學：邊界想像與越界建構〉，《中山大學學報》，2006 年第 5 期。
　　（哈佛大學東亞系教授王德威在 2006 年 4 月中旬召集並主持了一項題為「文學行旅與世界想像」（Traveling Chinese Literatures and World Imaginations）的工作坊，邀請了美國、香港、臺灣、馬來西亞等作家共襄盛舉。王德威教授在開場白中提出了「華語語系文學」（Sinophone Literature）這個概念。）

在此背景下，人們就可以對以漢語／華語為仲介的文學文本進行跨文化區域的互文性研究，可以通過對不同文化區域漢語／華語文本的對比性研讀，對不同國籍、不同背景但採用漢語／華語為共同語言載體的寫作進行平行研究，最大限度地透視出人們在不同的文化語境中以漢語／華文進行創造性生存的方式，從中把握漢語／華語的語言符號所構成的藝術空間和精神探索層面。

馬華女性文學之可以成為比較文學領域中的重要分支是因為這一書寫具有跨國別、跨地區、跨民族、和跨文化特點的文學創作，因而十分符合比較文學學科的規定性和問題性。著名學者饒芃子也指出了這研究的重要性：

> 從海外華文文學研究領域的實際出發，引進、借鑒比較文學的理論和方法之所以是必要和可行的，是因為海外華文文學作家都是在雙重背景中寫作的，他們的作品常常有兩種文化的「對話」，極需要以跨文化的眼光去對其審視和觀照。海外華文作家在本土以外從事漢語寫作，他們是處在居住國主流文化的「他者」，面對兩種文化的接觸，既有一個自身群體文化歸屬問題，也希冀能建立同主流文化交流的平等對話模式，但這在現實生活中的主流與非主流文化溝通中是很難實現的。因為在權力結構中，主流文化的話語權遠遠超過了非主流文化的話語權。這就使處於非主流文化的的「他者」要自找出路：一是保持本民族的文化傳統，在邊緣狀態求生存；二是與主流文化認同，通過各種方式去化解、協調與主流文化的各種矛盾和衝突；三是相互相容、互識互補，而這往往是在一些文化差異不大的國家和地區才能達到。但無論處於何種狀態，都有一個不同文化相遇、碰撞、影響和融合的問題，這些，就會這樣或那樣反映在他們創作

的文學作品中，絕非以本土的單一文化的眼光能深刻理解的。[4]

　　雖然饒先生是從海外華文文學的角度來談，但這也同樣適用於兩地女作家的研究。因而從比較文學學科角度來研究大陸與馬華的女性書寫，這一研究可以就女性書寫的歷史及文化語境出發，從遷移的主體出發，探討同一文化血脈的女性在不同的文化生態中對世界的感悟和表述／敘事的方式。而且當我們從比較文學的視域對馬華女性書寫進行研究時，儘管面對的研究文本仍是漢語書寫，但我們已經無法把自己的研究視域迴避這些文學創作主體與她們居住國的民族、語言、文化及國家的關係。嚴格來說，當我們把棲居於馬來西亞的華人稱之為「華人」或「華裔」時，已經在比較的視域中把他們與中國本土的中國人及馬來西亞本土居民在文化身份上界分開了。加上由於海外華文文學在文化身份上呈現出的多元性和複雜性，所以我們無法僅從民族文學研究或國別文學研究的一維視角來對其進行研究，尤其對馬華文學而言，它雖然定位為外國文學，但它們與大陸的文學傳統卻又有著不可割絕的關係，所以比較文學研究裡的跨文化與跨國界的比較視域在這裡也可以成為研究馬華文學的有效基點。

　　本文的其中重點也將放在話語構成方式及其理論意義上，並貫通女性主義的本質，對兩地女作家的書寫進行平行或影響研究。比較文學差異的可比性除了可以立足在互補性的基礎上，這樣也希望能達到拓展以跨文化研究（Cross-cultural Studies）為特點的中國比較文學學派所宣導的平等對話和交流的努力。

---

[4] 饒芃子：《比較詩學》，西安：陝西師範大學出版社，2000 年，第 230-231 頁。

二、研究現況

海外華人以文學宣洩自己的情感,追尋生命的意義,這不僅與中國文學有著同質的源流關係,它還包括了所在國異質的文化傳統、歷史傳承和社會心理,包括了華人對他者文化的認同、接受、相容和碰撞,同時還包括了華人在當地以不同方式對自身文化的傳播以及中華文化在異域的流變。女性意識因此發生了由內至外的文化裂變。這幾重關係交叉在一起,構成了海外「華語語系文學」的文本所特有的複雜性和豐富性,同時也是與大陸本土文學的差異之所在。而其中的華人女性較之男性,又多了一層傳統和觀念的枷鎖,她們的吶喊更具有深刻的人性理念,而且在文學的領域中,女性作家也顯得十分活躍。所以,對她們的文本的閱讀就需要跨越種族、文化和性屬之間的界限,以把握文本現象背後的複雜關係。

因此,針對這一新的文學現象,以當代文學研究的方法進行整合性的研究是十分必要和迫切的。對馬華文學來說,無論是整體性的研究成果或個別作家及作品的研究成果,在目前國內外的學術界都顯得十分欠缺,既無專文論及,更無相關的專著。以中國大陸來說,除了陳賢茂、黃萬華[5]等有關馬華的文學史整理,就是饒芃子、

---

[5] 在研究馬華文學的中國學者中,黃萬華的評論品質極高,也頗能抓住馬華文學的某些變革與脈動,他的重要著作《新馬百年華文小說史》具有相當高的學術價值。另一篇收集在《全球語境‧多元對話‧馬華文學——第二屆馬華文學國際學術會議論文集》(頁32-63)的論文〈馬華文學80年的歷史輪廓〉,是其小說史的延伸研究,約二萬四千字的篇幅中,洋洋灑灑地敘述了馬華文學的發展脈絡,涵蓋了馬華各時代各世代的重要作家及特色,從中可看出他十分務實的治學態度。但基本上,這些學者都喜歡宏觀論述,聚焦點常在馬華文學史的建構上,較少能夠切入重要的議題或創作文本,更妄論屬於邊緣群體的馬華女性文學。本論文就將在此基礎上繼續延伸,

費勇、劉小新和王列耀等人僅在論及海外華文文學時會涉及馬華文學，而這些論述早期在資料匱乏的難題下也僅是停留在介紹描述概況的階段，近年來才展現出一定的嚴謹度和準確度。而針對馬華的女性書寫的論述，卻是罕見，幾乎沒人觸及。雖然大陸一些學者的專著論文中也略有論及，比如湯淑敏的〈海外華文女作家與中華文化〉或陳純潔的〈女性文學視角與海外華文文學研究〉[6]等，但這些論文也僅是把馬華女作家置於整個海外女性文學的其中一個次要部分來考察，而且僅是處於一種介紹與描述的層面。所以從實質意義而言，馬華文學在中國學術界還不算找到自己的位置，更妄論更邊緣的馬華女性文學。但近年來馬華女作家群崛起，她們的突出表現已不容忽視，於是，本論文將馬華女性小說這一個特定的文學研究對象，置於中國女性文學乃至世界華文文學這個廣闊的文學時空裡去進行客觀的觀照及比較，以此補充對其研究之不足，也顯得比較有實質的文學意義。

在馬來西亞國內來說，情況也類似。雖然近年來一些留學臺灣及馬來西亞當地一些學者作家在努力替馬華文學把脈定位，進行各種論述，但這些論述大多集中於文學流派的議題，還有大家似乎都忙著為重寫馬華文學史而進行各種辯證，[7]其他的評論卻嚴重欠缺。但不容否認，馬華文壇的論述水準及研究成果一般上仍是差強人意。所以說，就研究對象而言，馬華文學研究其實並未引起研究者的重視，對於女性書寫的論述更是缺乏重視。本地的學者對於馬

從不同的視角整體性的去探討其中的馬華女性作家。

[6] 兩篇論文都收入《第十一屆世界華文文學國際研討會論文集》。〈女性文學視角與海外華文文學研究〉，頁 40-44 及〈海外華文女作家與中華文化〉，頁 84-93。

[7] 在 2002 年 12 月底，臺灣埔里國立暨南國際大學舉辦了「重寫馬華文學史」研討會，與會的學者多來自馬來西亞的留台生，會中的議題也多圍繞在反思馬華文學及重寫馬華文學史。論文收入了《重寫馬華文學史論文集》，張錦忠編，國立暨南國際大學東南亞研究中心出版，2004 年。

華女作家的論述除了單個女作家或單篇作品得到某些關注外，剩下的也乏善可陳了。比如在永樂多斯博士的〈馬華女作家的表現〉，和〈由附庸走向自主──淺談馬華女作家小說的女性形象〉，楊錦郁的〈李憶莙小說中的人物及其愛情〉，胡金倫的〈欲望伊甸園──解讀黎紫書的《天國之門》〉及李瑞騰的〈試評商晚筠小說《七色花水》〉的多篇論文中，也只是從創作特色或女性文學的角度去介紹某些特出的女作家以及她們的一些作品，雖然觀點與評價都具有開拓性的意義，但論述的深度與廣度都遠遠不足，更何況是從異質文化語境這個角度切入的板塊更是欠缺。而大陸女性書寫基本上卻已得到評論界的重視，代表性成果不勝枚舉，如盛英的《中國女性文學新探》，孟悅、戴錦華的《浮出歷史地表》及徐岱的《邊緣敘事》等等。

所以，除去馬華文學論述之不足，本論文將大陸與馬華兩地的女性文學置於文化語境下比較，將有助我們把握兩地女性文學發展的一種契機和途徑。本文力圖以多元視野對兩地女性小說進行學理性的分析，進而勾勒出兩地女性書寫的思潮嬗變、範式轉換和話語權力遷移的面貌。這樣一來，除了可正面看出雙方可以互補之處，並將更新兩地文壇對於彼此文學版圖的認識，拼湊出一個更完整的女性文學面貌。

三、論文的時空範圍

在大陸女性書寫這邊，本文將研究的時間跨度主要放在新時期，也即是 1978 年以來至二十世紀末至今這一段時期的女性書寫。因為在這段期間，無論是女作家的數量、創作品質、題材空間的開拓、表現深度和力度的進展以及它對男權中心文化的叛逆等方

面所取得的成績也是前所未有的。「五四」以來，婦女解放作為時代熱點話題，促成了這一代大陸女作家打破集體沉默，以文學創作為載體真實的再現女性的人生世界，並自覺不自覺地對男權統治秩序進行解構和顛覆。接著在上世紀的三、四十年代，無論是解放區或淪陷區的女作家如蕭紅、白朗、張愛玲和蘇青等都繼續努力在解構幾千年來的中國男性神話，顛覆「五四」以來的女性神話，並嘗試在敘事及審美中展現只屬於女性作家的獨特。而十七年文學時期女作家的小說文本，雖然政治的泛化使到女性的主體意識普遍失落，女性書寫似乎也純粹是主流意識的傳聲筒，女性文學的發展在此階段似乎遇到尷尬的處境，但究其實在這特定文化語境展開的女性書寫或隱或現還是會融入女性的性別意識和審美經驗。而往後經過了真正的文學斷層的文化大革命這摧殘人性的社會大動亂後，女性意識與女性書寫的復甦才在七十年代末被重新托舉出來。所以，為了避免對大陸的女性書寫作過於狹隘的理解，所以本文也將正視從「五四」一直到新時期的女性書寫，並將以此作為論述的基礎，因為文學的精神血脈是一脈相傳，承先啟後的。

而馬華女性書寫這一塊，時間跨度將從國家自 1957 年獨立開始至今。馬華文學雖然可以追溯到「五四」這一段歷史時期，但女作家崛起文壇，填充南來女作家的空白，卻是馬來西亞國家在 1957 年獨立以後的事。這個時期實際上是馬華文學真正的發展期，在文學思潮、題材、技巧和理論上均有嶄新的建樹，尤其是作家創作主體本身有了很大的變化。這與文學理論在二十世紀的快速發展有著一致性。而且這個時期出現的作者，大多已是本地土生土長，在本地受教育的年青女作者，從六十年代末期往七十年代走去，因為由於西方的女性寫作以及後來的女性主義文學批評，馬華文學的女性小說作家更如雨後春筍的冒出，表現也十分出色，被譽為馬華文學現代文學的奠基人。她們之中有梅淑貞、李憶莙、陳蝶及商晚筠等。

進入上世紀八、九十年代至今，因為教育的普遍，公共空間的許可，加上發表園地尚可經營，馬華女性小說作家的新生代輩出。她們之中有許多非常優秀的作家，藝術成就不但可以代表馬華文學的驕傲，也可代表海外華文文學的最高水準，就算放到包括大陸、臺灣、港澳在內的中國現當代文學來看，也是毫不遜色的。馬華女性文學也沒有遭遇到如大陸文化大革命的社會動亂的摧殘，穩健成長，王德威就以馬華女作家黎紫書為例，認為「她和她的寫作卻化不可能為可能，讓華語在南洋的土地上開出奇花異果」。[8]她們的作品蘊涵的女性審美價值和文化意蘊早已得到了普遍的認同與肯定。所以這些作品都將成為本文的研究點，並由此輻射兩地女性文學的各個中心議題。

四、論文的視角和思路

雖然大陸與馬華女作家的作品表現側重各有不同，藝術形態資質各異，但在表現女性的內心感受，心理流程，情感世界，生存處境方面，卻有著某種一致性，她們在同一文化的血緣下，共同書寫著華人的精神探索和心路歷程。雖然這些女作家在營造自己文學世界的時候具有或隱或現的女性意識和女性立場，但她們並不以此自限，而是立足女性世界，向外生發和延展，思考的面向和涉及的領域，常常超出女性範疇，而針對人類共同面臨的問題。於是，她們作品的意義和價值，也就不僅僅止於女性層面，而有著更為深廣的涵蓋和包容。

---

[8]　王德威：〈華語語系文學：邊界想像與越界建構〉，《中山大學學報》，2006年第 5 期。

　　本論文的研究視角將注重兩地女性書寫的發展脈絡在宏觀文化歷史背景下的女性主義及比較文學特質。兩地女性書寫其實涉及了許多重要的問題，首先，馬華女性書寫是大陸區域以外的女性書寫，兩地的女性書寫也是西方女性主義沒有關注的第三世界的女性，加上馬華女性書寫更是西方女性主義沒有關注其社會生活中少數族裔的女性，因而兩地女性書寫對女性主義理論有著重要的補充和修正作用。其二，馬華女性書寫是當地主流社會中少數族裔的文學創作，因此它自然涉及到了本世紀所特有的主流與邊緣書寫、種族主義等重要問題。第三，馬華女性書寫是中國文化與異質文化碰撞的文本，文化因素在這一文本中起著重要的作用。因此，當代文化與文學研究中的性別、族裔與文化這三大重要課題，都在兩地女性書寫中得到了充分的反映。第四、兩地的女性書寫更主要的是表現了小說從內容到形式的一個總體性互動關係，這就是說兩地女性書寫以同樣的話語策略而展開的小說敘事在語體上差異，將如何影響她們的言說欲望和傳達需求。這些問題所產生的特殊意義就將形成了此論文主要的視角探究。

　　鑒於目前學界還缺乏相關的資料，尤其是華人女性文學的系統瞭解，為了論述起見，本論文將立足於主線索的追溯和在文本分析上論述有關的論題，從歷時和共時的角度加以討論，力圖比較系統地進行研究。本文將就兩地女性書寫的總體概況加以說明，然後簡要介紹馬華文化與文學的發展生成歷程，進而對馬華女性書寫的文化身份及文化語境進行必要的說明，接著以大陸的女性書寫為觀照，層層遞進，扼要地分析馬華女性寫作的鋪墊過程、審美方式的流變及主題的選擇，反思大陸女性小說對馬華女性小說敘事的內在影響及與馬華女性小說彼此之間複雜的互動關係，進一步認識兩地女性小說的文學史意義。換言之，筆者力圖從歷史的角度分述，以代表性的兩地女作家為切入點，再從具體的文本分析說明兩地作品

的相同與碰撞點，以及中華文化在異域的流變，希冀從這一事實上
升至理論的思索之中，呈現出一種有意義的文學與文化互動和影響
的比較研究。

　　因此，本論文在研究方法上注重小說的敘事策略，從女性主義
的角度進行細緻的文本解讀，兼取比較文學及文化研究的宏觀視
野，以考察兩地的女性書寫的發展概況、文化認同、敘事特點和理
論意義為重點。按照這一學術預設，本論文擬分為以下幾部分，第
一章評述了大陸與馬華女性文學的歷史沿革和發展現狀，主要是為
大陸和馬華兩地的女性文學的界定，兩地女性寫作的發展概況，寫
作特點和理論意義。第二章為兩地女性作家文化身份的論述。首先
分析兩地女性作家文化身份的追尋與遷移，並從差異角度出發，論
述身份認同對兩地女性書寫的影響。第三章是論述他者話語這一塊
多重意義的文學領域。其中重點主要涉及女性主義文學批評中的酷
兒理論，指出性別和權力在文化與審美等各個層面的因素，並以此
鋪墊兩地女性書寫在異化主旨中的創新性。第四章承接第三章的論
述內容，繼續介入到女性主義敘事策略這一領域，探索兩地女作家
是如何用「軀體寫作」來表達自己的思想，並使自己在文學領域中
發揮更大的作用。第五章依據以上四章的論述和文本分析後，論述
第三世界女性主義對兩地女性書寫的影響，並進行探討相關理論的
問題性及深化其理論的文學意義。

　　馬華女作家黎紫書說過，馬來西亞的「華語粗糙、簡陋、雜亂
又滿布傷痕，它到處烙印著種族與歷史的痕跡」，然而就「因為接
受了『蕪雜』的現實並且以『蕪雜』自喜，馬華文學才得以開天闢
地，探索出自己的路向和語境來。」[9]於是，從研究對象的實際出
發，借鑒和運用有效的理論及多種研究方法，發現、描述、分析及

---

[9]　黎紫書：〈語言的蕪雜和美麗〉，《星洲日報》，文藝春秋版，2006 年 8 月
　　13 日。

比較兩地女性小說的內涵、主題及敘事方式的流變歷程，探討其價值和意義，揭示兩地女性文學發展的規律性問題，將有助於顯示這一研究的穩定的學科意義。所以，希望通過我的努力，能夠從這個特定的角度，給予大家對兩地的女性文學會有比較獨特而系統的認識，這無疑也是對整個中華民族文學經驗的一種豐富。

總之，透過大陸與馬華女性書寫的文化血緣，從語言與文化的關係中去把握某種共通性，再通過這種共通性將不同文化區域的文本呈現方式凸顯出來，所以本文將是一種有意義的文學與文化互動和影響的比較研究。當然，在每一種考察視角和方法的關照下，都會形成一些相應的盲點。所以本文並不試圖得出獨斷性的結論，反而主張在呈現的方式下，使這一研究形成開放性結構，以利於繼續深入。

第一章
文化語境下當代大陸與馬華女性小說的形成

第一章　文化語境下當代大陸 與馬華女性小說的形成

　　女性因其在歷史生存中的邊緣化境遇，使到兩地女性作家從擺脫「失語」夢魘，到她們的聲音「浮出歷史地表」，再到「女性寫作」命名的出現，其間是經歷了多麼漫長的歷史。對大陸與馬華的女性作家而言，女性作家的文化身份與主體位置圍繞著她的性別身份出現了隱現，於是出現了在邊緣與中心間呈現出滑動與漂移的圖景。在這樣的背景下，當兩地的女性小說被界定為研究對象後，我們首先就來瞭解兩地女性作家創作道路上的社會與歷史成因，思考及梳理她們的小說在特定語境下形成的成因及軌迹。

第一節　兩地女性書寫的回溯與檢視

一、大陸的女性小說發展軌迹

　　就中國而言，男耕女織、男外女內的生活方式，加上「三從四德」和「女子無才便是德」的倫理原則，一直壓抑著女性的個性與

才華，以致她們在「失語」的狀態下幾乎沒有她們的位置。所以，在幾千年的文學史上，中國女性作家寥若晨星，我們所看到的似乎只有漢末的蔡琰，唐朝的薛濤、魚玄機，宋代的李清照、朱淑真，元代的黃夫人、阮麗真等極少數的幾位。難怪唐朝的魚玄機會在〈遊崇真觀南樓睹新及第題名處〉詩中作如此嘆息：「雲峰滿目放春晴，歷歷銀鈎指下生。自恨羅衣掩詩句，舉頭空羨榜中名！」。

但社會永遠是由男女兩性構築的，女性必須躍升為能夠自我表達的創造主體，在書寫此時此地的女性自我的同時，也將既往被排斥在歷史闡釋之外，並始終被傳統的歷史所遮蔽、壓抑的女性生存經歷與遭際命運寫進歷史，從而建構真實而符合邏輯的人類文化史。因為在社會歷史發展的每一階段，都應該存在女性自由棲居的空間，都應該聽到女性自主發出的聲音，而且女性歷史文化的真正建立，是女性主體意識覺醒之後的必然要求。

（一）「女性」的發現

「五四」時期，科學、民主、自由成為狂飆突進的時代精神，而「五四運動的最大的成功，第一要算『個人』的發現。從前的人，是為君而存在，為道而存在，為父母而存在的，現在的人才曉得為自我而存在了。我若無何有君乎，道之不適於我者還算什麼道，父母是我的父母；若沒有我，則社會、國家、宗族等哪裏會有？」[1]這「個人」的發現伴隨而來的，也是「女性」的發現。女性寫作正是趁著「人」的解放，婦女解放的歷史大潮而興起的。

在這個婦女解放作為時代熱點話題走向政治前沿的年代，促生了一代女作家作為性別群體的代言人，打破集體沉默，迅速躍

---

[1] 郁達夫：《新文學大系・散文二集・導言》，上海良友圖書出版公司，1955年，第5頁。

出歷史地表，在以文學創作為載體真實再現女性人生世界的同時，自覺或不自覺地對男權統治秩序進行著解構與顛覆，並呈現出階段性的特徵。於是，新文化運動發生的第一個十年（1917年-1927年）裏，文壇上湧現出了陳衡哲、廬隱、馮沅君、冰心、白薇、凌淑華、蘇雪林、石評梅等女作家群，女性寫作蓬勃發展了起來。這個階段的女性寫作所呈現的書寫仍然有古代女作家的細膩、清新、委婉、纖柔和感傷的風格，剛剛萌生的女性性別意識和主體意識並不十分顯現，文本中的經驗常對女主人公現實境遇作出想像性的解決，缺乏對傳統的清理與批評的努力，也缺少人與歷史的解放的籲求。這時期的女性寫作基本上也是在男性權力話語結構之內，進行著有限的自我言說。直到二十年代末，丁玲的出現才改變了這種狀況。丁玲的《夢珂》、《莎菲女士的日記》以其對「女性肉體的覺醒」表達了女性性別的覺醒，從而不斷地在她的小說中拓展女權思想的生存空間。她對女性生理和心理經驗的反神秘化書寫，她對男性的反神秘化書寫，使女性寫作進入到五四時期未曾企及的高度。

　　進入三十年代後，中國社會的政治矛盾、階級矛盾、民族矛盾激化，革命文學成為主流。馮鏗藉小說《紅的日記》裏女主人公馬英的口吻說，革命女性要「暫時把自己是女人這一回事忘掉乾淨……」。以《從軍日記》立於女性寫作史的謝冰瑩也做過類似的表白：「在這個偉大時代，我忘記了自己是女人，從不想到個人的事情，我只希望把生命貢獻給革命……再不願為著自身的什麼婚姻而流淚嘆息了」。[2]女作家本是在婚戀題材中表現反封建、反禮教、爭取個性解放的，謝冰瑩的一番話卻從另一個方面反映了三十年代女作家對時代、民族、階級等前途的關注超過了對自身的關注。張

---

[2] 閻純德、孫珍瑞、白舒榮等：《中國現代女作家·謝冰瑩》，黑龍江人民出版社，1983年，第368頁。

愛玲評價「丁玲初期的作品是好的，後來略有點力不從心了」，[3]就是針對丁玲在文學創作中放下「小我」，融入大眾，個體的「人」暫時讓位後，女性立場變弱甚至消隱的事實。事實上，解放區時期丁玲創作中主流話語和性別話語之間仍有著很大的張力，《三八節有感》、《我在霞村的時候》等受到批評的作品，話語縫隙裏是作者一貫的女性聲音。遺憾的是，赫赫強勢的主流話語最終收編了丁玲，使她越來越壓抑自我性別，臣服於意識形態話語，應證了宏大的國家民族話語標準強彎的掩蓋了女性話語的表達。

三十年代到四十年代，在大眾文學，革命文學的夾縫中，仍可聽到微弱的女性聲音在固執地講述著女性生命經驗，比如說蕭紅。以往的文學史，多在左翼文學和鄉土文學的話語層面研究蕭紅，隨著女性主義文學批評話語導入中國，蕭紅作品裏的屬於女性的那一份獨特經驗和性別困境，穿越了歷史厚厚的帷幕流溢出來，蕭紅在女性寫作史上的地位也愈發彰顯了。她「超越了主導意識形態模式的歷史洞察力與她……在女性生活道路上向歷史和社會惰性的挑戰」[4]的女性邊緣敘事，敞開了女性生活的本質，填補了當時主流文學的寫作盲點。

四十年代的淪陷區，大眾、民族、國家前途、社會革命被隔絕於鐵窗和憲兵之外，特殊的政治環境不期然地留下了話語空間。張愛玲、蘇青、梅娘小說的語彙「已然脫離了文學史上帶有男性視點的慣例的影響，以嶄新的情節、嶄新的視點、嶄新的敘事和表意方式注入了女性信息，從而生成了一種較為地道的女性話語」[5]。在女性意識表露、男權思想批判、女性自我言說、女性自我審視等方

---

3 靜思：〈女作家座談會〉，《張愛玲與蘇青》，安徽文藝出版社，1994 年，第 7 頁。

4 孟悅，戴錦華：《浮出歷史地表》，河南人民出版社，1988 年，第 191 頁。

5 孟悅，戴錦華：《浮出歷史地表》，河南人民出版社，1988 年，第 225 頁。

面，有著不凡的建樹。比如張愛玲對女性歷史實施徹底的解構，對女性生存、對社會歷史，表達了一種女權主義的批判，她不僅解構了幾千年來的中國男性神話，也顛覆了「五四」以來的女性神話。

在現當代文學史上，自中國建國的 1949 年到文革發生的 1966 年，這一期間被稱為十七年文學時期。這一時期文學給人的印象是英雄的文本、革命的文本、無性的文本。建國以後，階級鬥爭和無產階級政治更是以其無所不包的巨大能量，替代和遮蔽了任何獨立意義的婦女意識。女性寫作的境遇與女性生活一樣，進入「無性別」時代。準確地說，應該是「仿男性」時代。這個年代政治的泛化使女性的主體意識普遍失落，「十七年」女性文本似乎也純粹是主流意識的傳聲筒。當政治意識壓倒了女性意識，女作家書寫女性自我的空間就很有限。在作品中些微的情感流露，都會被指斥為「小資產階級」情調而受到批評和貶低，宗璞的《紅豆》受到批評就是證明。另一方面，女作家也自覺地抑制自己的女性意識，把自我意識納入社會整體意識中以獲得話語權。這個時段的作家包括草明、陳學昭、白朗、楊沫、茹志娟及丁玲在內的作品，似乎表現的都是革命戰爭、社會主義建設類的主題，革命不允許感情的泛濫，因而她們不得不小心翼翼將「女性意識」與個人情感倫理組織到一個統一的革命信念上來。

（二）女性意識的復甦

中國女性意識的再度復甦發生於二十世紀七十年代末，這是一個民族居危而激烈變革的時刻，是一個被淚水和希望托舉的時代。「人」的問題被重新提了出來，人們迫切要求恢復人的價值與尊嚴，人道主義和啟蒙思想又開始成為作家反思歷史、審視現實的武器，從而接續上了「五四」文學的精神血脈。不同的是，女性寫作

在新時期也即是 1978 年以來至二十世紀末這一段時期走得更遠，無論是女作家的數量、創作質量、題材空間的開拓、表現深度和力度的進展以及它對男權中心文化的叛逆等方面所取得的成績也是前所未有的。比如戴厚英的《人啊，人》、遇羅錦的《一個冬天的童話》、張潔的《愛，是不能忘記的》等女作家的作品，就是從人道主義聲音方面進入歷史的。由於社會環境逐漸開放，思想控制逐漸鬆動，人的個性意識逐漸加強，在一些女性作家的作品中，「憑藉女性特殊的性別體驗和個人對歷史經驗的傷痛與反思，她們在『自我』的創作中無意地觸到了『自覺』的旋扭，給時代留下了許多值得回味的文章。」[6]

　　新時期，是思想解放、個性復甦的時代，又是建構新的中心和宏大理想的時代，所以這時期的女性作家在主體意識上注重人文主義和女性意識的結合，她們都盡力追求女性作為人在人格上與男性的平等與自由。時代給予了女性獨立思考和選擇愛的權利，女性的愛情、女性的事業、女性的婚姻成為寫作的中心。雖然其中也展示了女性的缺陷、女性的異化，但都以理想女性的建構為指歸。無可置疑的，從七十年代末到八十年代特定的文化語境中，眾多的女性作家萌發著肩擔道義的啟蒙使命和社會代言人的文人意識，以自覺的社會同行者的身份不斷匯入到「傷痕」、「反思」、「改革」、「尋根」等文學主潮中，並從性差異的角度去重新審視自身及其賴以生存的這個世界。張潔的《方舟》、王安憶的「三戀」（《荒山之戀》、《小城之戀》《錦繡谷之戀》）等，也漸漸掙脫了集體話語，開始從兩性關係入手，探討女性問題，至此，女性生存困境從整體的「人」的存在中分離出來，受到女性寫作的特別關注。於是，林白、陳染、徐小斌、張辛欣、徐坤等女作家，也開始以鮮明的「女性」

---

[6]　王吉鵬等編著：《中國百年女性文學批評》，吉林人民出版社，2001 年，第139 頁。

姿態閃亮登場。這一批優秀的女作家,「開始站在人性的立場上,從歷史、文化的根源中解讀女性的命運。」[7]這種認識和表現角度,是女性寫作性別意識成熟的表現。因為當女性作家對自己的性別有了自覺,「性別已不是僅與婉約或相反的美學風格相關的、技術性的修辭語,而更主要的是一種文化立場,一種歷史批判以及一種新型文學話語的策源。」[8]

世紀之交,全球化的市場經濟裹夾著世界各地的異質文化以其不可違逆的強勢,在中國文化的前沿登陸。後現代主義以解構的方式把求真求美的價值理性蛻變為追求物欲的工具理性,大眾倫理出現混亂狀態。感官欲望、消費主義和享樂主義成為都市大眾的主要精神特徵,於是出現了被稱為「另類」的七〇年代出生的女作家如衛慧、棉棉、周潔如等,她們的作品以前衛的軀體、前衛的消費、前衛的敘述構建了世紀末文壇最搶眼的風景,比如衛慧的《上海寶貝》和棉棉的《糖》。但由於文化意義的缺席,商業動機的驅使,卻又使得她們的作品被統攝到無處不在的欲望化、商品化的陷阱裏。

回顧中國百年女性寫作旅程,當代女性寫作可說是超越了前面現代時期的幾個不同時段,進入到一個新的歷史階段。當代女性寫作越來越走向女性本體,在諸如強調女性性別身份、展示女性自我的生命體驗等方面,呈現出更加明晰的女性主體意識,而隨著市場經濟的興起和多元文化的介入,中國女性文學也發生了分化和裂變,由一元化的理想建構為主的寫作,走向多元化寫作並存的格局。

---

[7] 韓曉晶:〈復甦的性別——後新時期女性主義小說探索〉,中國人民大學複印資料《中國現代當代文學研究》,1995 年第 3 期。

[8] 王侃:〈九十年代女性文學的主題與修辭〉,《文學報》,2000 年 7 月 6 日。

二、馬華女性小說發展軌迹

　　論者討論馬華文學，一般推前到 1919 年，始自五四運動，[9]所以早期的馬華小說作者深受中國新文學的影響，具有反封建，反傳統的精神。作品的基調主要反映了社會現實、民族前途、民生問題乃至社會的一切。根據馬侖編的《馬華當代文學選》所述，這時候土生土長的馬華小說作者不多，主要是僑居在外的中國文人。[10]關於這點，新馬文藝評論家趙戎說過：「這一時期裏，馬華文學運動可謂十分熱烈的，參加這一時期的文學工作者幾乎有九十巴仙是中國南來的文人，這是其中一個特點。」[11]當年的這批中國文人，都具有社會代言人的意識，特別著重民族主義思想的宣揚。南來後，他們很快的便直接介入現實社會，善於開拓生活境界，提高思想分析能力；而新文學代表新思潮，他們選擇了小說創作來裝載自己的思想和感情，作品多半是以反侵略、反戰爭及反殖民政府為主題。所以說，這時候的馬華文學基本上與中國的文學同步發展，其發展的軌迹也明顯呈現出受中國新文學的輻射和影響。可是值得注意的是，在這段期間，南來的文人作家除了定居馬來西亞怡保的翠園，幾乎沒有女性作家的影子。這或者是男尊女卑的觀念在中國已是根

9　關於馬華文學的論述，詳見方修著《馬華新文學簡史》及《馬華新文學及其歷史輪廓》。五四運動對馬來西亞華文文學確實有極大的影響，各地的華文報刊、雜誌蓬勃出現，並開始推廣話劇運動，對當地華人思想起了革命性的啟發。

10　馬侖：《馬華當代文學選》第二輯（小說），吉隆坡：馬來西亞華人文化協會，1984 年 8 月，第 2 頁。

11　趙戎：〈現階段的馬華文學運動〉，苗秀編《新馬華文文學大系》第一集〔理論〕，1970，第 93 頁。

深蒂固的文化現象，女性受教育的機會不多，加上要她們遠渡重洋到異鄉更是困難重重。

（一）土生土長的女作家

　　從戰前馬華文學的萌芽到戰後上世紀六十年代中期的茁壯成長的過程中，現實主義文學思潮深刻的影響著馬華小說的發展。馬華小說的主題仍是以暴露現實社會的黑暗面。歌頌勞苦大眾的戰鬥精神，強調社會改革為出發點。一般的小說作者多標榜健康寫實，但卻過分偏重文學的教育功能。這個時期出現的作者，大多已是本地土生土長，在本地受教育的年青作者。早在戰後初期（1948年左右），經過了一場「僑民文藝」和「馬華文藝」的論爭之後，人們意識到馬華文學應該脫出呼應中國文學的格局而形成自己的特色，應該以落地生根的心態去尋求對南洋社會及其文化的認同。大部分的寫作人都不同意馬華文藝再附庸於中國文藝，而且多能體認到自己的本土身份，再加上多位優秀的來自中國的作家也相繼地回返中國，土生土長的新生代寫作人逐漸的取而代之；而留下來的南來文人，他們關注與書寫的對象也從中國回到現實的所處之地。馬華文學的創作必然也跟著調整自身的文化身份。[12]但是這時候出現的馬華女性作家數量也不多，她們是芸亦塵、愛薇、紫曦、詩悌及凝秀等。她們的小說基本上過分強調健康寫實的主題思想，小說人物卻簡單化，文字技巧也略為生澀，不過，她們這時候已經能夠有意識的在自己的作品中進行伸張女性地位與權利的嘗試，並且有力地拓展女性話語的空間，為女性的自由、幸福和人權而發聲。她們在作品中反映自己的想法，經營女性的經驗，從日常生活

---

[12] 馬崙：《馬華當代文學選》第二輯（小說），吉隆坡：馬來西亞華人文化協會，1984年，第2頁。

中探討女性與本身，與異性以及與社會的關係。當然，女性不平等的待遇，受到男權社會的壓制，不滿的情緒、痛苦的經歷，以及如何「反叛」社會傳統，或成為社會體制下的犧牲品等都是她們探索的主題。

這一時期的女性作家作品，在哀其不幸的同時，已能給限於困境的婦女展示走出悲劇的前景，以及展現一種解構傳統勢力的勇氣。比如愛薇的小說《晚春曲》敘述了女主人公林佩君如何在遭受婚變的打擊後重新站立起來的故事，《落日故人情》中的女性形象也是如此，儘管王曼茹和劉香玲只不過是建築女工，但她們在對待自己的愛情問題上也完全擁有現代女性的自尊。而芸亦塵出版的馬華女作家第一本長篇小說《渡越》更是可以被認定是真正意義上的女性主義小說，文本中除了對母權意識的張揚，芸亦塵更是不斷地把女性主義的思想在作品中直接揭示出來。作家通過小說女主人公嚴加敏作為她的傳聲筒，把她自己的新女性觀和對女性意識的理解，像口號般地叫喊出來。或許作者是要讓讀者直接吸收，但這肯定是小說書寫中要命的敗筆。可是無可置疑的，她的書寫工作卻也是值得馬華文學肯定的。

（二）多重文化的女作家

隨著社會急劇改變，經濟與工商業更趨發達，原有的舊題材因環境的不同或變遷或消失了，卻出現了許多新事物值得小說家去描繪。這些新題材的廣大領域和新的社會形態，都需要新的文學形式來表達，於是小說創作者更能自由去開拓各自的天空。透過藝術的表現能量，馬華小說的題材與創作技巧也有了新的趨勢。於是，馬華小說創作在上世紀六十年代中葉開始傾向現代派的文藝思潮。現代主義文學思潮與早期左右馬華文學創作的現實主義文

學思潮最明顯的不同是它對人生作出哲學的探究與沉思，以及人的尊嚴與信念，生命的意義，人與人之間的關係，人性在不同的時空格局下的反應與作為都是現代主義者孜孜不倦思考研究的重要課題。在現實主義與現代主義這兩股文學思潮的互為衝擊砥礪下，使得馬華文學的小說作品無論在質地、內涵及表現方面都有所提高。

　　這時的馬華女作家，處身於工商社會，她們的創作主題、話語風格、敘述方式自然不同於大陸女作家。在適應工商社會讀者的問題上、在強調女性意識方面、在表現商品社會物質與精神，靈與肉，金錢與良知的衝突上，馬華女作家比大陸的女性同行們先行了一步，大陸評論家雷達也做過相同的結論。[13]從六十年代末期往七十年代走去，馬華文學的女性小說作家雖然仍是寥寥可數，但表現卻已十分出色，被譽為馬華文學現代文學的奠基人。她們之中有梅淑貞、李憶莙、商晚筠等。[14]除此之外，另外還有陳蝶、文戈、朵拉、紫儀、方娥真及艾斯等，都是當時努力耕耘的寫作人。她們或描寫女性追求自我的企圖，如紫儀的《聖誕花開》，或強調新女性的愛情觀，如李憶莙的《女人》等，或透視女性對社會兩性的思考，如朵拉的《旅人蕉》，這些作品都能將目光越出家庭，投向社會，去尋找男子占據的世襲空間，去爭取和男子一樣的主體性地位，而不再僅僅滿足於對象性的存在。這些女作家們，基本上接受過高等教育，作品中的語言文字及表現手法一般都頗具風格，而女性意識也在她們的作品中得到充分的展示。在她們創造的文學世界中，女性的社會地位與女性在人類文化中所扮演的角色也得到了女作

---

[13]　雷達：〈在當代中國女作家參照下，看戴小華、柏一、李憶莙、曾沛的創作〉，馬華文學國際研討會論文，馬來西亞華文作家協會／馬來亞大學中文系畢業生協會主辦。

[14]　馬侖：《馬華當代文學選》第二輯（小說），吉隆坡：馬來西亞華人文化協會，1984 年，第 4 頁。

家的關注。她們從鮮明的女性意識出發審視女性所處的文化環境和現實生活，表達出女性對自己愛情、婚姻、事業之間矛盾的困惑，她們追求的是女性作為人的本體層次上的權利和人格的平等自由。

進入上世紀八、九十年代至今，因為教育的普遍，公共空間的許可，加上發表園地尚可經營，馬華女性小說作家更是新生代輩出。她們之中有許多非常優秀的作家，藝術成就不但可以代表馬華文學的驕傲，也可代表海外華文文學的最高水準，就算放到包括大陸、臺灣、港澳在內的中國現當代文學來看，也是毫不遜色的。她們的作品蘊涵的女性審美價值和文化意蘊早已得到了普遍的認同與肯定。因為成長在多元多化的土地上，這些作家往往不接受霸權話語控制，又拒絕走向通俗，而且世界各地的異質文化帶給她們的養分，使得她們的作品往往擴大了海外華文文學的視野。她們的作品立足男女平等，反對男性為中心的傳統觀念，能夠直面正視原欲的勇氣，並且將女性主義文學的思維與視野提高到一個嶄新的社會層面。比如柏一的小說《荒唐不是夢》和《粉紅怨》關注和表現的雖是性愛的題材，但它的主旨卻遠遠超出了性愛本身。作家是借助這一素材，將思考延伸到了相關的人性、社會等更廣泛的領域去。另一方面，馬華新生代的女作家們如黎紫書、賀淑芳、梁靖芬、鞠藥如、林艾霖、柏一及孫彥莊等，都能確立女性的主體意識，為馬華文學的女性書寫開拓一片新的地域和空間，尤其是黎紫書的作品，更是被評論家譽為「每每凌駕自命正統的大陸及臺灣文學。」[15]所以說，在東南亞女性華文寫作中，馬來西亞華文女性文學發展極為迅速。華裔女性作家的雙重性，多地域經歷使她們成為了雙文化或多重文化人，本土性與華族性的交融在發展中逐漸變得

---

[15] 王德威：〈黑暗之心的探索者：試論黎紫書〉，收入黎紫書：《山瘟》，臺北：麥田出版社，2001，第4頁。

廣闊而豐厚，在世界多元文化語境中傳達出馬華女作家的現代生命意識和深層文化體驗。寫作對於馬華女作家，不再只是宣泄個人情感或自我的言說和分辨，而是女作家獨特女性意識的確認和自身精神價值的表達方式，這些馬華女作家們的華文小說作品正給世界華文文學帶來極大的反省與挑戰。

第二節　馬華女性文學的生成特徵

在未進入具體的文本分析之前，是有必要先瞭解馬華文學所處的異質文化是如何生成及其所產生的文化語境，因為它與中國文學無論在內涵及外核上分屬於不相同的概念。中國文學主要是指中國大陸本土及港澳臺地區以漢語為創作工具的文學，而中國文學中女性書寫的文化語境基本上牢牢連繫著中華文化之根，無論是文化的表層或深層，她們的書寫彰顯的仍是自己本土濃濃的文化情感糾葛。對於一個同一文化區域，同一民族的後裔，而且生活在這一區域內的人來說，大陸女性小說的文化語境可以說是單一的，容易確定的。所以，這裏就不加以贅述了。而馬華文學卻是在本土以外、異質環境下發展出來的文學奇葩，因其寫作又是在多重文化的複雜背景中產生，兩地的文化語境大相徑庭，所以在這裏我們有必要對其文化生成及文化語境加以論述，使兩地的女性小說比較研究有個合理的依據。而要瞭解馬華文學的文化語境，就得通過創造它們與它們所表徵的群體——馬來西亞華人的歷史與政治及文化處境去把握。

一、馬華文化的生成

　　馬來西亞前身為馬來亞，1957 年獨立，領土為馬來半島十一州屬，1963 年，新加坡、沙巴（北婆羅州）與砂勝越加入，國名馬來西亞。兩年後新加坡與吉隆坡關係破裂，被迫脫離聯邦而成立獨立共和國。這些聯邦成員州屬前身都為英國殖民地，人種複雜，語言眾多。馬來西亞人口中，馬來人、印尼移民、原住民（包括半島的施努伊、耶昆、小黑人與東馬的峇曹、卡達山、達雅克、伊班、戈達揚、馬拉瑙等原住民）幾近半數，華裔人口約三分之一，其他為印度裔、歐亞混血裔、阿美尼亞裔、阿拉伯裔、泰裔等。

　　馬來西亞華人在十九世紀末期即大量移民來馬來亞。英國殖民地政府需要大量的勞工開發這片土地的資源是華工大量湧入的主因，中國政治局勢的動盪不安與自然災害也是促使華人南來的重要因素。1957 年馬來西亞宣布獨立以後，馬來西亞政府不允許雙重國籍，「華人」只能在中國和馬來西亞之間任選其一，於是，許多華人自然就選擇成為這新興國家的國民。國家身份的轉變使到許多華人的歸屬性更為強烈，作為馬來亞公民的「華人」認為既是建國的一部分，在獨立的過程中做出了重要的貢獻，所以將自己的文化納入這個國家自然言之有理，可是國家種族混雜，加上權益的失衡，於是，語言和教育就成為華人積極爭取發揚的目標。

　　但是問題卻不那麼簡單，馬來人在國家獨立前後（1957）的人口上只占了全國的 49.8%，為了維持領導的優勢及擔心其地位受到挑戰，於是通過某種「特權」法，來維持本族的強勢，「土族的特權」就這樣衍生。在這個概念下，沒有人可以否認這塊土地原本是馬來人所擁有的，他們在這個國家的歷史悠久，早已建立自己獨特

的文化色彩和主權。由此推論，華人是外來移民，馬來人的「特權」是取之有道。馬來人讓外來民族在這裏落地生根被形容成慷慨大方，因為「世界上沒有任何的原住民像馬來人那樣，可以大方地放棄那麼多利益。」[16]「土族的特權」一旦被突出，從此「我」和「他者」的形象就更隱遁無方。華人和馬來人時常對峙，議題主要就是文化與教育。「外來者」的身份使到華人先天性的在政治上無法與馬來人爭奪政治主導權，而政治，卻又是與文化與教育息息相關。

當馬來民族在國家政治中確定了主導權的政治模式後，他們就可以堂而皇之的有效地控制了國家的機器與話語資本並在各領域中獲取優勢與主導，當然包括文化，把非馬來民族排擠到從屬／邊緣的境況。於是，馬來民族即主導民族為了維護其主導權與特權，採取了分化策略，[17]把人民劃分為土著與非土著。[18]這項劃分是一種權力的象徵，也是權力的具體操作。都‧普利斯（P.du Preez）在《身份的政治》一書中指出：「政治確立和維護某種身份系統，是為了使社會的某一部分能獲得較優越的地位。」[19]普利斯所說的這種意圖確實在這項帶有二元對立的分化中顯現出來，使土著特權與土著文化至上逐漸成為不容置疑的政治規範，即強調「自我」的合法性與優越性而排斥／歧視「他者」的文化。這項分化對華人族群來說，就是文化霸權的結構。這也說明了即使馬來西亞是多民

---

[16] 這是獨立前馬來亞第一任首相東姑阿都拉曼所說的話，引自 B.N.Cham, "The Racial Bargain in West Malaysia" in Gordin P.Means(ed.), *Development and Underdevelopment in Southeast Asia*，Ottawa: Canadian Society for Asian Studies, 1977, pp.206.

[17] 這種分化的策略在一定的程度是借鑒現代政治的模式，就如韋伯所說的現代化的其中一個基礎／策略，即社會分化的歷程（雖然這種政治分化與韋伯意義上的分化並不完全相似）。參見周憲：《二十世紀西方美學》，南京：南京大學出版社，1999年，第20-21頁。

[18] Mahathir Mohamad，*Jalan Ke Puncak*，Sealngor: Pelanduk Publication，1999. p.8.

[19] Peter du Preez, *The Politics of Identity: Ideology and the Human Image*, Oxford: basil Blackwell, 1980, pp.1-2.

族多文化的國家,馬來性(Malayness)還是絕對的主導價值,其他族性不在國家綱領之列。

在以馬來人的意志為主體、「國家政策向來只為種族服務」[20]作為馬來國族國家的馬來西亞,華人的身份意識和文化命運在族群政治的紛擾中引發了許多讓人觸目驚心的課題。雖然今天大部分的華人都是土生土長,但是馬來人一直認為從歷史的視角出發,華人是外來者。所以,在社會資源的分配,無論從經濟、文化到教育領域,馬來西亞華人一直居於劣勢,他們痛苦地意識到了自己真切的「邊緣」的地位,而這些焦慮困惑也正是「馬來西亞華人」這個兩種互相區別而又有聯繫稱號的曖昧指涉性所引發。「馬來西亞人」是一個政治身份,而「華人」的屬性又和文化息息相關,它關連著家族承繼而來的中國器物、禮儀、語言和飲食習慣等。從政治上來說,華人的身份當然可以在馬來西亞和中國之間一分為二,但是從文化上來說,華人知道這樣的身份指涉著中華文化及其延續意義的符號,問題是其他族群是不是也瞭解華人的感受?

簡克斯(Chris Jenks)說過,「文化最常用來表現一個文化與其他文化本質的差異,而非統合」。[21]「華人」在馬來西亞之所以成為議題,主要是它的另一面有其他族群,只有在比較的基礎上,一種文化的特性和共性,才能得到確認。中華文化對馬來西亞華人來說,它最大的意義似乎就是:它讓華人看起來更像華人。這也說明了馬來西亞華人的文化定義是在族群政治的發展視角下開展的,在這樣的情境下,我們可以發現推行講華語、爭取華文教育的存在、各種藝術表演、文學創作等文化活動,在概念上就很明顯的去呈現馬來西亞華人的特質,各類文化活動似乎與政治掛鈎,並與

---

[20] 何啟良:〈從歷史、政策和同化主義談華人正名〉,《文化馬華:繼承與批判》,吉隆坡:十方出版社,1999 年,第 124 頁。

[21] Chris Jenks, *Culture,* London: Routledge, 1993, p.10.

表徵國家文化的馬來傳統文化相抗衡。這也說明了文化與民族或種族有某種固定的關係，即對一個民族而言，文化是代代相傳的一種類似血緣關係的東西，換句話說，民族之於文化或文化之於民族是一種人類與生俱來的初始情感。當國家政府忽視多元主義的文化觀而採取干預式偏袒某個政治上強式的族群去定做一套所謂的國家文化時，馬來西亞的華人的文化在困境中也力求轉變並擇取生存的元素。

　　當社會發生急遽變遷或舊有的傳統受到破壞而不再適於環境的需要時，傳統文化的重建就變得極為重要。這時所謂的傳統就是創造出來的（invented tradition）。這樣的「傳統」並未成為過去（傳統總是予人以「已過去」之意義），它們反而是在需要的環境裏繼續發生作用。[22]馬來西亞華人文化或傳統意義的顯現就是傳統的創造與詮釋的過程，其主要作用還是針對這個國家的單元主義文化政策而來的。國家以族群屬性為其操弄文化的基準，在國家文化原則及它的政策實施上就很明顯了（宗教課程、國家文學獎、國家獨立慶典、觀光旅遊手冊以及大眾傳播媒體等都有所謂「馬來文化中心主義」的色彩）。因此，受「排擠」的一方就只能應用另外一套文化論述來創造一個統合同一群體的「民族文化傳統」，以資對抗。與國家所創造的一套傳統比較起來，華人文化傳統就是這樣一個求取「一統」，「同質」「介入」及客體化的情境產物。[23]換句話說，在馬來西亞華人文化的議題上，視線似乎都集中在「中華文化」上。

　　但不容忽視的是，對於新一代的馬來西亞華人，特別是獨立以後才出世的新生代，文化的「變動性」現象卻是令我們不得不注意

---

[22] Hobsbawn, E. "Introduction: Inventing Traditions" in *The Invention of Tradition,* Ranger, T. & Hobsbawn, E.eds., London: Cambridge University Press, 1983, pp.1-14.

[23] 林開忠：《建構中的「華人文化」：族群屬性，國家與華教運動》，吉隆坡：華社研究中心，1999 年，第 153-154 頁。

的。大部分的華人新生代至少涉及了兩種文化，他們都是華文教育和馬來文教育結合體的產品，這群人至少都通曉馬來語和華語，並能以英語對話。這群人對馬來西亞的認識遠超於任何地方，他們對馬來西亞的事物都有特殊的親切感。於是，「馬來西亞文化」和「中華文化」的交雜於是也成了馬來西亞華人新生代文化的特殊性。

二、馬華女性文學的文化語境

馬來西亞華人在十九世紀中葉之後開始大量地湧入馬來半島。1957 年馬來西亞獨立後，由於是移民的後裔，這種「外來者」的身份使華人先天性的在政治上無法與土著（馬來族）爭奪政治主導權，再加上華人比較熱衷於經濟發展，在政治場域上缺乏謀略與遠見，在這種先天不足而又後天失調的情勢下，華人的地位節節敗退。反之馬來民族從建國初期就堅定不移地要在這多元種族（主要有馬來人、華和印度人）的國家中確定馬來人主導權（Malay Dominance）的政治模式，他們的願望在 1969 年種族暴動流血事件後，終於實現有效地控制了國家的機器與話語資本，並在各領域中獲取優勢與主導，把非馬來人排擠至從屬／邊緣的境況。

但對於大部分的「馬來西亞華人」來說，「馬來西亞華人」中的「華」，取的是文化成分，不是政治成分，這個「華」繼承的是中華文化，不是中國國籍。當他們正式成為馬來西亞的公民時，就意味著這個國土就是他們將生於斯，長於斯並死於斯的土地了，所以在語言、教育、文化、社會、政治等方面的不平等待遇，成了他們必須承擔的現實枷鎖，而如何掙脫這枷鎖的種種的銘記，就是華人在馬來西亞生活的實錄，繼而出現在馬華文學的小說作品中。

馬來民族的政治主導權，從建國初期一直延續到今天，已經形構成兩個重要的政治影響：一是在教育與經濟領域推行有利於馬來人參與的政策；二是運用馬來人的文化與政治符碼作為國家象徵與團結的基礎。這兩項政治影響是馬來人鞏固其合法性與合理性統治的基礎，也是馬來人民族主義以文化霸權的出發點。馬來執政精英的終極目標就是要建構一個以馬來知識——文化為中心的馬來化民族國家政體。[24]

於是，馬來人的特權與主導權被他們視為是建國（nation-building）以及種族和諧的先決條件，這樣的宣告／觀點也不斷的在馬來文學中不斷被生產和複製。[25]他們強調「民族——國家」的建構對國內的華人族群來說，就是企圖消解與排斥其他族群的文化符號。1970年，馬來精英開了一場文化大會，大會中竟然議決了國家文化的三大原則。即一、馬來西亞的國家文化必須以本地區原住民的文化為核心。二、其他適合及恰當的文化原素可被接受為國家文化的原素，但是必須符合第一及第三項的概念才會被考慮。三、回教為塑造國家文化的重要原素。[26]國家文化概念固然有許多含糊的地方，但整個立場卻一目了然：國家文化，就是以馬來群島原住民及回教文化為主流。這個政策的重點是以單元消除多元，華人文化在他們看來都不是適合或恰當的原素。只是馬來西亞作為一個多元種族的國家基本建構，多元文化平衡發展才能真正反映馬來西亞的實況，

---

[24] Mahathir Mohamad, *Dilema Melayu,* Diterjemahkan oleh Ibrahim bin Saad, Kuala Lumpur & Singapore: Times Books International, 2001, pp.117-122; 138-182.

[25] Tham Seong Chee, *The Politics of Literary Development in Malaysia,* Mohammad A.Quayum and Peter C.Wicks(eds.), Malaysian Literature in English: A Critical Reader, Petaling Jaya: Longman, 2001, pp.46-50.

[26] *Asas Kebudayaan Kebangsaan,* Kuala Lumpur: Kementerian Kebudayaan, Belia dan Sukan, 1973, hlm.vii;有關國家文化大會的報導和評論，分別見 New Straits Times, 18 August 1971 及 Kua Kia Soong(ed.), *National Culture and Democracy,* Kuala Lumpur: Kersani Penerbit, 1985, pp.2-3.

實在沒必要為了建構一個單元的國家符號與國族身份而宰控其他
語言與文化符號,因此多元文化的發展一直是華人社會的希望。

　　嚴格來說,華人是否必須念茲在茲中華的根源,並對母國呈現
強烈的思慕,繼而透過文本中的角色來傾訴,以馬來西亞的處境來
看,這似乎又不是明智的表達方式。因為華人對華人文化的掌握不
只是因人而異的,也是變動的。以語言文字而言,不少華人是不懂
得華語但華人的屬性卻很強烈。即使在文學方面的表現,一些出色
的文學作者並不是用中文寫作的,但卻是道道地地的華人。有論者
分析說:「中國傳統華族文化在南洋沒落,只是華人文化本質的演
變或中華文化離開中國情境後的命運,並不表示華裔在東南亞人從
此就沒有文化。」[27]

　　另一方面,自馬來西亞建國以來,當地華人就一直在國家認同
與民族認同之中纏繞。在困惑與尋路中掙扎。[28]六十年代末期五一
三種族流血暴動之後,新興的馬來民族官僚精英崛起,透過國家機
關自主性的干預、扶植,使馬來人在經濟社會資源上獲得更大的控
制,[29]相對地直接威脅到大馬華人的既存的經濟利益。於是對大馬
政經資源的爭奪,塑造了馬來西亞種族政治的特色,而將此特色牽
引進文化領域,文化則成為了動員族群的一種意識形態的鬥爭工
具。[30]當馬來新興官僚精英提出以馬來人文化為中心,企圖建構大

---

[27] 張錦忠:〈南洋論述/本土知識〉,張京媛編:《後殖民理論與文化認同》,
　　臺北:麥田出版有限公司,1995,第 94 頁。

[28] 崔貴強:《新馬華人國家認同的轉向:1945-1959》,廈門大學出版社,1989
　　年,第 423-424 頁。

[29] James V.Jesudason, "Ethnicity and the Economy: The State, Chinese Business, and
　　Multinationals in Malaysia", Singapore: Oxford University Press, Oxford New
　　York, 1990, pp.73.

[30] 馬來西亞種族衝突是一個潛伏性的嚴重問題。但其主因可能不是在表面的
　　文化差異上。政治社會經濟上資源競爭分配上的不公平,或許才是種族衝
　　突的重要因素。文化只是作為動員族群的一種意識形態的鬥爭工具。可參

馬的「國家文化」時，相對地大馬華人亦創造了「傳統中華文化」的一套意識形態，企圖去抗拒馬來新貴所主控下的國家機關對文化推行的「馬來化」之順暢運作。[31]最明顯的表徵在華人對「純」傳統文化的苦戀以及對華文教育的延存的執著上。自七十年代以來，華文獨立中學教育復興運動的開展，掀開了大馬華人悲壯式的「民族救亡」的反抗運動。保衛華文獨立中學不致滅亡，維護華文小學的繼續存在，加上延承「中華文化」的香火的使命，成了大多數大馬華人難以擺脫的文化重擔。

　　根據韋納遜（Wignesan.T）的分析，馬來西亞自獨立以來，當家當權的馬來執政精英就擅於使用其手中的權力、或者宰控語言和文化符號，去塑造他們想像中的理想國家。[32]他們把馬來文以及馬來文化視為建構一個以馬來化「民族──國家」的兩個重要法寶。獨立後，各種法令層出不窮，目標卻一致指向他族的語言及文化，尤以 1967 年這個為甚，他們通過了旨在排斥其他語言的「國語法令」，使馬來文成為唯一的國語與官方語言。華人社會欲爭取華文為官方語言的努力無功而返。從語言再擴展到文學，馬來執政精英都一致認同文學是鞏固馬來文地位及建構馬來文化的最重要機制。在文學與政治的關係上，本文完全同意詹姆遜的看法：不管是作家或讀者，在面對文本時（創作或解讀），都不免涵攝著一種對世界的預設，這種預設是政治觀念的表現，不過卻是無意識的過程。因此，一切文學，不管是多麼的虛弱，都必定滲透著所謂的政治無意識，一切文學都可以解作對群體命運的象徵性沉

　　見陳志明〈華裔和族群關係的研究──從若干族群關係的經濟理論談起〉，《中央研究院民族學研究所季刊》69 期，1990 年。

[31] 林開忠：《建構中的「華人文化」：族群屬性，國家與華教運動》，吉隆坡：華社研究中心，1999 年 7 月，第 143-158 頁。

[32] Wignesan, T., "Invisiblility or Marginality: Identity Crisis in the Literature of Malaysia and Singapore", *Komparatistische Hegte 7,* 1983, pp.53.

思。[33]所以我可以理解為何在馬來西亞文學可以成為個人「社會化」（Socialization）的重要工具。

著名的馬來學者莫哈末‧泰益‧奧斯曼（Mohd.Taib Osman）指出：「在各種藝術門類當中，文學是建構國家符號的最重要機制：因為它所運用的是語言，即人類日常溝通的最高級形式」，[34]如是觀之，馬來文學與國家／政治是有著千絲萬縷的關聯，是建構官方意識形態的最重要話語機制。由此，我們就可瞭解為什麼在 1971 年的國家文化大會後議決只有使用國語（馬來文）書寫的文學作品才是「國家文學」（sastera negara），反之其他語言的文學只能被標籤為「族群文學」（sastera sukuan）。[35]曾任馬來作家協會主席蘇海米‧阿茲也明確表示：「在馬來西亞，只有以馬來文創作的文學作品才可以被稱為國家文學。」他也說明以華文、淡米爾文及英文創作的文學作品，只可以被稱為族群文學，這是因為這些文學作品的讀者群只限於特定的群體。[36]很明顯的，他認為只有馬來文學才具有「國家」的地位，其他語言文學的層次必須在馬來文學之下。對其他語言文學的歧視及以語言來定奪一個文學是否可被稱為國家文學，是馬來政治主導論的延續，反過來馬來文學又是鞏固這種主導論之合法性的話題策略。[37]以上所述，我們可以清楚的窺視出馬

33　詹姆遜：《政治無意識》，王逢振、陳永國譯，北京：中國社會科學出版社，1999 年，第 59 頁。
34　Sohaimi Abdul Aziz, "Kesusasteraan Kebangsaan Malaysia dalam Alaf Ke-21", Dewan Bahasa, Januari 1998, pp. 73-74.
35　Wignesan, T., "Invisiblility or Marginality: Identity Crisis in the Literature of Malaysia and Singapore", *Komparatistische Hegte 7,* 1983, pp.55.
36　Sohaimi Abdul Aziz, "Kesusasteraan Kebangsaan Malaysia dalam Alaf Ke-21", Dewan Bahasa, Januari 1998, pp.73-74.
37　Sohaimi Abdul Aziz, "Kesusasteraan Kebangsaan Malaysia dalam Alaf Ke-21", Dewan Bahasa, Januari 1998.張錦忠卻認為馬來文學也是「現代族群文學」（modern ethnic literature）而非國家文學，只是在複系統（polysystem）中

來文學如何試圖將馬來西亞多元的文化個體整合到單一體的規範中。或者如譚祥志所言，企圖藉著馬來文學／國家文學，建構單元的國家特徵／符號與國族身份，[38]並生產有利於建構「民族－國家」的話語框架。於是，華人社會和華人文化就處在了認同與不認同的兩難困境裏，其錯綜複雜的尷尬身份，往往才是歷史本身難於明言直書之處。

從中可見，馬華女作家不但有著一般海外華文作家的飄泊感和文化身份認同上的困惑，她們更有著在主流社會強大的文化壓力面前的文化焦慮。生活的艱辛，精神的苦悶，她們卻能以女性的細膩的情感，敏感的內省去體驗人生遭際中各種境遇，尤其是當她們處於逆境或者坎坷，困惑的時候，心靈的敏感往往會比男性表現得更為突出。這樣，往往使她們的作品灌注了更多的心理內涵。由於處於三重邊緣狀態這一現實（即相對於居住國的主流社會來說，華人作為弱勢群體處於邊緣；相對於馬華文學來說，女性文學也是處於邊緣狀態；相對於男性來說，女性作家在性別上仍然處於男性社會的邊緣），馬華女性作家承擔著三重壓力，對她們的創作而言，無疑起了催化劑的作用。

但不管社會地位發生何種變化，文化認同並非可以依靠主觀意願就能進行的，但由於這兩種文化在異域得不到平等的對待，馬華女作家的書寫在變化的異質文化環境以及潛在文化衝突的語境中，就形成了對情感的珍惜，對自我的確定，對一種穩定的自我感以及文化歸宿的深層訴求。這似乎也成了她們生命中的精神支柱。

的一個子系統。Tee Kim Tong, "Literary Interference and the Emergence of a Literary Polysystem" Doctorate dissertation, National Taiwan University, 1997 (unpublished), pp.76.

[38] Tham Seong Chee, "The Politics of Literary Development in Malaysia", Mohammad A. Quayum and Peter C. Wicks(eds.), *Malaysian Literature in English: A Critical Reader,* Petaling Jaya: Longman, 2001, pp.51.

第三節　多元文化語境下的發聲方式

文學屬於一種藝術與美術的範疇,而文化是人類完善的一種狀態或過程。文學作為文化的表徵系統,是文化意義的生產和交換的實踐者。而在不同文化之間的意義理解和交流中,文學以自己特有的形象創造,實踐著不同文化的人們之間的相互理解、交流、傳遞的作用,並且也因自己的獨特文化意義,組成了世界文化的多元、差異和豐富多彩。所以「文學」既是一種文化意義的表達形式─表徵,又是能夠承擔傳遞和理解作用的不可缺的「文化角色」。[39]它以自己的審美形式顯示了異質文化語境下人們對於不同文化的理解和闡釋。而小說敘事作品更以其特定的描情狀物的敘事功能,溝通和傳遞著不同文化間的相互理解和相互認識,或者相互衝突的文化事實。因此福柯也認為,人們並不能真正自由地去思考和行動,因為他們連同其思想和行動,都產生在其生活中的結構(社會、政治和文化結構)。[40]瞭解了兩地的文化語境後,馬華女性小說在異質文化下的發聲就顯得具有其多元意義了。

---

[39] 高鴻:《跨文化的中國敘事──以賽珍珠、林語堂、湯亭亭為中心的討論》,上海三聯書店,2005 年 8 月,導言,第 1 頁。

[40] J.丹納赫等著:《理解福柯》,劉瑾譯,天津:百花文藝出版社,2002 年,第 9 頁。

一、馬華女性的文化邊陲發聲

　　馬華文學作為馬華文化的一環，在這樣沉重的情境下被生產，且負載了如此大的（社會歷史民族政治）道義，因此不免也是徹底的政治的，甚至如某論者所言，所有的馬華文學都是政治的文學，是華人在馬來西亞作為少數民族的華文文學的政治。而且，文學作為一種話語生產，在任何社會中都是不可受忽視的機制，就如福柯所說，話語生產就是一個權力的生產。[41]而在生產的過程中，創作人身處的歷史和政治處境影響很大，這就是所謂的創作語境。依格爾頓說過，文學文本不是先天的保守或偏激、屬於（主導）意識形態或異化反抗，而是語境使它成為如此。[42]但是，回到文學創作來說，人固然難脫政治的屬性，但政治畢竟不是個人的全部。於是在這裏就顯示出馬華女作家們，經由確定「他者」的身份來指認並物質化她們在家庭與民族的角色，巧妙的避過國家內的權利與義務的國家大敘述去進行創作。但終歸到底，各種權力在各政經層面的交互運作中，女性仍是最多數的弱勢。

　　馬來西亞自獨立建國以來，大部分華僑身份變成公民，「中國」成為歷史意識與文化記憶，現實環境在轉變，曾經的祖國已變成潛意識裏模糊的影子，歷史的文化屬性漸淡。中國從一個現實的實體被抽象化為想像性的事物，它卻又關連著家族承繼而來的中國器物、禮儀、語言，並通向祖輩的遷徙史，可是，「與中國的隔離意

---

[41] J.丹納赫等著：《理解福柯》，劉瑾譯，天津：百花文藝出版社，2002 年，第 9 頁。

[42] Moyra Haslett, "The Politics of Literature", Julian Wolfreys ed., *Literary Theories: A Reader and Guide,* Edinburgh: Edinburgh University Press, 1999, pp.105.

味著南洋華人年輕一代中所保持的民族主義是更加抽象、更加純理論的,它似乎是通過現代華文學校教科書和本地中文報刊字斟句酌的文章進行說教,與實際行動毫無關聯。」[43]

落地生根的華裔,早期有的接受英文教育,中華文化屬性已被殖民地教育削弱甚至消除。這些華裔納入以馬來人為主的文官體系後,認同的自然是這個新興國家。至於新生代,深受本地化教育洗禮,多半能讀寫譯說流暢的馬來文,對中華文化傳統的孺慕與認同業已淡薄,縱使受過華文小學教育的,華文基礎也不夠扎實,他們的社交語不是英文、馬來文就是漢語方言。華文於是失去教育與社會功能,也無法喚起文化集體潛意識了。再加上由於華文在馬來西亞屬於非官方性的,連帶的以華文書寫的馬華文學便不得不被擠壓向非主流/邊緣的命運,或被標籤為具種族主義色彩的「族群文學」。在這種文化語境下創作的馬華女作家,追尋民族文化根源,以方塊字言情抒懷,難免會受困於離心與隱匿的文化情結。所以說,無論馬華文學表現如何,對本土的文化如何認同,馬華文學乃至文化仍然被視為外來文學文化,馬華女性作家只能在邊陲書寫發聲。

二、多元文化發聲的優勢

馬來西亞立國以來,政府即期望或計劃以單一語言及單元文化達到團結不同種族國民,但是這個國家從來就不是那麼單音獨調。或者反過來說,馬來西亞的優勢就是多元。可是,馬來官僚精英所領導的政府卻昧與現實,不願明確規劃雙語或多語政策或多元文化計劃。單元語言及文化政策只會造成某些族群的隱匿及離心,絕

---

[43] 王賡武:《中國與海外華人》,臺北:商務出版社,1994 年,第 153 頁。

難達到團結的效果。事實上，多元種族社會只能靠多元文化團結，透過文學藝術的欣賞、體會與感動，學習瞭解與尊重他者。

我們可以說，不是馬來西亞華人選擇時代，而是時代選擇了馬來西亞華人，既然文化無法避開政治話語的宰制，也許我們就得正視伯林（Isaiah Berlin）所提出的主張。伯林認為許多持自由觀的人過於樂觀，以至不自覺的秉持價值一元論的概念。這些人最大的錯誤是認定人類所有積極的價值，都能夠彼此相容、彼此蘊涵在對方之中，因此人類一定能夠找到一個最終的解決之道，然後把它一以貫之。在伯林看來，這樣的觀點對人類沒有好處，因為多元文化的問題不在於融合，而是如何彼此共存。許多人都知道文化的差異性，問題因此不在是不是承認差異，而是在面對差異的態度。[44]馬來西亞的馬來民族官僚精英應引此為鑒。

馬來西亞華人為了維護本身權益和文化特徵，總是企圖衝破主導話語的壟斷，並構築自身的符號象徵，誠如有評論者指出：「他們把華文不只是看做一種媒介的工具、一種身份的認同，他們寫作也不只是承擔起傳承文化香火、維繫華族血脈的使命。他們用華文創作，是在汲取著歷史，又守著未來。」[45]但這似乎還是男性權力和價值在撿視並思辯。女性還在總體化框限下，始終被異化為應聲者與服從者，甚至成為失語者。因為中國民族移民至任何異域，總是不會忘了把整套封建禮教秩序帶著一起走。馬華女性作為一個性別群體概念之最重要的內涵是由歷史規定的，確切的說，她們的真實價值必須在與父系秩序下的社會性別角色的差異性關係中才能得到肯定。中國傳統觀念，中國的習俗，中國的故事（包括中國歷史文學、民間傳說等），一直是馬華女作家從小通過她們父母的言

---

[44] Isaiah Berlin, *Four Essays on Liberty,* London: Oxford University Press, 1969, pp.167.

[45] 黃萬華：《新馬百年華文小說史》，山東文藝出版社，1999 年，第 28 頁。

傳身教,以及從父輩們的非正式檔案中領受的。但是,幸虧馬來西亞多個地區甚至整個國家都在不同時段曾是葡萄牙、荷蘭及英國的殖民地,所以新思潮的湧進很早就改變了當地婦女的命運,在教育與很多方面,婦女基本上都能獲得平等的機會,也紛紛涉足公共領域。

馬來西亞主要是由三大民族組成的國家,馬來族、華族、印度族及前殖民宗主國的文化不可避免的纏繞在一塊。因此,在現實社會生活中,馬華女性一直是在傳統觀念、婦女解放以及在多元種族、多種文化互斥中成長的女性。馬華女作家從性、性別和社會倫理道德、經濟文化等多重角度,對女性進行關照反省,啟迪她們的女性意識,在文本中去完成女性尋找自我世界、尋找男人世界、甚至尋找整個世界的企圖。在過去和現在交纏的她們,夾縫於舊傳統與新思潮,在主流社會強大的文化壓力面前,她們更會以女性的細膩的情感、敏感的內省去體驗人生遭際中各種境遇,這樣她們的作品也往往懷抱更多的心理、文化及時代內涵。本文將在以下的章節中作更細緻的文本分析。

馬華女作家在地域或種族上屬於邊緣,較之於男性,又多了一層性別上傳統和觀念的枷鎖,於是,她們的書寫更具有深刻的人生理念。她們基本上認清一個事實,「華人」是馬來西亞的國民,但「華」又意味著在語言、文化和血統上和中國的關係,因此華人已經不是移民,當他們從移民轉變成公民,不能再以民族的原初情感(primordial sentiment)定義華人,中國文化必須再納入馬來西亞的歷史和文化脈絡裏,文化認同的內涵也必須重新再定義。女作家們關心的問題已是馬來西亞的華人,以及華文文化問題,而非如當年懷鄉作家那樣,所思所想無非中國。馬華女作家李憶莙的〈黃河〉談鄭義的《老井》一書時,就表示作者那種中國人的感情她無法理解,因為「我到底不是中國人,我沒有那種感情」,也重申自

己是「一個海外華人，是看不懂中國的，主要的原因是沒有那種感情」。[46]另外我們從其他馬華女作家們的小說作品看來，不管是曾沛的小說《眷眷愛心》裏的尹大叔或張依蘋的小說《回眸》中的「我」，顯然已能夠清楚的離析文化母國和國家認同這個事實。且看尹大叔是這樣說的，他「做什麼都以國家為大前提」，他雖然把患病的二兒子帶回中國接受中醫治療，但卻深愛自己的國家馬來西亞，常勸同胞不要盲目移民。《回眸》中的「我」對中國的好奇也僅僅是因為它是父親的故鄉，「我」最終歸去的方向仍是馬來西亞。

這些生於斯長於斯的馬華女作家們，既能夠清楚劃分國家與文化認同之別，也認同居住國文化中的諸多層面和局限。雖然文化認同的確定不僅是生理和地域因素，而且還有外在的和社會因素的影響，但馬華女性作家在歷史的變遷中不斷汲取外來營養，吸收異質文化的有機成分，融合到有利於自身發展的成分中。所以可以這麼說，馬華女性作家在多元文化語境下的發聲方式已深深刻上馬來西亞華人身份的一個特徵。

---

[46] 轉引鍾怡雯：《亞洲華文散文的中國圖像》，臺北：萬卷樓圖書有限公司，2001年，第112頁。

第二章
當代大陸與馬華女性小說中的
文化身份的追尋與遷移

第二章　當代大陸與馬華女性小說中的文化身份的追尋與遷移

　　所謂文化身份，並非是一個恒定的概念範疇，而是歷史性的構造，其形式系統由個體的流動呈某種開放性的結構，並持續重構。也就是說，民族性與文化身份總是在既定的歷史條件下，不斷地構成、豐富以及重構。身份要成為問題，需要有個動盪和危機的時期，既有的方式受到威脅。這種動盪和危機產生源於其他文化的形成，或與其他文化有關時，更加顯現。正如科伯納‧麥爾塞所說：「只要面臨危機，身份才成為問題。那時一向認為固定不變、連貫穩定的東西被破壞和不確定的經歷取代。」[1]

　　因此，在大陸與馬華的女性小說的比較中，「文化身份」的存在問題就多出現在馬華女性小說文本內。馬華女作家身在安身立命的新興國土上，必須面對多元文化的衝擊，而她們的文化認同的過程，實質都表現在她們所創作的多元文化的作品中。而在兩地的女性小說所表現出來的「文化身份」觀點，其實在本質上和歷史上都有不同的詮釋，這也表明了「文化身份」自身嬗變與後現代語境的關係，值得我們從她們的小說中去仔細探尋。

---

[1]　Jorge Larrain 著，戴從容譯：《意識形態與文化身份：現代性和第三世界的在場》，上海教育出版社 2005 年 1 月版，第 194-195 頁。

第一節　文化身份與家國意識的潛隱

美國文化學者斯圖亞特‧霍爾（Stuart Hall）認為「文化身份」
有兩種存在方式：一種「文化身份」即指那種藏身於許多膚淺的、
表面的、人為的「自我」之中的一種更為深厚的、集體的「自我」
表現，這種「集體無意識」緣於我們來自共同民族的歷史文化。這
種文化身份反映共同的歷史經驗和共有的文化符碼，給作為「一個
民族」的人們提供了在實際歷史變化莫測的分化和沉浮之下的一個
穩定、不變和連續的指涉和意義框架。[2]另一種對於「文化身份」
的描述則認為，文化身份是一種「存在」，但也是一種「變化」，它
不是固定不變的「存在」，而是在現實過程中不斷受到外力影響而
漂浮著的變化著的「存在」。也就是說，我們不能把這種文化身份
當作是某種文化永遠固定不變的表現，而應該看作是現實因素下的
運作過程，它「屬於過去也同樣屬於未來。它不是已經存在的，超
越時間、地點、歷史和文化的東西。文化身份是有源頭、有歷史的。
但是，與一切有歷史的事物一樣，它們也經歷了不斷的變化。於是，
「文化身份」其實就是指一種共有的文化，集體的「一個真正的自
我」，這種認同是有著極強的連續性，它使得我們和我們的祖先找
到許多相同點。也就是說，我們的文化身份反映共同的歷史經驗和
共有的文化符碼，給作為一個集體的我們提供一個穩定和連續性的
指涉和意義框架。對於兩地女作家來說，文化身份相互牽連更是不
可分割。

2　〔美〕斯圖亞特‧霍爾：〈文化身份與族裔散居〉，劉象愚、羅鋼主編的《文
　化研究讀本》，中國社會科學出版社 2000 年 9 月版，第 209 頁。

霍爾對文化身份的這兩種表述，也說明了文化身份並不是已經完成、一成不變的，而是一種多元的、開放的認識與建構的過程。也是我分析及確認兩地女性作家文化身份的基礎。對馬華女性文學而言，如何給自己的身份定位，如何對中國這個文化形象加以闡釋，如何對進入後現代後殖民文化時期，階級、國家、民族、性別、文化資本、跨國資本、話語、權力運作等加以重新剖析，從而達到重新體認這些概念的內部本質及其特徵，並檢討文學創作之文化身份的差異，進而重申馬華女性文學整體意識的重要和可能是必須的。

一、身份的追尋

對於文化，要給它下一個準確的定義是不容易的。根據我的粗淺的理解，它所包括的內涵是極其豐富的，大到生死、宇宙觀念、人類理想，小到飲食起居、生活習俗、行為舉止等。文化是與生俱來、深入骨髓的東西，要想改變它，不是絕對不可能，但卻是非常困難及複雜的。馬來西亞華人和中國華人可以連接起來的原因，是因為兩者有著同樣的文化根源。可是，「馬來西亞華人文化」和「中國華人文化」在向前推進時卻有著不同的軌跡，這是文化發展的必然性。而文化身份認同的問題本來就不單純，人們對自己身份的肯定是個體和社會文化影響之間長期互動的結果。就如查爾斯・泰勒（Charles Taylor）所言，身份不是在孤立的狀態中「製造出來的」，而是「通過與他者半是公開，半是內心的對話協商而形成的」。[3] 在

---

[3]　Charles Taylor, "The Politics of Recognition" in *Multiculturalism: Examining the Politics of Recognition, edited by Amy Gutmann,* Princeton: Princeton University Press, 1994, pp.34.

身份認同的討論中，有兩重意義是互為表裏的，一方面個體必須能透過具體的生活實踐辨認出一己身份之所屬；另一方面，個體在自我確認的漫長過程中又無法不受別人對自己身份的認同與否所影響。

這也說明了文化身份的重要性，它使得一個人、一個群體、一個民族或一國人民和「他人」、「他群」、「他民族」、「他國人民」區別開來。華人移民的地理空間的遷移，實質也是文化的遷移，可是，他們的身份已經不由傳統所決定，即是你是誰不是由你所來之處所決定，而是由你所在之地決定了你是誰。「所來之處」與「所在之處」的斷裂、背離，或者漂移，顯示了文化身份建構的動態。這些「身份建構」、「身份重建」、「身份危機」、「身份衝突」等詞語，可以說馬華女作家已經遭遇的或者正在遭遇的。所以，與大陸女作家的作品相比較，我們可輕易在馬華女作家的作品中看到她們對自我文化認定的變化以及她們說話或寫作的位置。雖然她們「以自己的名義」講述自身和自身的經驗，然而，講述的人和被講述的主體決不是一回事，絕不確切地在同一個位置上。於是，文化身份就成了馬華文學女作家寫作中最核心概念，也是她們共同具有的觀念及心理素質。

因為不同的文化身份，也使大陸與大馬兩地的女作家們在各自的作品表現上，都帶有明顯的文化差異政治的特徵。正如有學者所指出的那樣，在民族文化中，有一個本質核心是那些外人無法進入的區域，這是一個無法剝奪和無法消解的「本質核心」，這個「本質核心」是呈現在可見事物及不可見的思維活動中，也是任何文化賴以保存並發展自己的傳統。[4]而中國女性作家的這種「本質核

---

[4] 應錦襄在〈跨文化的消解與切入——賽珍珠與倪菲筆下的中國〉文中說過，「每個個體都無法擺脫自己身心中存在的這一核心。不管對異質文化的何等仰慕，他始終是一個異質文化的『他者』，即使是對異質文化有廣博精深

心」，正是馬華女性作家們尋找的文化身份的核心，但這似乎也是她們無法完全表述的中國文化身份的中國「原形」。

身份的認同問題和文化的走向一直是馬來西亞華人史中引人注目的議題。華人的身份意識和文化命運的最大特徵是兩者都在族群之間的互動過程中形成，也就是由「他者」的出現而建構起來的。漢納・皮特津（Hanna F.Pitkin）在討論「我們」這個集體身份對於政治話語的重要性時指出：「在政治話語中，人會不斷的追問『我們該怎麼辦』中的『我們』是誰。」因此，「政治話語必然顯示『我們』的範圍的合理性。」[5]在面對先前的殖民地文化以及後來的馬來文化所應有的自處之道，「馬來西亞華人」集體意識的產生是必然經歷變化的結果。「我們是誰？」、「我們的文化發展應該如何？」、「我們應該做些什麼？」、「我們不應該做些什麼？」等都是順時而生的困惑。

這種心理方面的變遷是很容易感覺到，但要用文字來表達和證明，就比較困難，這不僅因為其表現是多種多樣的、間接的，而且還因為這些表現是潛意識、不規則的。在這些事物的變遷中，並沒有一個從「傳統至現代」的簡單進化過程，任何變化都是曲折的、間歇的，有時趨向於傳統，有時又背向傳統。在馬來西亞這個無以避開的族群意識和文化差異中，馬來西亞華人，包括我們在地的女作家們，該如何為自己的身份和文化定位。在仍是男權主宰世界的今天，她們又是女性，必然遭遇到更大的困難。所以對於這些海外女作家的特殊處境，聶華苓曾用了「邊緣、邊緣、又邊緣」這樣的詞來形容她們。

的研究學者。」應錦襄：〈跨文化的消解與切入──賽珍珠與倪菲筆下的中國〉，郭英劍編：《賽珍珠評論集》，灕江出版社，1999 年版，第 520 頁和第 523 頁。

[5]　Hanna F.Pitkin, *Wittgenstein and Justice,* Berkeley: University of California Press, 1972, pp.208.

　　於是，我們可以看出，馬華女性作家所背負的文化身份，已經不再是對「所來之處」，即對血緣關係的中國文化的本質歸宿，而是超越地域、時間和歷史的，與「所在之處」的歷史、文化和權力不斷遊戲的運作，形成了她們自己動態的、變化的身份表徵。相對單一文化的大陸女作家而言，這其實也是她們的優勢。

二、家國的認同

　　身份認同是由環境所激發的一種認知，並在環境影響下出現一些特有的舉動。說得直接一些，對於自己文化身份認同就是指出自己的特色，確定自己屬於哪一種類屬，不屬於哪一種類屬的規範活動。而對於中國本土女作家而言，文化身份與民族身份完全相符一致，因此她們對一個民族文化具有真實的、具體的、本質的歸宿感，也就是說，她們的文化身份表現出霍爾所說的文化身份本質論的特點，即把文化身份看成是固定的、已經完成的「存在」。然而對馬華眾女作家而言，文化身份與民族身份或國籍身份的斷裂，造成她們一方面與有血緣關係的中國文化存在著固定的、已經存在的事實聯繫，同時又存在霍爾所說的從歷史觀理解的「文化身份」，即把文化身份視為某種正在被製造、總是處在形成過程之中的東西，它還未曾完成，對未來仍有開發性的。

　　所以，作家文化身份和心態既體現在作家自敘經歷或思想的一些文字和言說中，也體現在作家具體的文學創作中。大陸女作家因單一文化的延續性，沒有身份的困擾，文化的歸屬與文化身份在現實中始終能夠取得平衡。但馬華女作家們由於歷史造成的差異以及不同文化族群所形成的文化差異裏，力圖在多重文化的複雜背景下，凸現本身的生存狀態及文化身份就成了她們書寫的一個動

力，也使她們在異質文化的語境下對世界的思考，領悟和表述更為
獨特。

　　於是，在文化身份選擇及自我表述（Self-representation）的意
識裏，並從中尋求文化身份的過程中，中國傳統的各種民間藝術成
了馬華女作家追尋身份認同的一種源頭。馬華女作家方娥真在小說
《畫天涯》裏的女主角程雲玉會從笛子獨奏中就「覺得很親切很熟
悉」，因為絲竹音樂令她想起中國，這是文化身份的一種牽引。另一
位馬華女作家孫彥莊的小說《開麥拉》也帶出了對布袋戲這個民間
藝術精湛技藝的依戀，小說中這個民間藝術空間負載著作家對華族
的久遠歷史、溫馨人情及古典傳統的強烈文化情懷的牽引和隱喻。

　　除此之外，馬華女作家們還把對中國的文化想像投射在書面文
字裏，這樣想像的維度透過各種古籍記載或古典詩詞的嵌用而得到
最大的發揮，從而在文字形象裏建構出自己的想像客體，抒發自身
的文化鄉愁，並從中替自我的文化身份認同定位。梁靖芬在小說《水
顫》裏的感時憂國，追究民族血統的意圖，就挪用了鄭和的古籍記
載來打造其中國文化形象：

> 鄭和，雲南人，世所謂三保太監者也。初事燕王於藩邸，從
> 起兵有功，累擢太監。／自占城向正南，好風船行八日到龍
> 牙門，入門往西行，二日可到。此處舊不稱國，因海有五嶼
> 之名，遂名曰五嶼。無國王，止有頭目掌管。此地屬暹羅所
> 轄，歲輸金四十兩，否則差人征伐。／雲帆高漲，晝夜星馳；
> 涉波狂瀾，若履通衢。

　　小說《水顫》是以鄭和到過的馬六甲（馬來西亞境內的一州）
為背景，寫「阿姆」率前夫孩子「我」及表哥進山求拜三保佛公，
一路上敘述祖上事迹，於是呈現三套鄭和文本：史書記載、阿姆講
述、祖上所說（作者所編）。作家企圖將三套文本裝在「一個花邊

刺繡的老錦盒裏」，盒中有盒，野心極大。女作家利用這段古籍的
記載來強調故事的可信度，雖然小說終究是小說，當不了真，但小
說敘述祖上的豐功偉績，並顧左右而言及「我」的血統系譜，主要
暗喻自身與中華文化的血緣關係。而這種文化身份認同的憂患意識
是永遠也無法消除的，因為作家無法不想念，也就無法同往昔和現
實的夾縫之中突圍出來。

　　無可否認，這些表述都是馬華女作家們自己在日常的體驗中面
臨的文化共存及文化選擇的問題。當文化認同成為馬華女作家打造
中國文化的主體精神後，文化其實並非一成不變，文化中國是她們
精神的回歸，馬來西亞終歸是她們最後歸去的土地，國家認同與文
化認同清楚二分，因為國家認同與文化屬性對象的差異在現代國家
原屬常態。當中國文化在與本土文化的涵化的過程中，一種屬馬來
西亞的華人文化亦在緩緩成形。

第二節　雙重身份與邊緣書寫的情結

一、馬華女作家文化身份的建構

　　我們且看馬華女作家戴小華在《八千里路雲和月》裏寫到：「在
馬來西亞，有人說我是外來移民。在中國，有人說我是外國華僑。
似乎自己站在哪兒，哪兒的土地就不屬於我；但是當我踏出了那塊
土地，我卻代表了那塊土地的全部。」[6]這種處境，讓她們常覺得

---

[6]　戴小華，《闖進靈異世界》，人民文學出版社，1998 年 5 月。

自己好像是一片無根的浮萍，但她們一踏出國門，身份卻又和她們的所居地密不可分。就如馬華另一位女作家張依蘋在小說《回眸》中的敘述者「我」的表白，「我」一踏在北京的大地上，心裏十分雀躍，情不自禁的說出：「嘿！中國，我來了！」可是一接觸到當地人，出租車司機就認出其口音，還說「我」的眼睛不像中國人，「我」於是必須說出自己是「馬來西亞的華人」身份。從生命記憶到文化母體，這位在馬來亞大學中文系畢業的女作家迷惑了，「中國／中華」文化曾是她們確立主體，安身立命的身份所在。然而回到文化的母體時，才發覺原來中國／中華文化並非一成不變的固有實體，「我」於是成了「他者」了。這位在炎熱的大馬長大、念書並圍著「沙籠」裝在宿舍趕蚊子的「他者」即「我」在文中清楚為自己的身份定位為馬來西亞第二代華人，去北京只是為了去看看父親以前的國家。「我」是從中國罐頭，中國古典或俠義故事、世界羽球錦標賽的中國運動員、以及長輩們旅遊中國後告訴她的點滴中認識中國。

國家認同與文化認同在「我」身上其實毫無疑義，陳若曦以下一段話也普遍表明了馬華女作家對國家認同的心態：對一個國家的認同，包括權利和義務，而最大的義務就是效忠定居國的政府，想做倚牆派，或者說「身在曹營心在漢」，那明顯對所在國不公平，自己也問心有愧。[7]可是「我」還是發覺：「那個陌生國度（中國）就這樣若隱若現、有形無形的點綴我的生活，不是重心，卻也沒有消弭；一如胎記，沒什麼實際效用，也沒有刻意清除」。這是馬來西亞華人在「馬來化」的宰制意識下，常常就會產生確定自我身份的危機感。馬來人文化與華人文化在二元的差異中呈現對立，在馬來西亞就必須是「馬來化」的論述下，讓許多人內心只有從中華文化中尋求身份的定位。從這兒我們看出自我意識的覺醒促使馬華女

---

[7]　《星洲日報》，馬來西亞，1993 年 11 月 14 日。

作家張依蘋在兩種文化間尋找自我。對身份的困惑,對身份的思考促動她們建構自己的文化身份,中國文化於是成了她們的「胎記」。

在有關文化身份／認同的相關環節中,有學者認為把一個民族成員緊緊的凝聚在一起的因素,除了價值觀念、語言、家庭體制、生活方式外,還存在著一個深層區域,即「精神世界」。而「精神世界」是指一個民族在歷史發展過程中,集體記憶裏所儲存的種種形象,它可以是民族神話、傳說、民族英雄或文藝作品中虛構的人物形象等等。[8]其實這所謂的「精神世界」就是一個民族的集體記憶和集體無意識,這些都是構成自我文化屬性的最寬闊的地帶,也是現實民族文化身份的一個重要資源。馬華女作家張依蘋的文化「胎記」就是民族的集體記憶和集體無意識的最佳表徵。

在這裏我們也可以參考人類文化學家戈茲(Cliford Geertz)的分析。戈茲指出,第三世界的人民的集體身份認同包含兩種不同的因素:「原生性認同」和「公民性認同」。前者喚起我們的「原始情感」,後者則為我們介入公民政治提供有效的身份。[9]如果以張依蘋在《回眸》中的敘述者「我」的身份來看,前者指的是「華人」,後者指的是「馬來西亞人」,這兩種身份認同是現實的產品,不應該由此而產生不和諧的動因。

我們的生活方式從來不是固定於靜態的狀態,在文化變動的過程中,馬來西亞意識其實已經悄悄出現了。在尋找自己身份的定點過程中,作家們意識到文化動態發展的本質。所以戴小華後來認為自己的身心已融入了馬來西亞社會,指出自己「血液裏雖然流著華族的血,但整個靈魂和心已屬馬來西亞了」。而張依蘋在《回眸》

---

[8]　〔加拿大〕張裕禾／錢林森:〈關於文化身份對話〉,《跨文化對話》第9輯,上海文藝出版社,2002年7月版,第73頁。

[9]　Clifford Geertz, "The Integrative Revolution: Primordal Sentiments and Civil Politics in the New States" in *The Interpretation of Cultures,* London: Hutchinson, 1975, pp.308.

中的敘述者「我」在從北京飛回馬來西亞的航機上（「我」乘搭的
還是代表國家的馬來西亞航空公司）聽到她熟悉的國語（馬來語）
而感動不已，因為想著又可以回到了自己綠油油熱帶雨林的國家，
在自己的窩裏睡場好覺。「我」的思想感情早已與她們生於斯長於
斯的土地融為一體，馬來西亞便是她快樂的家園，作家其實也用
「我」來藉此表明了自己的國家認同。「我」再回去馬來西亞是一
個重要的表徵，馬來西亞始終是「我」魂牽夢掛的重點。

　　對於新一代的馬來西亞華人，特別是張依蘋這些新生代，他們
至少涉及了兩種文化，他們都是華文教育和馬來文教育結合體的產
品，這種人至少都通曉馬來語和華語，並能以英語對話。這群人對
馬來西亞的認識遠超於任何地方，他們對馬來西亞的事物都有特殊
的親切感。「馬來西亞文化」和「中華文化」的交雜於是就成了馬
來西亞華人族裔的雙重文化身份的特殊性。

　　馬華女作家認同的雖然是兩種交雜的文化，但她們長期或從出
生就必須生活在兩種強勢文化即當地馬來人文化及母體／中華文
化的氛圍內，兩種文化的差距甚遠，必然會有激烈的碰撞，要能相
互理解，寬容，以至達到兼容互補，這是一個長期嬗變的過程。在
這個文化建構過程中，必然帶有矛盾和痛苦。海外女作家伊犁就生
動的說過：「中國傳統文化對於海外華人有時是很重的『包袱』，有
時又是珍貴的『寶藏』。為了『適者生存』，我們得趕上時代，與現
實縮短距離，學習宗主國的文字、習俗、法律……家裏關上門後，
還是吃中國飯，說中國話，要子女學習倫理道德……種種矛盾，處
處衝突，真如精神分裂病患者。」[10]馬來西亞的女作家的情況也相
差無幾，甚至過於不及，因為她們除了要學習馬來語和熟悉馬來文
化外，還必須學習掌握殖民地政府留下的語文即英文及其文化衝
擊，才不會被時代所淘汰。而從她們的小說中，也讓我們知道，家

---

[10]　《星洲日報》，馬來西亞，1993 年 11 月 14 日。

園和異域的雙重文化和文化意識才是馬華女作家身份中最具鮮明特徵的內涵。

二、馬華女作家文化身份的歸屬

文化認同問題，既有普遍的規律，又因人因地而異。馬華女作家確定自己的文化歸屬，繼而從容大度地對待異族文化的衝擊，取其所長，避其所短。但在馬來西亞，華人無論在政治、經濟、教育或文化上都似乎處於夾縫位置。特別是對文化消亡的恐懼，常令他們迷失。新生代華人土生土長，不是外來客，他們掌握馬來語比華語更好，國家認同感不乏，但這無改華人在大馬的邊緣地位。華人得比別族用功才能進到大學，華人在政府部門升級機會不高，華人購買新房子得付比他族付更高的價錢。種種這些問題使到國家認同成為一個懸念。最讓人吃不消的是被人說成你是不屬這片土地。馬華女作家曾沛在小說《眷眷愛心》裏的女主角尹雯妮就說出了自己的感受：「我們生在這裏、長在這裏、這裏就是我們的國家。我們是道道地地的馬來西亞人，誰說我們不是？過去是、現在是、將來也是！」我們還可從她的作品中找到抵制文化偏見的聲音，在小說《眷眷愛心》裏，作者也引用了馬華詩人方昂的詩表達了自己心中的苦楚：

又有人說我們是移民了
說我們仍然
念念另一塊土地
說我們仍然
私藏另一條臍帶

> 這是個風雨如晦的年代
> 該不該我們都問問自己
> 究竟，我們愛不愛這塊土地
> 還是，我們去問問他們
> 如果土地不承認她的兒女
> 兒女，如何傾注心中的愛？

　　在馬來霸權文化意識高漲的馬來西亞，這種代言毋寧顯露了作家本身的主觀意願，作家以一個辯護者的身份出現，試圖對馬來人的偏見作出回應，但是這似乎是徒然的，沒有人願意聆聽他的傾訴。這種不斷被人說成不是本地人的心理，讓很多華人傷心痛絕。華人無法讓馬來人瞭解到他們和中國文化之間，其實是處在一種漸行漸遠但又相互混雜的張弛關係。於是，文化問題是否可以跨越政治而使到國家認同不至於受到影響一直成為華人所關心的議題。小說《眷眷愛心》裏的女主角尹雯妮就認為這全是有心份子故意的挑撥離間，她說：「這裏沒有戰爭、沒有饑餓；除了一小撮極端份子，各族人民，都能和睦共處」，「她下了決心，要把這裏明媚的熱帶風光、這裏的多元文化色彩和人民的精神面貌，通過她的彩筆表現出來」，家鄉的風土人情、食物、異族鄰居朋友令她割捨不了，她十分肯定熱愛自己的國家，希望將來做個好老師，把對故鄉的愛，世世代代延續下去，所以最後她放棄了與哥哥移民美國的機會以表自己的愛國之心是必然的結果。

　　誠如霍爾（Stuart Hall）所言，「文化身份」是指一種共有的文化，集體的「一個真正的自我」，這種連繫性使到我們和我們的祖先找到許多相同點。但在同一個時候，我們也必須注意到文化身份的變化特質。「過去的我們」只是歷史的介入，我們不可能將這種歷史經驗固定化，因為文化身份既存在又變化，它屬過去也屬未

來。「文化身份」雖然有源頭也有歷史，但是，與一切有歷史的事物一樣，它也經歷了不斷的變化，它絕不是固定在某一本質化的過去，而是屈從於歷史，文化和政治的發展。[11]「馬來西亞華人」的歷史因此不只是「中國歷史」，它還得加上華人移民以後的馬來西亞歷史，「馬來西亞華人」最後也變成一個文化身份歸宿是必然的趨勢。做為一個文化身份，它的文化積累將隨著時間的流逝越來越濃厚。

除了政治與文化的百般纏繞，其實一個人的成長過程、對土地的感情及文化之間，也構成糾纏不清的牽絆。大馬女作家柏一的小說《水仙花之約》中的何嘉儀留學臺灣，學成回國，待嫁的三十歲大姑娘快結婚了，但男朋友堅持移民澳洲；想起父母養育的辛勞，想起自己成長的土地，她於是毅然不結婚了。因為要在雙親膝下服侍，也不想離開祖國馬來西亞，這樣她才會覺得無憾。且看文本中何嘉儀駁斥身為專業人士的男友移民的心態：「我一向不贊成移民。勞工要走，優秀生要走，大富豪要走，專業人士也要走！誰留下發展國家？」。

柏一是一個接受了中國文化且又認同國家意識的年輕作家。她的作品中的華人形象滿足了馬來西亞華人的身份認同。曾沛小說《眷眷愛心》裏的尹大嫂就如同《水仙花之約》中的何嘉儀一樣，在丈夫去世後也不願意離開自己生於斯長於斯的土地，可是如果兒女選擇移民，她還能有什麼選擇？事實上，做女兒的也看出母親對鄉土的感情，不想移民的心思，於是最終也選擇留在故土。另一位馬華女作家陳蝶也在小說《為誰風露立中宵》中強調自己的愛國心。小說中的靜如也是一個不想移民的女人，她「吸著屬於自己空間的氧氣，又看到自己的土地上那些煥發著各自的光彩的庵閣，廟

---

[11] 〔美〕斯圖亞特・霍爾：〈文化身份與族裔散居〉，劉象愚、羅鋼主編，《文化研究讀本》，中國社會科學出版社 2000 年 9 月版，第 209 頁。

院和清真寺，又安然的渡著此來彼往的各族特殊節日的假期時，她便充滿了激動的，溫柔而又驕傲的感情；便更深的眷戀著自己的家鄉。為什麼要走？」

事實上，不管是對馬來西亞不滿的作品也好，或者是戀土情結也好，我們不難發現，馬來西亞已成為作家筆下思考的內容。這話也不用多作詮釋，毛姆在分析狄更斯的小說題材何以不以上流社會為背景時，已把其原因說的極徹底了：「我們常會把自己從小就熟悉的人和事看作是整個世界。」[12]所以長年居住在馬來西亞的女作家們如唐珉、艾斯、陳蝶、鞠藥如等女作家的作品當然也處理過許多她們熟悉的馬來西亞華人社會生活為主旨的書寫。

當華人坦然接受了華人文化後，應有能力和勇氣尋找一個文化定點，中華文化與國家意識絕對可以共存，就如同有論者指出：「原生性感情和公民感情並不處於、相互對立的隱喻性進化關係中，就像傳統社會學中各種各樣的二元對立的理論一樣──禮俗社會和法理社會，機械團結與有機團結，民間社會與城市社會告訴我們，一邊的擴張不是以另一邊的犧牲來完成的。」[13]馬華女作家們認同了中華文化，同時吸收了異域文化（如馬來文化及西方文化）的優點，原生性感情和公民感情的有機配合，將有助於她們找到文化身份的歸屬，為馬華女作家們的創作提供心理能量，形成她們獨特的藝術個性。所以就如馬華女作家鞠藥如在其小說《貓戀》中說：「好像大地和她，本就是一體，沒有隔膜和不安」，「馬來西亞文化」和「中華文化」的交雜的文化身份於她們來說就像大地和她，本就是一體，沒有隔膜和不安，也是既成的事實。

---

[12]　W.Somerset Maugham, *Ten Novels and Their Authors,* London: W.Heinemann, 1954, pp.135.

[13]　Clifford Geertz, "The Integrative Revolution: Primordal Sentiments and Civil Politics in the New States" in *The Interpretation of Cultures,* London: Hutchinson, 1975, pp.308.

第三節　生存條件與散居身份的新變

　　在切入本文的議論之前，我們先瞭解一下「族群散居」的原義。「族群散居」原指猶太人自以色列的逃亡與離亂，近年來也泛指移居異國的族群經驗。威廉‧沙凡（William Safran）在解釋族群散居時，提出了幾項特徵：有離散的歷史、存有祖國的記憶或神話、不被寄居國接受、渴望落葉歸根、持續支持祖國並認同為團體中的一分子。在他列舉的實例中，中國「還算」符合，雖然嚴格來說連號稱「最典型」的猶太裔狀況都未必全部吻合上述條件。[14]而張京媛也說過，族群散居是指「某個種族出於外界力量或自我選擇而分散居住在世界各地的情況（用通俗的話講即是移民現象）。[15]於是，馬來西亞華人的離散和遷移甚至殖民的經驗，使到以「離散」（diaspora）觀點出發的馬華女作家更是能夠體驗其中包括地域、族裔、社會、文化、性別等各種層面的移動與轉化。而大陸自改革開放後，大量的國人以升學就業投資等方式離開國門到異國暫居或定居者更是不計其數，其中不乏女性作家。多元跨國的現代經驗如何令這些女作家們在歧異的語言、陌生的環境中去跨越創作的想像呢，我們且在她們的作品中去見證兩地女作家們的生命和寫作所經歷的理想漂流，並探尋她們創作的位置和轉移的視野。

---

[14] William Safran, "Diasporas in Modern Society: Myths of Homeland and Return" in *Diaspora',* 1991, pp.83-99.

[15] 張京媛主編：《後殖民理論與文化批評‧前言》，北京：北京大學出版社，1999。

一、漂泊的遷移者

　　移民者，既是自主的個體，亦是文化、性別和階級的代理（agent）。在這裏，我將由文本中呈現的女性個人問題切入，旁及女性在新環境裏與舊族群的互動關係。跨界的主體，究竟能自由來去兩個文化板塊之間，開創第三種空間？或是陷於鴻溝之內，進退維谷？在這個層面上，離散所帶來的身份其實對任何人來說都不是明確不變的，族群散「居」的另一現實面仍不容我們忽視，流離除了是長距離的分別、歸返的禁忌與未來的延遲，更牽涉到人口至不同地點的分布。因為婚姻關係移民到馬來西亞的馬華女作家戴小華說過，在臺灣時，她的身份是外省人，嫁來馬來西亞時成了外來移民，回到中國時，她卻是外國華僑了。[16]

　　當移居者在異域重製一個家的文化，一旦「成家」定居，也可能籠罩在故國父權文化陰影下。其實這裏也符合了詹姆士・克里佛（James Clifford）的論點，他認為族群散居的經驗對女性而言，可能強化也可能鬆動原來性別的劣勢。往好處看，與祖國、親友、宗教文化傳統保持聯繫，雖然是她們可依恃在僑居地生存的資源，卻也不無重複父權結構之虞；另一方面，新環境雖然充滿敵意和艱難，新的角色和需要、新的政治和個人空間卻也可由族裔遷移的交互活動而打開。往最壞處看，「女人的經歷也許是雙重痛苦——既為寄寓時物質與精神上的不安全所苦，同時又要應付新舊父權體制裏要求的家庭與工作。」[17] 所以，馬華女作家李憶莙的小說《親

---

[16] 戴小華：〈八千里路雲和月〉，《闖進靈異世界》，人民文學出版社，1998 年 5 月。

[17] James Clifford, *Routes: Travel and Translation in the Late Twentieth Century,*

愛的，我們曾在意大利》裏的女主人公姚春雪在意大利時不肯答應
李承晚一起到澳大利亞去的其中原因，因為新環境仍是充滿敵意
和艱難，新的角色和需要、新的政治和個人空間對她還是一場未知
的旅程。

　　另一方面，族群散居也引發了人們對文化身份的思考，因為身
份可以作為一種表述的策略，可以用來拓展新的發言渠道。[18]身份
認同可以讓一個人證明自己有關言行成立的理由。由於生活環境和
文化定位的不同，也會影響一個人對自己身份的不同理解和調整。
身份既不是某種客觀條件的天然限定，也不是某種主觀精神的隨意
構設。就如保羅・季爾樓（Paul Gilroy）所言：「我們對一切事物
都有自己的主觀體驗，而各種微妙的主觀體驗的產生都是建基在
文化和歷史的大背景中，身份提供了我們理解這種相互作用的聯
繫。」[19]

　　所以，當馬來西亞的華人在 1989 年被允許遊訪大陸，馬華女
作家戴小華卻體會馬來西亞華人和中國人的差距，幾十年的不相
往來，早就使到華人對中國的陌生。所以當這位女作家初次踏進中
國土地時，她認為「中國畢竟是一個既有親情又很陌生的地方……
我去……是為了去認識那與我流著共同血脈的民族，是為了去瞭
解那與我有著共同文化的國家。」[20]但她是回不到移置前的位置
了，不管是從大陸到臺灣，從臺灣到馬來西亞，再從馬來西亞回
到大陸，散居狀態中的困境顯現無遺。根據艾咪・康明斯基（Amy

　　Cambridge: Harvard University Press, 1997, p.259.

[18] 張京媛主編：《後殖民理論與文化批評・前言》，北京：北京大學出版社，
　　1999。

[19] Paul Gilroy, "Diaspora and the Detour of Identity", *Identity and Difference,* edited
　　by Kathryn Woodward, London: Sage Publications and the Open University,
　　1997, p.301.

[20] 戴小華：《深情看世界》，河北教育出版社，1996，第 77 頁。

K.Kaminsky），戴小華是屬於「族群散居包含著一段放逐的歷史，而現在卻含有某種程度的選擇」的散居者。這裏也應證了張京媛所言，「散居的族裔身在海外，生活在所居處的社會文化結構中，但是他們對其他時空依然常存著集體的記憶，在想像中創造出自己隸屬的地方和精神的歸屬，創造出「想像的社群」（imagined community）」。[21]因此，寫作，讓戴小華和其他海外女作家們對這「想像的社群」有「老家」的感覺，讓她們回到根源，回到舊的自我，記憶她們最有價值的部分，她們的才華，以及她們青春時期追求嚮往的美夢。於是，女作家們由此重新肯定了自己為創作的主體，而不僅僅是一個身處父權文化下的女性。

　　現實中的戴小華因婚姻關係進入了散居的身份，從而在書寫中呈現其「散居」的困惑及強烈的異化感。馬華女作家陳蝶的小說《為誰風露立中宵》中的「她」也因為一場不倫之戀與家人決裂，獨自跑去澳洲求學，因為意外有孕也為了生活，匆忙的嫁給一個剛認識一個月的澳籍廚師。「婚姻」正是艾咪・康明斯基（Amy K.Kaminsky）觀察中導致放逐者「她」自願進入族群散居狀態的主因。[22]可是不久「她」的丈夫卻在車禍中喪身，除了擁有了澳洲的國籍及一個嗷嗷待哺的小孩，「她」似乎一無所有，家鄉雖然有親人，「她」卻無顏或不願返回馬來西亞。面臨經濟生活的威迫，她只好繼續在異鄉流浪找生活。「她」所呈現的異鄉生活盡是苦澀、挫敗與幻滅，明顯帶有離散的異質性，而且，可以返國卻自願選擇留下的不歸者，身份就變成了族群散居的狀態。來去之間流離失據的「她」，卻是拒絕回到移置前的位置。

---

[21] 張京媛主編：《後殖民理論與文化批評・前言》，北京：北京大學出版社，1999。

[22] Amy K.Kaminsky, *After Exile: Writing the Latin American Diaspora,* Manneapolis: University of Mannesota Press, 1999, p.18.

再看看商晚筠，這位馬華杰出的女作家當年留學臺灣，學成回國後鬱鬱不得志，再回臺灣準備待下來，卻又不得，再到新加坡工作定居，過後又因不適異國生活，回國準備定居，卻因得病與世長辭。它一生漂泊，在國與國來去之間流離失據，女性散而「居」不得的窘態在她身上顯現無遺。在其小說《季嫵》中的女主人公也如此。女主角季嫵住在馬來西亞北方小鎮，是個豪放爽氣的人，抽菸喝酒，常愛流蕩在外。因小鎮地處邊境，她於是在馬來西亞與泰國邊境跑單幫，幹些走私漏稅的買賣，與她一夥的盡是撇胸膛趿拖鞋粗聲粗氣的男同行，生活極度放蕩不拘，這些都挑戰了小鎮與傳統的父權制，父親因此與她斷絕關係，趕她出門。季嫵後來因為喜歡攝影，機緣巧合認識了美聯社記者肯尼迪，背著相機跟他北上泰國清萊、金三角攝影，結果就跟了他去了美國。如果我們從去國離家的批評框架裏選擇，從旅行（Travel）的角度來審視季嫵的行為是比較恰當的切入。她在國與國的邊境游走攝影不啻是一種歷險與開拓，選擇了一個以男性為主的行業，四處漂泊；理論上也將允許女性旅行者從男性文化裏客體傳統位置上移走，而她活躍的經歷駁斥了男性在外在世界行動而女性限制於家庭空間的基礎對立。她的旅行的隱喻不只銘刻女人在世界裏的位置，和性別化的空間次序，在這裏，「女性旅行的比喻是重構世界意義的敘述。」[23]當季嫵到了美國，為了取得美國公民權而與肯尼迪結了婚，婚姻在這兒是一種取得散居權的手段。可是，穩定與自由難於兼顧，為了給予女性更多的發展選擇，爾後作家讓季嫵散居的心態逆轉化成自我／放逐或流亡（self／exile），體現了女主人公求新求變的渴望，當然我們也可從中找到族群散居的新詮釋，即女性欲逃出既有國家父權文化的隱喻，為女性主體性的建構增加可能。

---

[23] Marilyn C.Wesley, *Secret Journeys: The Trope of Women's Travel in American Literature,* New York: State University of New York Press, 1999, XV.

　　季嫵從第一次逃離開始，她的逃亡史，正是與家庭離合的關係。從她第一次被父親趕離家門開始，每當離家，她才享有自由解放；每當她試圖定居，從紐約到非洲，她就感受挫敗與恐懼。所以她只有繼續放逐，比如到非洲去進行拍攝工作；可是她的完全放逐的方式似乎還是找不到內心的自在，在寄給妹妹的錄音帶上就宣泄了自身的急躁與不滿足。或許沒有生根帶來的束縛，就不需要逃離，可是季嫵從馬來西亞到泰國，從美國到非洲，旅行的過程是變動的、暫時的，旅人的出發點與回歸地似乎都是「家」，卻固定不了她原本不穩定、曖昧性的散居者心態。所以一次在非洲進行拍攝工作時，她在睡覺總是在右手握著一管上了膛的短槍，以防夜襲，結果短槍走了火，子彈從右頸直穿腦心，當場斃命。季嫵的悲劇是女性散居者寄寓時物質與精神上的不安全經歷所致。

二、出走的女性

　　在繼續探討兩地女作家的散居身份及其作品前，我們再來讀讀斯圖亞特．霍爾（Stuart Hall）那本影響深遠的《文化身份與族裔散居》裏的申明，他一再強調身份有其歷史性和發展性。文化身份同屬過去與未來：不只「是」什麼，還有「變成」什麼的可能。族群散居不是說某個族群或種族有原始的起源點可以回歸，或尋覓純粹的民族性。「家」、「根源」不過是拉岡所謂的想像態，是散居者在移置的刺激下引發的、絕不可能滿足的欲望。他認為身份即雜種（hybridity），離散的經歷正可認知到異質性與多樣性之必要。[24]在這樣一個拆解種族界限的詮釋裏，無異是女性逃出既有國族父權文

---

[24] Stuart Hall, "Cultural Identity and Diaspora" in *Diaspora and Visual Culture,* ed. Nicholas Mirzoeff, London and New York: Routledge, 2000, pp.21-33.

化的契機,為女性主體性的再建構增添多種可能。所以,不管是《邊境》(*Borderlands*,1987),《邊境書寫》(*Border Writing*,1991),或是《游牧主體》(*Nomadic Subjects*,1994)的理論中,皆宣揚越界、混雜的能量;[25]華裔學者周蕾等人也紛紛提出華人女性「散居」現象的觀察,傾注第三世界女性的智慧。[26]一時之間,浪迹界際邊緣的游女似乎畜有了最強的顛覆性。不過,「族群散居」之異於「旅行」的短暫、「放逐」的個人取向,這是因為牽扯到定居與社群的問題,但一切的先決條件仍是移動與跨界。

當大陸女作家馬蘭、查建英和虹影等、在上世紀八十年代赴英美就讀時,開始時確實是具有追尋、冒險精神的行動主體,但她們卻在學業結束,選擇居留後變成了族群散居者。由行者到散居者,異國的「家」結構與文化,對於這些女性精英究竟產生何種影響?在查建英的《留美故事》裏的小說集裏,女性在美國社會求學謀職、戀愛結婚等遭遇,占據了相當的篇幅。在小說《到美國去!到美國去!》裏,女主角伍珍從小就是個「不認命」的天才,但為了赴美就讀不惜抛家棄夫,到了美國又必須面對學業和打工的壓力,除此之外,最令她倍感緊迫的就是要儘快找到美籍丈夫,因為「即使有意拖延,再過一年她也該畢業了。到時候若不能順利找到工作,她怎麼辦?縱然找到了,一年實習期滿後,她能順利獲得居留權嗎?在這段有限的時間裏,她能找得到一個美籍丈夫嗎?」所以,她不惜以「性」來交換,甚至為此還去整容來改善容貌以增加自己找到

---

25 見 Gloria Anzaldua, *Borderlands,* San Francisco: Aunt Lute Books, 1987, Emily Hicks, *Border Writing: The Multidimentional Text,* Minneapolis: University of Minnesota Press, 1991, Rosi Braidotti, *Nomadic Subjects,* New York: Columbia University Press, 1994.

26 例如 Rey Chow, *Ethics after Idealism: Theory-Culture-Ethnicity-Reading,* Bloomington: Indiana University Pressn,1998, Sharon K.Hom, ed. *Chinese Women Traversing Diaspora: Memoirs, Essays, and Poetry,* New York: Garland Publishing, Inc., 1999.

男人的籌碼。「談戀愛」、「成家立業」這些合乎邏輯與安全的步驟，正是康明斯基觀察中導致放逐者自願進入族群散居狀態的主因。但弱勢族群企圖在競爭激烈的異域建立家園又談何容易。所以伍珍一直都在異國掙扎求存，不過結果她還是如願的訂婚了也拿到了美國綠卡，意味著她將進入散居者的位置。查建英的另一篇小說《獻給羅莎和喬的安魂曲》裏的女主角小林的運氣就沒那麼好，她也是和伍珍一樣拋家棄夫來到美國念書，畢業後留下來工作找對象留下來，卻愛上了一位有婦之夫陳桃，結果後來人家妻子孩子從中國飛來團圓，她只好「辭掉了報社的工作……告別了紐約，捲起鋪蓋捲兒去了加州。」重新努力追逐她的夢想。

留學，是女性旅行的一種模式，亦是在某些特定歷史與社會語境裏認可的改變的手段。所以如果我由旅行的角度審視，留學不僅是某種歷險與開拓，而且也是進行知識、經濟與文化資產的交換提升。所不同的是，旅行的過程是變動的、暫時的，旅人的出發點和回歸地都是「家」；但是小說中的大陸留學生儘管有懷著學成回國的理念短期離家，最終還是選擇留在海外生活。因此，她們雖與旅者一樣，具備「獲得」的進取心與行動力，卻與旅人的際遇迥異。雖然理論上留學對女性來說有「重構世界意義的敘述」。[27]可是，她們旅行者的身份卻在結婚後進入族群散居狀況時中止，就如商晚筠的《季嫂》裏的女主人公一樣，為了居留，她們原有的天份和旅行者的自信心與能動性也受到考驗。在馬蘭的小說《我的女朋友敏子》裏，女主角敏子也是「打工為下學期的生活費，打到開學。」而且在異國他鄉，她也交了一個在國內有太太的男友，並且也是一個準備從旅行者的身份進入散居位置的女人。但我們不難發現，不管是馬來西亞的商晚筠或大陸的查建英和馬蘭，她們都企圖擺脫一

27　Marilyn C.Wesley, Secret Journeys: *The Trope of Women's Travel in American Literature,* New York: State University of New York Press, 1999, XV.

些性別意識上窠臼，賦予女性更多自主權，敘述她們深刻且發人深思的體會。

女性以留學的名義揮別故居，遠渡重洋到了國外，忍受著經濟、社會與學業的多重阻撓，幾經艱辛生活，雖然多半在學成後選擇進入散居階段，但是失落彷徨、戀土懷鄉的情懷常出現在她們的文本中，而虹影這位寓居海外的作家更是對「流散」與「飄泊」有獨到的感受。在小說《女子有行》，又名《一個流浪女的未來》裏，開宗明義就表明是個散居客的故事。小說是描寫一位中國女子，在未來的時間裏，從大陸出發，足跡遍及美洲、歐洲的奇特經歷。「行」與「流浪」似乎可說明了作家對自己「族群散居」的一種潛意識認可。從上海到紐約，再到布拉格，小說裏的「我」似乎無處可安身。作家從自身的生存體驗出發，結合了女性自主覺悟、自我建構的必要性，雖說是烏托邦的想像未來小說，卻能獲得一種充實的生活質感。

小說描述了在全球化圖景下的女性與在以往的社會條件下的女性相比，擁有了更為寬鬆的社會環境，但是在家長制的國際體系中，她們仍然被邊緣化，甚至成為受害者。所以，詹姆士·克里佛（James Clifford）在研究中提出：「族群散居的女人被困於父權、曖昧的過去和未來之間。她們聯結和斷絕、遺忘和記憶，在複雜的策略方式中。她們的謀生經驗裏包含調解兩個矛盾差異世界的艱難處境。社群可以是支持和壓制的基地。」[28]所以虹影的小說《女子有行》中的女主人公「我」一踏上紐約，就被捲入當地的宗教紛爭的艱難處境中，作為女性所持有的生理特徵被反覆利用，成為實現或毀滅男性權力的工具。當「我」被迫離開這座城市，來到布拉格，又陷入當地的資本家與民眾的階級鬥爭中。女性散居者一旦進入最

---

[28] James CLIfford, Routes: *Travel and Translation in the Late Twentieth Century,* Cambridge: Harvard University Press, 1997, pp.259-60.

根本的兩性關係上，她儘管做出了極端的反抗，亦難擺脫舊有性別模式與價值的規範制約，不管是在現實層面或語言表徵上。小說中的女主人公「我」四處流浪，尋找「居」的可能性，但始終未能找到自己理想的生存空間。最後，電腦將她帶到了千年之初，耕種小米桑麻的時代。這樣的結局雖然耐人尋味，但也揭示了女散居者在全球化現實中可能遭遇的無處為家的生存困境，而回鄉路，卻又像小說中的斯美塔那說的：「流浪的路漫長，使人心生出這樣那樣的厚繭，才能忘掉家鄉，一個夠不著回不了的家鄉。」

　　虹影曾經說過：「每個人的命運都與歷史有關。……歷史與個人命運聯繫在一起，離開歷史的個人，是虛假的。所以我寫的書……都印照著童年。」[29]作家從不諱言自己筆下的男女主人公都常帶著自身主觀的視角，在虹影的《飛翔》裏，男主角「他」就帶著濃重的女作家自身的影子，所以本文也以「他」為例。在「文革」結束，研究生制度恢復後，在八十年代國家允許自找獎學金下，「他」離開了中國到法國去留學，「他」其實選擇的是自我放逐。學成後「他」最終卻選擇了留下來，在當地大學裏教比較文學，並且一待就是十三個年頭。根據艾咪・康明斯基所述，「族群散居包含著一段放逐的歷史，卻也包含有某種程度的選擇。」並且「族群散居者的知性和感情能量卻耗費於家鄉。」[30]文中的主角「他」確實如此，他的全部知性和感情能量似乎都耗費在過去的家鄉裡，中國「文革」經驗令他痛苦不堪，成了他生命中的夢魘，他不敢回望，於是選擇留下。雖然艾咪・康明斯基認為「成家立業」正是導致放逐者自願進入族群散居狀態的主因，[31]但過去令他不敢介入婚姻，卻埋

---

[29] 轉引李慧穎：《虹影小說創作論》，碩士論文，武漢大學，2005 年，第 27 頁。

[30] Amy K.Kaminsky, *After Exile: Writing the Latin American Diaspora,* Manneapolis: University of Mannesota Press, 1999, pp.17-18.

[31] Amy K.Kaminsky, *After Exile: Writing the Latin American Diaspora,* Manneapolis:

頭於事業中，所以後來他因此得了大學的終身聘書，達到散居者主要的客觀性條件。但生命中的傷口卻因一位學生的無心挑撥而再次陷入深深的自責中。所以，被移置於異國的「他」其實仍在過去的牢籠裏，一樣在做困獸之鬥，但卻失去了指涉抗爭的對象。格外諷刺的是，「他」在活了十三年的異國仍舊認為自己虛假在生活，始終想把自己裝成一個旅遊者，在異鄉虛構著生活，而生命中的真實卻已全留在背後的祖國了。「他」對家庭／社群／國家都沒有歸屬感，國不國，家不家，「他」被排除在家國之外，無從利人，亦難以自適。所以，「他」會問：「大劫大難後，國在哪裏？家在哪裏？」這裏也說明了國族意識仍然是許多散居者身份認同裏重要的選項，虹影似乎也想讓「他」說出自己身為女性散居海外的精神困境。

三、逃亡與生根

相對於馬華的戴小華、李憶莙、陳蝶、商晚筠和大陸的查建英、馬蘭和虹影來說，另一位大陸女作家九丹的小說《烏鴉》則是移置的身體成為謀生的憑藉及理想幻滅的逃離。我們姑且不去理會這文本的商業操作的痕迹極為明顯，而九丹的文學書寫根本就是經濟的附庸。但我們不得不看到的是，《烏鴉》對某類「賤民」（Subaltern）生存原生態的有力揭示以及它直接面對罪惡、嘗試懺悔的勇氣。文中的兩個女主角海倫和芬從中國去到新加坡學習語文的留學生，卻因身無長技加上生存壓力，在多重逼迫之下，無辜的，也是最基本的肉身就承載了太多的負重，甚至成為謀生憑藉。

University of Mannesota Press, 1999, p.18.

　　詹姆士・克里佛（James Clifford）在其研究中曾提醒，當族群散居的經驗被視為移置而非安置，旅遊而非停留，脫節而非接軌時，男性的經驗即成優先。流離除了是長距離的分別、歸返的禁忌與未來的延遲，更牽涉到多種社團人口至不同地點的分布。[32]兩個女主角海倫和芬離國後的脫位（dislocation）感使她們選擇「放逐」的個人取向，索性一併叛離新舊家國，不斷在逃亡奔行逾界中規避律法束縛，而這種逃離策略又是一個異常複雜又充滿坎坷艱辛的歷程。其實這反而顯示了逃亡（route）的另一面──生根（root）的問題。海倫和芬為了生存和留在新加坡實現理想，讓我們感受到她們為達目的不惜一切的決絕，而身體也不得不成為謀生的工具。這種現象也暗涉了當地男人對她們的「性」的想像與精神閹割的窘態，成了男性權欲的延伸經驗。所以說一旦女性散居者進入新環境社群時，她亦難逃舊有性別模式與價值的規範制約。

　　總的來說，族群散居之異於「旅行」的短暫，所以，《烏鴉》文本中的女角們開始時是具有追尋、冒險精神的行動主體，卻在生存壓力，學業未竟後選擇傍大款掙錢「走捷徑」，然後留下來變成族群散居者似乎成了必然選擇。她們其實也有著活得更好的良好生存願望。文本中芬的一番表白可以大致視為她們雖然卑微卻頑強的生存宣言，「……把我們這些從中國來的女人叫小龍女，小龍女就是妓女。但是我想，只要成為有錢人，只要換了身份不回去，被叫做什麼又有什麼妨礙呢？只要當一些女人真的實現了她們的夢想成為有錢人或者成為這裏的老婆時，別人也就忘了她們曾是小龍女……」。只是當她們以完全放逐的方式選擇散居，內心的佯做自在是否能逃脫生命中的挫敗與恐懼。

---

[32] James Clifford, Routes: *Travel and Translation in the Late Twentieth Century,* Cambridge: Harvard University Press, 1997, p.251.

《烏鴉》文本中的芬繼續說道:「……久而久之,就連她們自己本人,也真的認為她們不再是中國人了」。這裏又牽涉到女人與國家的關係,從維吉尼亞‧吳爾芙的《三枚金幣》(Virginia Woolf,Three Guineas)發表以來一直在女性主義理論裏喧嘩動盪。然而不管我們認為女性需不需要認同國家,或者應該發展出一種欲斷未斷的脫勾謀略,國家意識依然是許多女性的身份認同裏重要的選項。尤其對有集體移置歷史身份的散居客,新的國家群體很難全然將之並納。九丹《烏鴉》中的眾女角也是如此。

需要指出的是,撇開九丹以偏概全、揠苗助長式的哲學歸納,《烏鴉》對下層中國留學生卑賤而艱難的生存狀態刻畫有其震撼性的一面,雖然說九丹這種譁眾取寵的「身體寫作」有著預設的商業目的,因為「身體寫作」越是越與常態相悖,越有利於她們的走紅,而誇張的虛構很可能刺激公眾的想像力。[33]但文本對人性偽善、罪惡一面的揭露也不遺餘力。其坦陳勇氣和切入視角還是可嘉的。由於新移民通常都是社會的弱勢,而離國後的脫位(dislocation)感更激發自我的戀土意識,以對抗僑居國種種不平等遭遇。移居者總希望在異域重製一個家的文化,但一旦「成家」定居,女性即使遷居異國,也可能籠罩在故國父權文化的陰影下,而《烏鴉》裏的海倫和芬甚至在追求定居異國的過程中在父權的壓迫下苟延殘喘,似乎也早有迹象可尋。

相較於海外文學裏探討文化尋根的主題,族群散居的女性主題似乎少見等量的重視,但女性散居者在其中跳躍逾矩能否在性別秩序中有所轉化和發展,應該值得我們去關懷。儘管「散居」的「散」在女性主義的詮釋下的能動性與積極面博得注目喝彩,但族群散「居」的另一現實層面仍不容我們忽視,以免錯估女性的處境。在

---

[33] 江迅:〈女作家惡鬥文字是子彈〉,《亞洲周刊》,2001 年 7 月 30 日至 8 月 5日,第 59 頁。

出走的女性個體中，兩地女作家在書寫中尋找最珍貴的舊我，然而女性散居的經驗複雜難解，來去間流離失據的散居女性，似乎回不到移置前的位置，兩地女作家將散居狀態中的困境在小說中再現，就是希望讓女性的空間合理存在。

第三章
當代大陸與馬華女性小說中的
「他者」話語與異化主旨

第三章　當代大陸與馬華女性小說中的
「他者」話語與異化主旨

　　在父權封建制歷史悠久與穩固的中國及承受著同樣文化底蘊的馬來西亞華人社會，強大的社會道德倫理觀使到女同性戀「文本」淪為邊緣的邊緣，在書寫中被視為醜陋貶斥或根本不被涉及，幾近於無。所以，作為男性世界的「他者」與各種文化的「他者」，大陸與馬華的女性書寫必須尋找一套有別於現行的話語系統，但又必須包括了對現存話語系統的利用，改寫和創造，並在一種語言結構中融入兩地女性文化成分，從而更為真實地貼近和再現女性的內心世界的話語策略。這種話語必須是一種與支配性文化不同的「他者」話語，而這種他者話語又與文本中的文化敘事密不可分。於是，酷兒理論的介入就在此基礎上建立起來。酷兒理論既不是單一的、系統的概念，也不是方法論的框架，而是對於生物性別、社會性別和欲望之間關係的思想研究的總稱。目前，「酷兒」一詞被用在男女同性戀研究的學科上，也確實標誌著理論重心的重要轉換，也表示與目前女同性戀和男同性戀已經形成的常用公式保持某種批判的距離」。[1]但是不管在哪種情況下，它都與「正常的」（normal）或規範化（normalising）相對立，而是一種異化主旨的延伸。

　　在上世紀七十年代晚期與八十年代早期，女同性戀主義隨著基進女性主義崛起，歷經不同時期與種族、性別政治之合縱連橫，凸

---

[1]　斯蒂文・艾普斯坦：〈酷兒的碰撞：社會學和性研究〉，〔美〕葛爾・羅賓等著，李銀河譯，《酷兒理論》，北京：文化藝術出版社，2003年，第91頁。

顯異性戀機制與父權文化及帝國／殖民主義之勾結宰制。女性主義
理論家也一直預設女性主義與女同性戀主義（Lesbianism）之間有
密切的關係；[2]同時，女同性戀主義也被看做一項政治選擇。因此，
女同性戀關係通常被簡單地描述為女人之間的關係——不全然是
性關係，更多的是個人的、情感的、照顧的，甚至羅曼蒂克的關係。
根據基進女同性戀者所合撰寫的《女人認同女人》（The Woman
Identified Woman），可視為此時期最具代表性的宣言。[3]從兩地的女
性小說中，在傳統的文化身份的追尋與遷移後，我們也可看到了女
同性戀的異化題材在她們的小說中作為「他者」話語的形式得到了
呈現。

第一節　女性意識與酷兒世界的交融

　　在福柯看來，性的分類本身——同性戀、異性戀及其類似的分
類，都是權力／知識的產物。福柯指出，同性戀者及其他性類別在

---

[2]　Patricia Ticineto Clough 著，夏傳位譯，《女性主義思想：欲望、權力及學術
　　論述》，臺北：巨流圖書有限公司，1997 年，第 257 頁。
[3]　張君玫摘譯：〈女人認同女人〉（Women identified Women），《婦女新知》，
　　1995 年 7 月，158 期　原文自 Radicalesbians, "The Woman Identified Woman",
　　in Anne Loedt, Ellen Levine, and Anita Rapone(eds), *Radical Feminism,* New
　　York: Quadrangle Books, 1973, p.240.此宣言認為女同性戀者只是男人發明
　　出來的一個標籤，指向那些膽敢跟他一較長短、挑戰他的將權（包括對女
　　人的性特權），竟敢以自己的需要為優先的女人。喝令女人乖乖留在原地。
　　女人聽到這個字，就知道自己逾越了那可怕的性別界限。她們就該退縮、
　　防衛、修正行為以博得讚許。宣言也認為女人的新認同必須從女人出發，
　　而不再奠基於與男人的關係。為了這場有機的革命動力，女人們必須彼此
　　扶持，對彼此付出承諾和愛；並必須將精力奉獻給姐妹，而不是壓迫者。
　　宣言指出女人的解放運動應正視異性戀結構，並因此全力創造一個解放女
　　人的新生活。

西方近代社會的發生史，是權力的策略。從強調性行為轉變為強調性個性的反映，在自然行為與非自然行為的對立中，性經驗被劃分為正常的身份和反常的身份。於是性成為主體建構的中心場所。[4]在話語建構中，就造成了一些人的性是「可見的」，另一些人的性則是「不可見的」，而女同性戀作為一種寫作主題的選擇，就是要在「不可見的」的擯斥與禁忌中尋找中心的嘗試，反抗父權制和男性對女性的權力，也為抗衡男權世界的女性提供有限的精神援助，因而成為女性主義寫作策略之一。另一方面，不管是異性戀主義者還是女同性戀主義者，都把女同性戀者看做是一種文化的「他者」存在。

　　女同性戀對性禁忌的突破，對異性戀的挑戰，對女性精神和情感歸屬的探索，作為一種現象的存在，它在中國文學史上被書寫的歷史及其攜帶的文化意義以及西方女性主義在多大程度上可以成為本土女性意識建立及女性寫作的精神資源，都值得我們思考。女同性戀主題不僅出現在美國的女作家弗吉尼亞‧伍爾夫（Virginia Woolf）、美國黑人女作家艾麗絲‧沃克（Alice Walker）等西方文學家的作品中，早在五四時期，大陸女作家廬隱、凌叔華及後來的丁玲等都對此也有涉足。

一、女人認同女人

　　二十世紀初，中國第一次出現了女性作家群，作為男性、傳統及文化的他者，於是，具有描寫性別意識的女性書寫因此產生。在五四時期，女性與同一輩的男性結為同盟，一起擯棄和顛覆封建

---

[4]　斯蒂文‧艾普斯坦：〈酷兒的碰撞：社會學和性研究〉，〔美〕葛爾‧羅賓等著，李銀河譯，《酷兒理論》，北京：文化藝術出版社，2003 年，第 6 頁。

禮教。對女作家而言，戀愛婚姻自由是當時重要的覺醒，也是人的主體性得以確立的基本。因此，五四女作家多把筆墨集中在婚戀領域，可是，作為社會基本細胞的家庭積澱了太多的歷史與文化成因，這些女作家很快的就發現到，從「父」之家逃離和叛逆出來的「娜拉」，在獲得戀愛自由後的她，將進入的又是一個寫滿男權中心陋習的「夫」的家。原本和她們一起反抗父權和禮教的男性，其自身攜帶著父權社會延續了幾千年的文化遺傳密碼，「他」仍是「娜拉」精神痛苦的源頭。

在這樣的情勢下，對異性愛失望甚至絕望後，一些女作家於是將女同性愛作為自己漂泊靈魂的寄居地。因為，「女同性戀的存在就是包括打破禁忌和反對強迫的生活方式，它也直接或間接地反對男人侵占女人的權力。」[5]儘管「在這樣的社會背景下出現的「姐妹情誼」，其實是另一種形式的逃離，是女性對自我尊嚴和獨立的一種特殊形式的守護，也是覺醒了的性愛要求的替代，儘管這種逃離和守護是短暫的，這種替代是殘缺的和脆弱的。」[6]但在無路可逃時，逃向女同性戀，在同性那裏尋求精神援助，遂成了自我放逐，失去家園的女性可以就近獲得靈魂的棲息。所以說，「女性同性戀……在很大程度上可以理解為是對把女性角色局限於消極、偽善和採取間接行動的一種反抗，同時也是對男性性欲的野蠻性和機械性的一種摒棄。」[7]

盧隱的代表作《海濱故人》無疑是將新女性那進退維谷、蒙昧不明的兩難困境滲透到文本中。整篇小說瀰漫著濃濃的同性情誼，女作家通過抒情形式的書信與日記，抒發了曾有過的同志姐妹相

[5] 〔英〕瑪麗・伊格爾頓編，胡敏等譯：《當代女性主義文學批評》，湖南文藝出版社，1989年，第38頁。
[6] 劉思謙：《女人的船和岸》，河北教育出版社，2002年，第132頁。
[7] 〔澳〕杰梅茵・格里爾著，〔澳〕歐陽昱譯：《女太監》，百花文藝出版社，2002年，第364頁。

處時光，流露出對同性比異性更為愛戀的心理痕迹，敘事偏向主觀性。盧隱希望通過建立一個「女兒國」，那是「在海邊修一座精緻的房子，我和宗瑩開了對海的窗，寫偉大的作品；你和玲玉到臨海的村裏，教那天真的孩子，晚上回來，便在海邊的草地上吃飯，談故事，多少快樂」的「姐妹邦」來剔除異性戀的性威脅與性焦慮；然而這樣情智相諧的純潔姐妹之情只是烏托邦的假想，脆弱而虛幻。盧隱的少女們的生命之弦是如此的脆弱，曖昧而不能自足的女兒身份也太過沉重，「姐妹邦」的同性愛戀終究只是理想的嚮往，結果大家還是不免紛紛深陷在異性愛情的旋渦裏，姐妹雲散。應了論者所說：「一個女兒國的理想，最多也只是對封建秩序的一種潛在的威脅，而不可能構成否定與摧毀性的力量」，[8]中國的父權封建歷史實在太悠久與穩固了。

　　在父權專制強大的封建壁壘的包圍裏，加上強大的社會道德倫理觀，女同性戀「文本」始終淪為邊緣的邊緣。女同性戀這個可作為異性愛強制式罪惡存在的旁證，總被傳統要麼視為不正常，要麼視為不可取，不但從來和其他女性真相一起遭到抹殺，就是早先以西方異性愛為主的女性主義批評話語本身，也忽視了它的存在及其意義。匠心獨具的女作家凌叔華的這篇女同性戀小說《說有這麼一回事》，理所當然也被正統的中國文學史所忽略。小說中兩個因扮演羅密歐與朱麗葉的女孩子，熱烈的相愛起來。在如此敘事下，她們當然地會被閱讀理解為她們畏懼於現實的「異性戀」結果，而寧可在舞臺下的現實中繼續扮演著舞臺上虛構的角色，及她們以共同赴死作為最平等最高尚的理想愛情的異性愛關係。小說中的女同性戀的表現要比盧隱的《海濱故人》具象化多了。小說中寫到兩人在排練完戲後，影曼送雲羅回宿舍，「望著她敞開前胸露出粉玉

8　孟悅、戴錦華：《浮出歷史地表》，河南人民出版社，1988年，第132頁。

似的胸口」、「弓形的小嘴……比方才演戲欲吻羅密歐的樣子更加
嫵媚動人」,便「把臉伏在雲羅胸口,嗅個不迭」。隔天演完戲遇雨,
影曼留宿於雲羅寢室,兩人擠於一床,貼臉而眠,影曼呼雲羅為
「我的眷屬」,雲羅覺得「頭枕著一隻溫軟的胳臂,腰間有一隻手
搭住」,有「說不出的舒服」。雲羅對影曼的「你當作嫁給我不行嗎」
的提議也有過猶疑,但很快便以「你常跟著我,我常陪著你」的誓
言來回答影曼「你是月兒,我是旁邊那顆星」的熱烈的抒情。當時
她們或許都以為女性可以摒棄了男人,建立純女性同盟的女同性戀
國度(Lesbian Nation),並在那裏「從別的婦女那兒獲得愛情、性
生活和自尊」,那麼她們就「不需要男人,因此他們對她的權力就
比較小。」[9]這樣一來,女性意識和他者話語就有機的交融在一起,
呈現出了女作家的理想。

　　但是凌叔華的兩位女主人公雲羅和影曼也只能以躲在舞臺上
的同性戀感情來抵制現實中並非平等的兩性婚姻關係中的異性
愛。最後,當雲羅還是頂不住壓力出嫁了,她們最為快樂的人生也
就此畫上了休止符。一個身心健康、精神健全,且有活躍獨立生命
的自我也隨之崩潰成異常人。因此,酷兒理論家拒絕徹底分開異性
戀特質與同性戀特質是重要的。凌叔華以異性愛的到來,毀滅了她
的主人公那純真無邪的、平等友愛的同性愛,毀滅了她的主人公的
鮮活正常的生命的敘事,表明了自己對異性愛與同性愛所包含的
複雜歷史內容實質的認知與傾向,也表達了她獨特的對於性行為、
身體和兩性間及女性之間相互關係的看法,是五四時期中國文本中
少見的佳作。而盧隱和凌叔華或許只將女同性戀視作女性感情的良
好出路,而她們面臨的矛盾對立面都是封建意識尤其包辦婚姻造
成的女性悲劇,小說中的眾女性角色們試圖突圍而出但卻最終也

9　　王政:《女性的崛起——當代美國的女權運動》,當代中國出版社,1995 年,
　　第 165 頁。

未能如願。她們在這樣的情形下也從來沒有解決過她們在自然與文化、女人與社會問題上的矛盾。她們受壓迫的結果使她們擁有了共同的特徵，但這些特徵被她們認為是自然和生理性的，而不是社會性的。所以關於女同性戀主義文學和批評，主要是提倡女同性戀者應當表達一種她們獨特的對於性行為、身體和兩性間及女性之間相互關係的看法。朱迪絲・邁克丹尼爾（Judith McDaniel）的話大致也能表達女同性戀批評的特質：「也許女同性戀女權主義批評是一種政治或主題視角，一種超越異性戀主義阻礙的想像，這種異性戀的角色典型、語言和文化模式可能是壓抑婦女性行為和表達的力量。」[10]

　　人們熟悉的女作家丁玲的小說《歲暮》裏，只要我們細心觀察，也能輕易看到兩個形影不離的知識女性的那種異乎尋常的姐妹情誼，以及異性戀對這種情誼的損害與破壞的迹象。但她主要的女同性戀文本卻是小說《暑假中》，這長三萬餘言的中篇與凌叔華的《說有這麼一回事》一樣，很少被評論提及和討論。這是因為異性愛是父權歷史以男性為本位而構成的，作為強迫女性接受一個統治秩序關係的謀略。而針對異性愛，排斥異性愛為存在的女同性戀，不免常常遭受「正常」文化或曰正統秩序的忽視，間斷甚至破壞。但也有文化建構者認為，同性戀並不是一種生理的實體，它之所以成為一種指稱（名詞）僅僅是由於社會對非生殖性的性行為極為反感、恐懼和仇視。通過把同性戀行為變為禁忌，社會創造出了作為一種文化實體的同性戀。[11]所以，當西方女性主義者為了進一步從理論上探討如何縮小或消除兩性差別，建構的一種與傳統男性中心文化

---

[10] Bonnie Zimmerman, "What Has Never Been", from *The New Feminist Criticism,* Boston: Beacon Press, 1990, p.218.

[11] 〔英〕塔姆辛・斯巴格，趙玉蘭譯：《福柯與酷兒理論》，北京：北京大學出版社，2005 年，第 68-76 頁。

體系不同的「他者」話語方式，「酷兒」理論因此產生，並透過揭露經驗認識論與異性戀褊狹心態的密切關係，來解構女性主義理論通常預設的性與性別的對立，同時質疑異性戀欲望的母體，小說《暑假中》就是一篇很好的辯證。

小說《暑假中》篇幅長，同性戀的細節描寫也較多。在第二節裏，志清批評起母校的風氣，說本來好好的人，進了女子師範，便學會了壞習氣，「一天到晚只顛倒於接吻呀，擁抱呀，寫一封信悄悄丟在別人的床頭呀，還有那些怨恨，眼淚，以至於那些不雅的動手動腳都學會了」。小說的第四節和五節裏寫到這群女教師遊藝會回來，夜深露水重，「便兩人兩人的夾緊著走」。回到學校，叫做玉子和娟娟的一對因把床讓給了外校來的兩位老師，便擠到嘉瑛床上，嘉瑛則擠在承淑床上。玉子躺下，「觸著了溫溫的柔柔的娟娟的手腕，不覺就用力的擁著，並恣肆的接起吻來……娟娟就格格的笑了起來。」承淑聽著似受感染，把嘴唇印到嘉瑛「柔膩的頸項上了」。嘉瑛心中正煩，她把承淑「從腰邊伸過來的一隻手扳開」，承淑曲意奉承，握著嘉瑛的手，「嘉瑛覺到了那誠摯的眼光，和自己手上所感到的一種壓力，便很柔順的把身子倒向她胸前，承淑便擁著她叫到：「愛我！我要你愛我！」。這些行為比起張愛玲在小說《相見歡》裡苑梅所看慣的「天真的同性戀愛」自然過之而不及。

酷兒理論認為，如果說同性戀是對一種生活方式的選擇，是對快樂的一種追求，那麼同性戀就不再是一種性別身份，而僅僅是人們對自己的生活做出的後天的、有意的選擇。從這些女主人公「誠摯」與「恣肆」的同性戀行為中，我們發覺到不管是丁玲或凌叔華這兩篇小說的敘事都無所顧忌。她們小說中的女主人公們的戀情除了與包辦婚姻對立，帶出希望戰勝包辦婚姻的威脅與壓迫的含義外；還帶出了另一層意義的，那就是女性的欲望表達。

　　女性選擇同性戀關係或許也極有可能完全沒有性傾向或性行為的根據，這或許就如美國女性主義詩人艾德里安娜‧里奇（Adrienne Rich）在 1978 年發表的《強迫的異性愛和女同性戀的存在》裏說：「我說的女同性戀連續統一體是指一個貫穿每個婦女的生活、貫穿整個歷史的女性生活範疇，而不是簡單的指一名婦女與一名婦女有性的體驗或自覺地希望跟她有性往來這樣一個事實。如果我們擴展其含義，包括更多形式的婦女之間和婦女內部的原有的強烈感情，如分享豐富的內心生活，結合起來反抗男性暴力，提供和接受物質支持和政治援助，反對男人侵占女人的權力。」[12] 她還用了女同性戀連續統一體（Lesbian continuum）這個概念，使女同性戀成為貫穿於婦女生活始終和整個婦女歷史的一種反抗性生活方式，它不專指女性間的性關係。

　　所以我們可以說，這個時期大陸女性小說所要呈現的就是這些當時的職業新女性的性別個性，她們的女性欲望的表達，她們的同性相戀，反抗了女人應當無欲，應當壓制自己欲望的歷史文化和倫理道德，並反映「五四」女兒們獨特的空間逼仄、精神感情孤獨困窘。她們對同性戀生活方式的有意選擇可能出於超越傳統的性別角色的願望，可能出於逃避結婚的願望，或者是出於保持一種有異於常人的身份的願望；但不容忽視的是女同性戀的書寫的確能表明女性對兩性關係不平等、不自由現狀的控訴意向，以及表明對統治秩序的最根本的一種批評態度。而這時的馬華文學，仍是女性作家缺席的年代。

---

[12] 艾德里安娜‧里奇（Adrienne Rich）:《強迫的異性愛和女同性戀的存在》，〔英〕瑪麗‧伊格爾頓編，胡敏等譯:《當代女性主義文學批評》，湖南文藝出版社，1989 年，第 39-40 頁。

二、性別分類意識的探索

對於女同性戀的意義，法國女權主義理論家露絲‧伊瑞格瑞認為，它是結束父權文化的象徵秩序的手段。她認為，在父權文化中，女性被當作物，當作男人之間可以交換的商品，無論在語言領域還是在社會生活中，女性只能是物和客體，而同性戀則是一種顛覆這種文化秩序的方式。女同性戀拒絕成為男性的商品，雖然伊瑞格瑞在此講的是同性戀的意義，而沒有賦予女同性戀以特殊的重要性，但女同性戀所體現的對父權制文化的顛覆作用是顯而易見的。[13]

相對於五四時期的女作家們，進入了二十世紀後期，因為重新復活的人道精神與人性思想使大陸女作家們對自身所處的兩性關係中的內容實質開始審查並認定，於是對女同性戀的書寫與探索更趨多元，從而反抗男性中心社會。不同於上世紀初盧隱筆下僅僅指涉精神支撐的女同性愛，世紀末的女作家從西方女性主義那裏獲得理論支持，藉著社會轉型期價值觀念多元化帶來的文化空隙和話語自由，「個人化寫作」的風氣興起，新一代的女作家們接受了西方女性主義的影響，終於把女同性戀和建立女性烏托邦聯繫起來，呈現女權觀念，並對女同性戀作直接的生命形態描繪，將其物質性、心理性，藝術地且多側面的表現出來。在前輩作家那裏空缺了的身體及其隱約的欲望，被她們坦然推出。就如徐小斌的《羽蛇》裏的金烏、亞丹、小桃等都是女主人公羽的女友，特別是羽與金烏這個混血兒的親密關係就引人入勝，她們在布滿鮮花的浴池裏相互撫摸，彼此欣賞。她們如此依戀在如詩如畫的境界裏，是作家對女性

---

[13] 露絲‧伊瑞格瑞：《性別差異》，〔英〕瑪麗‧伊格爾頓編，胡敏等譯：《當代女性主義文學批評》，湖南文藝出版社，1989 年版。

之間的情誼和身體愉悅的審美化描寫。還有林白在《迴廊之椅》裏的朱凉和七葉主僕兩個女人之間的情誼及她們相互欣賞對方身體的情景，陳染在《私人生活》裏描繪了倪拗拗和禾寡婦身體的親吻和觸摸，也被以充滿詩意的筆觸細緻寫出，一種不能抑制的激情在她們之間蔓延著，就如酷兒理論認為，同性戀不是某些人突然發現自己所擁有的一種心理狀態，而是一種存在方式，通過這一實踐重新定義我們是什麼人，我們做什麼事，是為了使我們自己和我們的世界更加快樂，這就形成了美學的現代方式。

　　威蒂格曾指出，「女同性戀此時此刻為我們提供了能夠自由生活於其中的唯一的社會形式。女同性戀是我所知道的唯一一個超越了性別分類的概念」。[14]這種言論雖嫌有些偏激，但她試圖反映的是女同性戀給女性帶來的衝擊和反思，這與陳染這個名字在女同性戀書寫中的表現有異曲同工的效應。陳染曾經說過：「女人之間的溝通，比起與男人的溝通障礙要小一些。她們的性別立場、角度以及思維方式，感知世界的方式，都更為貼近。」[15]所以從陳染的小說文本來看，她把曾是女性意義盲區的同性戀升起了自我認同價值標向，以對於傳統文學異性愛話語的消解式避棄，並以此來擾亂父權社會的男性權威，及顛覆女性以男性中心價值歸屬的傳統愛情神話。在小說《空心人誕生》裏，女主人公不堪丈夫的虐待，帶著孩子出走。在獨居生活中，與同在鎮政府做播音員的女同事建立了親密的友誼，由於女性之間同性愛的建立，讓她對異性愛的失望得到了稀釋。女作家讓紫衣與黑衣兩個女人借著醉意突破最後一道倫理防線時，表現了她們內心的感情奧微：「她們互相安慰著，撫摸著，渴望著變成兩性人。男人，只是她們想像中共同的道具。

---

[14] 莫尼克‧威蒂格：〈女人不是天生的〉，〔美〕葛爾‧羅賓等著，李銀河譯：《酷兒理論》，北京：文化藝術出版社，2003年，第375頁。
[15] 陳染，蕭鋼：〈另一扇開啟的門〉，《花城》，1996年第2期。

在這黑暗浸透的溫情裏，理智崩潰了，尊嚴崩潰了，一切都崩潰了。她們不約而同想到「崩潰即毀滅」這句話，便抱著哭起來。趁著黑夜，她們把這溫情無限拉長，長到使這不言而喻的最後一次的第一次名副其實起來」。陳染的這種處理方式不僅寫出了一個特定時代的特色，也寫出了一種生命內在的自然結構的真實。就像她在《關於「個人化」寫作》的論述，提出當今多元時代，反映個體存在的作品雖「顯得很『小』」，但它「如果升華到一種人類精神狀態的層面，反映人類面臨的一種困境」，它就會變成「非常大的東西」。[16] 這「非常大的東西」或者就是著名性別和性問題專家威克斯所言，可以被解釋為對當代世界中一種主體形成形式的反叛，是對權力的挑戰，是對個人定義方式、把個人定義為某種特殊身份、固定在某種社會地位上這種做法的挑戰。[17]

酷兒意味著對抗──既反對同性戀的同化，也反對異性戀的壓迫，酷兒包含了所有被權力邊緣化的人們。在陳染的小說《破開》和《私人生活》中，兩部作品中的女主人公「我」和倪拗拗，對性伴侶的選擇都投向了同性，中國的女人加上同性戀的選擇，理所當然被劃分在權力邊緣的邊緣。關鍵是「做一個同性戀者就是進入一種過程之中……一個持續不斷地成為同性戀者的過程……將自己投入這樣一種狀態，人在其中做出性的選擇，這些選擇將影響我們生活的面貌……。做一個同性戀者預示著這些選擇將貫穿全部生活，它也是拒絕現有生活模式的某種方式，它使性的選擇成為改變生存狀態的動力。」[18]所以，《破開》中的「我」，覺得人與人的親和力，不僅體現在男女之間，女人之間也存有一種長久地荒廢了的

---

[16] 陳染：《陳染對話錄》，陳染文集 2.沉默的左乳，江蘇文藝出版社，1996 年。
[17] 李銀河：〈譯者前言：關於酷兒理論〉，〔美〕葛爾・羅賓等著，李銀河譯：《酷兒理論》，北京：文化藝術出版社，2003 年 7 月，第 3 頁。
[18] Halperin, D.M.Saint Foucault, Toward A Gay Hagiography, Oxford University Press, New York, Oxford, 1995, pp.77-79.

「生命潛能」。「我」的「性的選擇」是和殞楠緊緊依偎，就是因為她們都意識到「不能再忍受孤獨無伴的生活」，這種孤獨感徹底的顯示了作為一種生命現象的人的個體性，尤其對女性個體而言，放逐了男性和對異性愛的執守，心理上極需要有溫馨的同性愛的滲透。夢中的老女人（殞楠死去的母親）預言般宣稱，「你們要齊心協力對付這個世界，像姐妹一樣親密，像嘴唇和牙齒，頭髮和梳子，像鞋子與腳，槍膛與子彈。因為只有女人最懂得女人，最憐惜女人……」，她交給「我」那串有象徵意味的珠子是女人之間一脈相傳的某種精神連繫，是女性集合的隱喻表達「謹給女人」題記，標示著陳染試圖將男權文化與她意欲建構的女性文化「破開」為二的理念：「將男人和女人這一半與另一半合成的一個整體破開，女人與女人的相依相親和抱成團」[19]才能實現，呈現酷兒理論中的策略意義，使所有的邊緣群體能夠聯合起來採取共同行動的姿勢。

　　在小說《私人生活》裏，酷兒理論確實給陳染提供了一種表達欲望的方式，也確實是強大了她內心的力量，克服了對禁忌的罪惡感，才能描繪倪拗拗和禾寡婦直接發生身體的親吻與觸摸，演出了性歡悅的活劇和開展了自己性幻想的圖景，而這種從現實場景毫無過渡地直接進入想像的情境也是陳染敘事的一大特色。當禾寡婦讓倪拗拗親親自己「桃子般嫩白而透明的乳房」時，她遵命將它含在嘴裏，感覺「像小時候吃母親的奶一樣」。而男人對於陳染小說中的女人們來說是不可信任的。「人幹嘛非要一個家呢？男人太危險了。」倪拗拗需要的是「嫵媚而致命」的禾寡婦給她以「秋天濃郁溫馨」的撫慰，不是男人。文本徹底粉碎了性別身份和性身份，既包括異性戀身份，也包括同性戀身份，而女同性戀者的「酷兒性」（queerness）其實也並不是一種新的身份，她們作為性越軌者（sexual outlaws）的異化生活方式，只是與一夫一妻的家庭價值相

---

[19]　劉思謙：《女人的船和岸》，河北教育出版社，2002 年，第 137 頁。

對立，與異性戀霸權相對立，並不是一種這些人共同擁有的本質主義的身份。所以陳染慨嘆：「如果繁衍不是人類結合的唯一目的，亞當也許會覺得和他的兄弟們在一起更容易溝通和默契，夏娃也許會覺得與她的姐妹們在一起更能相互體貼理解。人類的第一個早晨倘若是這種排除功利目的的開端，那麼延襲到今天的世界將是另外一番樣子」。[20]

最後，值得注意的一點是，按照酷兒理論的理想，在一個男人不壓迫女人、異性戀不壓迫同性戀的社會中，性的表達可以跟著感覺走，同性戀和異性戀的分類將最終歸於消亡；男性和女性的分類也將變得模糊不清。這樣，性別和性傾向的問題就都得到了圓滿的解決。但酷兒理論作為一種政治策略在中國這樣的社會具有特殊的意義，根據李銀河，由於中國文化中一向就有一種把各種事物之間的界限搞模糊而不是把它們區分清楚的傾向，由於同性戀身份政治在中國一向不發達，也由於國家和社會對於同性戀的壓制一向不像西方那麼激烈，因此，借鑒酷兒理論，中國的同性戀政治有可能跨越身份政治的階段，直接進入與所有非常態性傾向者聯合起來共同抵制異性戀霸權的階段，共同創造抵抗權力壓抑的新局面。[21]

第二節　性別變體與異化特質的表述

馬來西亞的女作家對於女性文學和女權主義理論雖然早有認識及重視，可是當上世紀七十年代女同性戀女性主義（lesbian

---

[20] 陳染、蕭鋼：〈另一扇開啟的門〉，《花城》，1996 年第 2 期。
[21] 李銀河：〈譯者前言：關於酷兒理論〉，〔美〕葛爾‧羅賓等著，李銀河譯：《酷兒理論》，北京：文化藝術出版社，2003 年 7 月，第 3 頁。

feminism）作為激進女性主義的衍生與轉化，並努力為女同性戀者
在同性戀權利和同性戀運動中爭取地位時，馬華女作家們其實還
在父系權力制度的政治經濟格局中處於被支配的地位，她們文本
的焦點仍大部分注重以家庭、婚姻、親情、愛情為支點，透視女性
人生、社會變遷及人性的浮沉。所以比起大陸女同行們，真正進入
女同性戀書寫的馬華女作家並不多，而把女同性戀作為文學文本
內容或批評的內容來思考，更是微乎其微。馬華女作家方娥真在七
十年代創作的《畫天涯》中曾描述過三位女學生程碧玉、曾寶青和
謝碧英之間的一段充滿同性戀情的交往，但這也是少女成長情愫
的一段假想戀情，沒有真正進入女同性戀者深層意義。只有其中的
商晚筠，卻是一個特別的範例，身為一位女性作家，她的弱勢情懷
和所處的弱勢地位可從其小說創作中發覺，作家總是喜歡利用女性
角色的視角去展開敘事。商晚筠善於刻畫女性的命運，瞭解女性的
艱難，細膩的勾勒出她們的心理轉變。自廣義或狹義女性文學的角
度，商晚筠的女性主義從她開始創作小說就潛移默化的存在。她小
說中的女性主義，一直發展到後期作品，從「女同性戀女性主義」
再到「酷兒理論」的認同的嬗變，相對來說也是前後相繼的。

一、女人的自我欲求

　　馬華女作家商晚筠曾經說過自己在創作時不刻意強調女性主
義，但不否認自己在潛意識中會不自覺地往這方面走，可是，在分
析其文本所展現的女性經驗及其性別特質而言，我發現商並沒有一
味褒揚女性的主體性，她其實是在兩性的人性世界中去戳探，並比
較其中弔詭。商注重挖掘生活本身的內在可能性，並由此對女性有
更切題的理解，書寫所採用的是以女性經驗為本位驅動敘述的方

式，以《七色花水》這篇小說為例，小說寫的是一對相依相偎的姐妹，姐姐無怨無悔的照顧妹妹，在個人感情追尋方面，卻一再被男友所騙，最後導致人財兩空，才真正死了心；難心牌中的男友肖像也換成妹妹，從中可以想像她又將全部心力放在妹妹身上的決心。妹妹作為敘事者，她的敏銳洞察是作家從女性主義的視角來解構其女性角色的壓抑現象，但卻又無法迴避男性價值與女性價值在交匯中相較量的局面。

從這個角度看，商晚筠的女性書寫包含了女性主體性的強調及對男性貶壓性的揶揄，作家本人也以自身的焦慮去顛覆男性主體，在敘事與表意方式注入了女性信息，從而產生了一種較為敏銳的女性話語。而最重要的是，這一篇書寫姐妹情懷的文本，有論者就認為是商晚筠準備從異性戀書寫過渡到女同性戀書寫的創作分水嶺。[22]小說《七色花水》中描繪了一對姐妹花赤身裸體擠在一個木澡盆裏洗七色花水的故事，極盡描寫了兩姐妹胴體的特徵，給人予以欲望化的感覺，就像福柯所言，同性戀不是一種既存的欲望形式的名稱，而是「一種被欲望著的東西」，他建議我們不應把同性戀當做偶然顯露出來的關於我們自身欲望的隱秘事實，而是應當自問：「通過同性戀，什麼樣的關係可以被建立，被發明，被擴展，被調整……問題不在於發現關於自身的性的真實情況，而在於從此刻開始，利用自己的性能力去獲得關係類型的多樣化。」[23]

自此，商晚筠對女同性戀女性主義的敘事策略使用更肆無忌憚／運用自如，這種書寫方式更能滿足她內在的需求，客體世界在

---

[22] 陳鵬翔教授在〈商晚筠小說中的女性與情色書寫〉中提到商的這篇作品〈七色花水〉是構成她創作歷程上的一個分水嶺，因為她已準備從異性戀的小說創作過度到有關女同性戀的書寫。陳鵬翔：〈商晚筠小說中的女性與情色書寫〉，陳大為、鍾怡雯、胡金倫編：《赤道回聲－馬華文學讀本 II》，2004年，臺北：萬卷樓圖書股份有限公司，第 445 頁。

[23] Halperin, D.M.Saint Foucault, *Toward a Gay Hagiography,* Oxford University Press, New York, Oxford, 1995, pp.78.

她筆下淡化隱晦，男性也化約為不可解不須解的模糊影像，就像商的小說《輪迹》中早逝的父親形象，商似乎決定用此表達要與父權社會道別了。於是在小說《街角》中，商開拓了女同性戀的情事書寫，勇敢的從父權社會的陰影下私自出走，不知不覺間闖入西方八、九十年代以來女性主義同女同男以及酷兒理論之間在爭論不休的情慾（sexuality）以及身份／認同（identity）的後現代書寫情境。所以說商的這類書寫極可能是其他女性作家不敢坦陳自己「身體經驗」（experience as a body）的勇敢嘗試，而酷兒理論早已認為，身份是表演性的，是由互動關係和角色變換創造出來的。

　　《街角》寫的是極微妙的女同性戀中的三角戀戀情，小說中敘事者「我」（席離）遊歐歸來後，她為了打發孤寂苦悶的生活而闖入到一對女同性戀人的生活圈子，從中引發了一段三角戀情，激發了無數漣漪。文本中的戀情帶有打破禁忌和反對強制的生活方式，也直接或間接地透露反對男人侵占女人的權力的意義。《街角》是一篇充滿欲望甚至情慾的小說，雖然作家刻意地在描述中採取了含蓄與隱晦的敘事方式。文本第四節有一段寫到女主人公之一的任沁齡浴後，其一身清香，不管是捲曲的濕短髮甚至「潔白完美的腳踝」等都蠱惑住了另兩位女主人公即敘事者及紀如莊。紀是任的同性伴侶，於是，當任走出浴室後，紀就「索性靠攏任，用手指一遍一遍為她梳頭，狀極親密，也許沒留意濕髮糾結一絡一絡，把任捲曲的髮給扯緊了。任低低的噢了一聲，然後把紀的手輕輕扳開」，單就這個情節而言，我們何嘗不能說，作者商晚筠顯然是在利用此一情節演義出酷兒理論（queer theory）中女同性戀者出櫃／現身的儀式過程。可是作品與作者的關係無論是如何密不可分，我極同意陳鵬翔的觀點，沒有道理也沒必要非要書寫者都出櫃／現身（coming out of the closet）坦白一番，承認自己是女同性戀者吧？

　　或許，商借了小說《街角》中的女同性戀者任沁齡口中說出：
「我也曉得對象錯了，但是我不管，錯得開心，礙了誰嘛！」，含
蓄的回應了大家，這與陳染為同性戀辯護的一番話有異曲同工的意
味。[24]這也說明了在話語建構中，造成了一些人的性是『可見的』，
另一些人的性則是「不可見」的，同性戀的現身便是與其隱匿相連
的。巴特勒也意識到「女同性戀」這一名稱屬於一種身份的建構，
「以一個同性戀者的身份來寫作或說話，似乎只是「我」似是而非
的形象，使我感到既非真，亦非假。……因此，我很疑惑「我」這
個詞在女同性戀的名字下是如何定義的，對於它的同性戀恐懼症式
的定義，我感到不舒服。」[25]但無論如何，性身份仍是話語建構的
結果，通過某種程度上的「表演」（模仿）和對「自我」的製作來
完成，商晚筠其實也不例外。

　　巴特勒也在〈模仿與性別不馴〉一文中認為父系文化建構異性
戀為原始文本，異性戀性別認同透過不斷的模仿策略生產，成為性
別認同「幽靈原本」的追求，同性戀則是模仿過程中失敗／拙劣的
複製品。以巴氏的解構思維來論述，建構異性戀為原始文本的前提
即是同性戀的複製，故而同性戀的「複製」（copy）是為異性戀「原
本」（origin）的先驗條件，因此「複製」先於「原本」，反轉異性
戀／同性戀為原始文本／複製的態勢。[26]商晚筠曾在一次專訪中提
到，她對馬來西亞父權社會體制對女性作家的壓迫感到憤怒卻又無
可奈何，在俗世的桎梏下，面對大眾的無知和評論家可能的抨擊也

---

[24] 陳染在為同性戀辯護時指出「我不再在乎男女性別，不在乎身處『少數』，
　　而且並不認為『異常』。我覺得人與人之間的親和力，不僅體現在男人與女
　　人之間，它其實也是我們女人之間長久以來被荒廢了的一種生命力潛能。」
　　見陳染、蕭鋼：〈另一扇開啟的門〉，《花城》，1996 年，第 2 期。
[25] 朱迪斯‧巴特勒：〈模仿與性別反抗〉，〔美〕葛爾‧羅賓等著，李銀河譯：
　　《酷兒理論》，北京：文化藝術出版社，2003 年，第 330 頁。
[26] 朱迪斯‧巴特勒：〈模仿與性別反抗〉，〔美〕葛爾‧羅賓等著，李銀河譯：
　　《酷兒理論》，北京：文化藝術出版社，2003 年，第 341-42 頁。

令她感到痛苦。所以她在訪談中說到自己只好從女性觀點來寫女性主義的小說，男性倒成為次要的角色。[27]這次的訪問對我在詮釋與分析她後期的作品很有幫助，使我能更深刻切入她作為一位作家的主體轉變。巴特勒其實在駁斥異性戀二元對立的本質論時，就彰顯了性別認同真相：異性戀絕不是非異性戀的「原本」（origin）。[28]所以商晚筠選擇的酷兒書寫策略讓她可以好好安頓自我表身份，藉書寫以隔絕不愉快，拙敗的外在現實，比如婚姻與就業的不如意，求取自我生命的淨化與升華。於是，這種強調酷兒理論的敘事方式也讓她的書寫擁有生殖，滋長及繁衍的空間。

　　酷兒（queer）永遠與正常、規範存在著衝突對立，不管這個規範是當前居於主流的異性戀取向還是男同性戀／女同性戀認同。酷兒絕對是偏離中心、不正常的。酷兒理論與男、女同性戀者的研究這兩者之間的關係也是錯綜複雜的。在女同性戀主義（Lesbian feminist）裏，總把婦女歸結為一個階級，女性個人的痛苦被上升為政治問題來認識，它認為男性本位的異性戀霸權，無孔不入地滲透並支配既有的經濟、社會、政治、文化、宗教以至私人情愛等不同的範疇。女同性戀女性主義者維悌格（Monique Wittig）就認為，傳統的性別二分的觀念本身就已經被異性化了，所謂「女人」只有「在異性戀思維系統與異性戀經濟體系裏才有意義」。[29]她因此宣稱「女同性戀並非女人」。「相對於「女人」在社會關係上被男人宰割，女同性戀至少在性實踐方面逃脫了此種奴隸狀態（servitude），它是一個超乎男女性別的異化概念。」[30]商晚筠也有如此想法吧。

[27] 楊錦鬱：〈走出華玲小鎮──訪大馬作家商晚筠〉，《幼獅文藝》，1988 年 12 月，420 期。

[28] 朱迪斯・巴特勒：〈模仿與性別反抗〉，〔美〕葛爾・羅賓等著，李銀河譯：《酷兒理論》，北京：文化藝術出版社，2003 年，第 341 頁。

[29] Monique Wittig, "The Straight Mind", Feminist Issue, Summer 1980, p.110.

[30] Monique Wittig, "One is Not Born Woman", Feminist Issues, Fall 1981, p.53.

　　對於自己的作品傾向於揭露女性姐妹情誼和追求女同性戀主義的邊緣性，進而向傳統的家庭價值、向傳統的性別規範和性規範挑戰時，商晚筠曾在訪問中篤定的說過：「我創作出來的作品可能違反社會道德，或和一般人的欣賞能力背道而馳，但還是我創作的東西」。[31] 就如福柯說過，不是讓同性戀去適應社會，而是讓社會從同性戀的生活方式中汲取新型人際關係的形式。[32] 所以，往後出現的小說《跳蚤》和《人間・煙火》，商晚筠處理的主題仍是有關女同性戀的情欲掙扎的困境。小說《跳蚤》是講述有關女主角公孫展雙因一次匪夷所思的意外患上愛滋病的故事，其中情色與死亡的意象反覆出現。小說採用倒敘法和意識流，小說經由敘事的不斷跳躍，斷裂與壓抑，作家採用了大量電影蒙太奇手法，時空跳躍急速，打從女主人公孫展雙的死亡展開，就讓讀者讀來令人錯亂卻又欲罷不能。當另一位女主人公榮世寧在獲悉公孫展雙染上愛滋病這個晴天霹靂消息後，就決定放棄工作來陪伴展雙，她倆的關係也由誤會、相識到進入瞭解，以至聯袂出遊，甚至惺惺相惜的階段，其間當然有她們劇烈的爭執甚至情欲的暗示，直至她離開人世；然後是身為「未亡人」的女主人公榮世寧的孤寂與近乎崩潰的情緒，像「一個瀕臨絕望的女子，用盡畢生的挫折感來堆積一個足以令她輕易放棄自己的理由，所以來到崖壁，企圖結束生命」。榮世寧對公孫展雙一片痴情，分享身體與心靈，從中勾勒出了女性認同與女同性戀者想像社群，並超越女性性慾範疇，指向了更基要的女性情感聯結。

---

[31] 楊錦鬱：〈走出華玲小鎮——訪大馬作家商晚筠〉，《幼獅文藝》，1988 年 12月，420 期。

[32] Halperin, D.M. Saint Foucault, *Towards a Gay Hagiography,* Oxford University Press, New York, Oxford, 1995, p.100.

　　再看商晚筠的另一篇小說《人間・煙火》，故事竟與《跳蚤》有驚人的相似，寫作技法也是一貫的時空跳躍急速；作家是以兩位從小學到中學一起長大的女人陳謹治和許典爾為主軸，陳後來竟成了許的繼母（陳與許的老父卻從未同床），兩個女人的關係在初期也一樣惡劣，從許的歧視到兩人相知相交的過程令人想起《跳蚤》裏的兩位女主人公。陳與許兩人在文中滿溢著女性的情感聯繫，隱隱透出不可言喻的曖昧情懷，雖未點明同性戀意識，但文本涵義及與作家本身的位置就形成了一種可以不斷加以重新喻說的開放性的過程，營造了敘事的諸般可能。

　　艾德里安娜・里奇（Adrienne Rich）的《我們身上的女同性戀》（It Is the Lesbian in Us）書中就提到：「女性欲求（desiring）自我、選擇自我的感覺；亦即女人間基要情感深度（primary intensity），一種為世界細瑣化、挪揄或醜化的女性情感聯結。即便是在我了然自己是女同性戀之前，我體內隱藏的女同性戀即蠢蠢欲動，捕捉那個捉摸不定的雛形。我相信女性能量推動著每個女人身上的女同性戀，沉澱為堅強的女性特質，探索足以表達女性能量、力量的文學，是女同性戀啟動我們的想像力，化為語言，捕捉女人與女人間完整的聯繫。」[33]里奇以「女同性戀」為女性自我欲求，或更精確來說，是指向女性自我深處被「理直的心」──借用維悌格（Monique Wittig）的術語（the straight mind）──所壓抑的「異他性」（otherness），以此自我中的異他性與其他女性的情感聯繫。[34]商晚筠的這篇小說就準確的呈現了此類情感聯繫，陳謹治在許家老父親神秘失蹤後把離家在外的許典爾召喚回家，自此兩人患難與共的共同打理許家的生意並尋找許父，兩個女人情感的完整聯繫於是

---

[33] Gilbert, Sandra M., and Susan Gubar, eds., *The Norton Anthology of Literature by Women: The Tradition in English,* 2nd ed., New York: Norton, 1996.

[34] Monique Wittig, "The Straight Mind", Feminist Issue, Summer 1980, p.110.

在各自體內悄悄滋長，老父／男性在這時只是成了可有可無的影子。作家遊走於女同性戀女性主義書寫的策略中，空間雖狹小，倒留下更多空間來引誘和拓展讀者的思維空間。

　　兩篇小說都因作者的英年早逝未及完成，但從已完成的篇章看來，其文字仍令讀者讀來令人低迴不已，回味悠長。但作家的作品相對的也遠離了主流意識形態話語的控制，思考因而趨向展現邊緣更邊緣的女同性戀經驗及其特質，這特質還呈現了死亡意象與情欲的反覆交錯上，令人讀來有窒息之感。商晚筠拒為主流文化同化的性格，也是她顛覆父權，異性戀機制的酷兒理論根植所在。「酷兒」於她是結合族裔、階級、情欲、多元差異、逾越傳統的女人的自我欲求（self-desiring）。

二、身份政治的壓抑性

　　酷兒理論基本上向性的本質主義挑戰，試圖將既存的性別區劃「中性化」，藉此而建立尊重個人性別選擇的自由空間或存在的極端自由主義狀態。所以馬華新生代女作家林艾霖在小說《我把貓交給他》裏的女主人公艾菲會做出這樣的表白：「為何女人一定要結婚生孩子？為何女人一定要愛男人？為何要組織一個家？」作家在小說《我把貓交給他》傳達了同性戀與非同性戀之間的隔絕與孤獨狀態，酷兒理論認為身份政治壓抑了群體內部的差異，比如種族、階級、性別以及其他差異，而這種分類（category）在本質上就具有壓抑性，標示著非異性戀為性變異（sexual perversion）。小說《我把貓交給他》的女主人公艾菲從小就是孤僻、壓抑、不愛說話的孩子，她害怕與人接觸，因為身份／性別建構規範模式使她喪失了地位，她常愛獨自躲在樹頂上「幻想只有我一人存在世上的空間，那

麼真實而安全」，她過後被迫送去女子學校念書，卻令她找到了一個能夠提供她自由生活的社會形式，於是她「學會寫情書，寫情詩」，卻是「送給一個柔情似水的女子華菁」，因為「她如夢的眼睛是那麼美，美得我忍不住要去摸一下，她總是靜靜的含笑看著我，我有股想保護她的意念」。所以「我帶她去看電影，帶她回到家來聽音樂」，作家以這兩位女主人公的交往來「顛覆了女性以男性中心價值歸屬的傳統愛情神話——異性愛夢想本體」。[35]

但是，由於歷史原因，女同性戀比男同性戀遭受到更多的詰難。福柯在談到女同性戀時，也認為女同性戀比男同性戀更令人同情。[36]安莎杜娃在《致（至）酷兒作家》（To（o）Queer the Writer）也提到「當一個女同性戀以『女同性戀』為我命名……我雖屬於其社群，卻不是個完整的人……不像『酷兒』一語」。[37]這裏「酷兒」一語即指顛覆女同性戀名詞的狹隘性，凸顯酷兒包容差異的開放性，正如維悌格將酷兒理論視為女同性戀政治的進一步延展。於是，當小說的艾菲愛上了一位女人，她和華菁兩個女人的密切關係當然遭到母親的反對，結果她被送進了療養院治療，跟著轉校。事隔多年當艾菲再次返鄉時，才知道「那個我寫情詩給她的華菁，聽說談戀愛了，一個不錯的男孩和她為伴，她卻越來越憂鬱，最後自殺了」。華菁不肯屈服以婚姻為表徵的異性戀強權，她只能走向死亡，死亡似乎真的被歷史規定成女性唯一能夠成功地從父權規範秩序中脫身而出的不歸路。

---

[35] 荒林：《新潮女性文學導引》，湖南文藝出版社，1995 年，第 53 頁。

[36] 福柯：〈性的選擇〉，嚴鋒譯《權力的眼睛——福柯訪談錄》，上海人民出版社，1997 年，第 127-133 頁。

[37] Anzaldua, Gloria, "To(o)Queer the Writer-Loca，Escritoray Chicana", Ed.B.Warland, *Inversions: Writing by Dykes, Queers & Lesbians,* Vancouver: Press Gang Publisher, 1991, pp.249-60.

　　林艾霖寫出了馬華文壇從來就被父權歷史書寫意識刻意忽略、輕視及貶斥的題材，實在值得我們重視。巴特勒曾在《性別麻煩——女性主義與認同的顛覆》一書中雜揉後現代性別／情欲差異政治及解構主義思維，批判西方理體／陽具中心論述（phallogcentrism），對生理性別、社會性別和情欲三者在異性戀機制下所建構的連續體提出質疑，以「酷兒」的不能分類（non-category）來斷裂異性戀霸權，反詰認同屬性。[38]這其實也是作家想要以文字反詰馬來西亞華人男權社會的的意圖，以便能夠將性／性別的多重性放在更開放的社會、物質和後現代語境中去理解。

　　馬華女作家除了商晚筠和林艾霖在女同性戀的母題書寫上較為醒目及引人深思外，還有如陳蝶、柏一和黎紫書等女作家也有涉足於此類書寫，但她們的小說如《落馬壇烽煙錄》、《粉紅怨》及《裸跑男人》等，寫的卻是男同性戀的故事，雖然一般上我們用「酷兒」來代替「男同性戀者」（gay）和「女同性戀者」（lesbian），但三者之間的關係卻是錯綜複雜的，其中思考的範疇超出了女性意義，而且男同性戀與女同性戀的理論各自擁有特殊的歷史、文化建構和權力關係運作，另外因為當前性體系的種種規範和規範化的進程，所以此處就不談這些作品了。

第三節　後現代與他者話語的存在形態

　　在後現代話語裏，酷兒理論中的多重主體論（multiple subjectivities）造成了在不同社會和種族的歷史背景下生理性別和社會性別的不

---

[38] Judith Butler, Gender Trouble: Feminism and the Subversion of Identity, Routledge, 1999.

連續性（discontinui –ties），為男同性戀者、女同性戀者、超性別者、易性者和雙性戀者的社群之間更強有力的聯合，為他們改造制度化的異性戀霸權的共同努力創造了條件。「酷兒」這個術語也描繪了各種各樣的批判實踐和優先性（priorities）：對文學文本、電影、音樂、影像中同性愛欲望之表現的解讀；對性的社會權力與政治權力之間關係的分析；對生物性別（sex）－社會性別（gender）體系的批判；對生物性別倒錯和社會性別倒錯的身份確認的研究，以及對SM 癖及逾越（transgressive）欲望的研究。

　　當酷兒理論與後現代理論結盟，就重劃後現代主體（subjectivity）與情欲（sexuality）版圖，德瑞莎・羅麗蒂斯（Teresa de Lauretis）替《差異》（Differences）學刊的「酷兒理論」（Queer Theory）專號所撰引文中，明確指陳後現代主義重塑同志論述，凸顯差異（difference）與邊緣（marginality）政治，提供當代文化去中心（de-centralized）視角，反詰異性戀及父系霸權。[39]酷兒理論以新的角度閱讀社會，它因此也以不同方式理解能動性：以身體的顛覆動作，而非主體認同的概念，來比喻能動性。於是，它必然解構經驗認識論中常見的行為主體的自傳架構，從而建立起與男性中心相抗衡的「他者」女性中心話語體系。因此，只由女性的「自述」才是女性經驗的真實記錄。

一、生命力的潛能

　　在父權封建歷史悠久與穩固的中國，我們可以看到它（女同性戀）作為一種女性對既成兩性不平等關係的悲觀與對異性愛前景惶

---

[39] Teresa de Lauretis, "Introduction", "Queer Theory Issue", 《Differences》, 3.2(1991).

惑與抵觸的對立情緒產物,而終於衝破清規戒律,或隱或顯的得到呈現。如盧隱的《海濱故人》、《或人的悲哀》系列中出現的同志姐妹情懷書寫,無不流露著對同性比異性更為愛戀的心理痕迹。在丁玲自傳中,也可發現在平凡女性之間存在的那種異乎尋常的姐妹情誼。而凌叔華更是勇敢,寫了一個理所當然會被正統文學史所忽略的女同性戀故事《說有這麼一回事》,這在五四時期的中國女性文本中是鳳毛麟角的。而馬華文壇這時尚未成型,所以無從比較。

直到半個多世紀以後的中國文學及海外的馬華文學的女作家群大量崛起,女性寫作在各自的文學圈中呈現出非常明顯且具份量的組成部分。於是,兩地女作家開始普遍介入女同性戀的書寫,姿態更加大膽。她們以女同性戀反抗男性中心社會的態度更加激進,對女同性戀可能走向的探索也趨向多維,大陸的陳染和馬來西亞的商晚筠的文本都深具開拓性。她們敘述的聲音是「激忿的、撕破的、外揚的、反叛的、犀利的也是淒厲的,是發自心底的也是與自身生命處境緊密相連的」。[40]

她們在女同性戀的文本裏對孤獨、死亡、恐懼、衰老、歷史、時間等人類命題都有過自己的思考,而對個人與集體、男人與女人、女人與女人、愛情與親情等世事關係也不乏獨特的感受,因而藝術撼動力更能潛入人心的深層。幾千年的文化傳統習染,異性戀中兩性不平等的事實已經固化為集體無意識,所以不管是大陸的林白或馬來西亞的林艾霖對女同性戀的呼喚和書寫中,肯定包含著對男性的失望,她們完成的不僅是性別意義的批判,保持自身的主體性,也為承受多重困境的女性書寫構築一條可能的出路。所以說,在欲望流動中衝撞禁忌,逾越界線,持續流蕩,女同性戀書寫或後現代的酷兒書寫,因而才能超越邊界,呈現極限的強韌生命

---

[40] 徐坤:〈重重簾幕密遮燈:九十年代的中國女性文學寫作〉,《作家》,1997年第 5 期。

力，這或許就是兩地女作家往後共同的志業。所以將這種女同性戀的立場納入本文的研究領域，用一種更保守一點的說法就是，在這個世界上，女人不僅同男人和男人的文學作品保持聯繫，女人之間常常也有著親密的關係。而且，毋論女同性戀主義如何演變成「酷兒」理論的新思潮，其目的還是：「致力於從其他婦女那兒尋求政治、感情、身體和經濟上的支持……這不僅是取代壓迫性的男女關係的一種選擇，更主要的是她愛婦女。」因為女同性戀者認識到，「把愛情和支持給予男子而不給婦女，實際上是鞏固了那個壓迫她的制度。」[41]

盛英在論剖析中國女作家對女同性戀的書寫時曾說過：「基於文化、生理緣由。她們的同性戀傾向屬西方女權主義所講的：是對女性生命力的一種呼喚，對女性性權利的一種自由選擇。我想，陳染等對女同性戀現象的塑造，確實呈現了某些現代女性心靈的秘史，具一定社會學和美學意義，不必予以非議」。[42]我極同意盛英此觀點的，因為酷兒理論本身就預示著一種全新的性文化，它是性的、性感的、又是頗具顛覆性的。而這些剖析對於馬來西亞女作家商晚筠來說本質上也是有關連的，女同性戀現象的書寫在她筆下已可「看出」她有西方英美第二波女性主義者本質派（essentialist）所強調的「專長」，即強調書寫女性經驗這個「非我莫屬」的經驗領域。[43]對於商晚筠而言，確立「我」與「自己」的關係，意味著重新確立女性的身體與女性的意志的關係，重新確立女性物質精神存在與女性符號稱謂的關係，以及重新確立女性的存在與男性的關係。於是，女性經驗的焦點性敘述成了小說主人公的共同特徵，商

[41] 〔美〕夏綠蒂‧本奇：〈違反的女同性戀〉，轉引自王政；《女性的崛起——當代美國的女權運動》，當代中國出版社，1995年，第111頁。
[42] 盛英：《中國女性文學新探》，中國文聯出版社，1999年，第60頁。
[43] 陳鵬翔：〈寫實兼寫意——馬新留台華文作家初論〉，王潤華和白豪士編《東南亞華文文學》，新加坡：新加坡歌德學院與新加坡作協，1988年。

晚筠在女同性戀的小說創作中，流露了執著於女性主義者本質派的
傾向完全可以理解的，因為女性主義的基本精神就是女性意識的認
同與感知，這與大陸的陳染試圖通過女同性戀書寫來建構女性人格
的整合是隱隱相通的。

　　陳染在為同性戀辯護時，敘述主體克服了文明對同性戀的禁忌
和罪惡感，認同了同性間的親密關係：「我不再在乎男女性別，不
在乎身處「少數」，而且並不認為「異常」。我覺得人與人之間的
親和力，不僅體現在男人與女人之間，它其實也是我們女人之間長
久以來被荒廢了的一種生命力潛能。」[44]而商晚筠在跟父權社會及
性／別差異說再見時，她也準備突破性別障礙以及要做「中性人」
的發言，進行女同性戀文本書寫這時似乎已成了她創作活動必然的
驅逐力量，酷兒理論基本上向性的本質主義挑戰，試圖將既存的
性別區劃「中性化」，藉此而建立尊重個人性別選擇的自由空間或
存在的極端自由主義狀態。商晚筠要體現的似乎就是陳染所謂的
「女人之間長久以來被荒廢了的一種生命力潛能。」

二、「他者」的多元衍異

　　梅家玲在評論勃興於臺灣二十世紀九十年代女同性戀小說創
作現象時指出，對女同性戀的描寫，體現的「不只是性傾向身份
與性別認同之間的多元衍異；更是在直接或間接批判主流體裁的
同時，意圖開發新生的情欲空間，為多樣化的性別論述，尋求各
種可能出路。」[45]這個評論可以移植到對中國現當代文學中女同性

---

[44] 陳染、蕭鋼：〈另一扇開啟的門〉，《花城》，1996 年第 2 期。
[45] 梅家玲：《性別論述與臺灣小說・導言》，梅家玲編：《性別論述與臺灣小說》，
　　 臺灣麥田出版，2000 年，第 23 頁。

戀書寫，對馬來西亞的商晚筠來說也能入座。從世紀初到世紀末，大陸女作家對這一題材表現內容和層次的變化，不僅折射出文學環境的改變，更泄露了女性在性別關係認識上的輾轉變遷。而商晚筠曾經留學臺灣，她早期的作品是極其質樸地反映了馬來西亞多元種族社會中的精神面貌，尚未真正有意識地進行女性主義書寫，而後期小說創作重心之轉變，除了顯示她意圖開發新生的情欲空間，究其實也是作家本人性傾向／取向身份與性別認同之間的探索與衍異。[46]她的第一篇女同性戀小說《街角》或許就在此心態下產生。

在《街角》這篇小說中，商晚筠把心理寫實主義運用的相當合法性（legitimacy）而顯得自然而然。但畢竟這類書寫從來就是被父權歷史書寫意識所忽略和貶斥，而且不是表達太多人都可以體驗的事件而顯得獨特而深邃時，它就必須接受大家層層的詰難和偏見的檢驗，而且這檢驗來自文本內外。商晚筠在張揚女同性戀在建構女性主體方面積極意義的同時，並沒有迴避對它的局限的揪探。所以在《街角》中所塑造的三位女同性戀者的戀愛，她們的主體意識與作者一樣，深深陷入道德的桎梏中，潛意識中仍未突破馬來西亞父權社會這一強大符籙的宰制。文本中的任沁齡對敘事者「我」說過：「我和紀如莊那種感情，從群體的道德準則和價值觀來看，是人世間一樁不對稱事件。」不相稱顯然是作者主觀的意識的投視。文本中三人最終各散東西應證了盛英所論：「一些描寫女同性戀的作品，也總是以女人的相依相戀開始，而以相恨相斥告終。這類作

---

[46] 根據陳鵬翔教授在〈商晚筠小說中的女性與情色書寫〉的中曾提到商的女同性戀書寫是與作者自身身份及性向本質上有關聯的，陳鵬翔認為商與丈夫的離婚是可能導致她轉換性欲嗜好的原因，雖然作者自始至終從未真正坦陳其身份／主體。陳鵬翔：〈商晚筠小說中的女性與情色書寫〉，陳大為、鍾怡雯、胡金倫編：《赤道回聲——馬華文學讀本 II》，臺北：萬卷樓圖書股份有限公司，2004 年，第 441 頁。

品在呈現女人們微妙心路和深層對其進行測定,因而它們頗具文化意味而催人思索。」[47]

大陸的陳染小說《饑餓的口袋》中的結局也一樣,麥戈與「密不可分的心靈夥伴」意馨最終還是分手了,原因是意馨隱瞞真情,棄麥戈而去,選擇了前夫。麥戈「對男人失望的同時,對女人也感到失望」,《街角》裏的任沁齡在紀如莊離去後也變得不敢再付出愛,害怕再落空,因而要求希望再續前緣的敘事者離開。這裏也預言了同性戀的脆弱性和邊緣性。婚姻,在這裏隱喻性地宣示了:按照一定文化結構起來的社會,它有其自身規定的邏輯紋路,脫軌的同性愛要麼被它收束,要麼悄悄隱沒自毀。

有論者揭示了「同性戀」小說是以「肢體器官或服飾裝扮的變形改易,操驗性傾向和性別認同的各種排列組合:以肉體交歡的多種形態,勾繪情欲冒險的魅人風景。」但其並發的活力與戰鬥力,哪裏是尋常家國規範所能束縛的先鋒性的同時,又指出「以同性愛改變性別關係和社會秩序的「想像力再如何天馬行空,畢竟還是要落實為書寫行為,而它的激進性格,是否也將因文字的虛擬化,被抽離架空為純美術的海市蜃樓?」而其「詩情化的悲愴與度脫,會不會反而暗示了現世中性別論述的牢不可破」,[48]這在兩地的女同性戀文本中也反映了出來。在商晚筠的小說《暴風眼》裏,兩位女主角度幸舫和簡童童這對相互依賴甚深的姐妹淘身上已能看到強烈的女同性戀情欲的意味,例如度幸舫的巴掌會「神奇地停在童童俏麗恣意的臉頰,輕佻地反手背摩娑她」。最後,簡童童還是嫁給了章正明。大陸女作家林白在《瓶中之水》裏也摹寫了女性獨立王國的脆弱性,二帕和意萍兩人曾經是如此的相戀,令人很難想像有

---

[47] 盛英:〈中國新時期女作家的性別策略〉,盛英:《中國女性文學新探》,中國文聯出版社,1999年,第79頁。

[48] 梅家玲:《性別論述與臺灣小說·導言》,梅家玲編:《性別論述與臺灣小說》,臺灣麥田出版,2000版,第24-25頁。

哪兩個女人的關係會如此的緊密，但女人之間依靠精神力量建立的愛戀到底能走多遠，二帕和意萍兩人之間的關係經過生存的不斷耗損，在母性和妻性的攻擊下不可避免的瓦解了，最終她們也落的分開的結局。不管在大陸或大馬，父權社會的男性權威，女性以男性中心價值歸屬的傳統的性別論述，及現世中的性別秩序似乎真的牢不可破。但在政治意義上，兩地女作家在女同性戀書寫裏都表達了反對菲勒斯（Phallus）專制，[49]試圖改變女性在社會文化和生活中的「第二性」處境，因酷兒理論相信民主原則在個人和個性的發展中也同樣適用及具意義。

酷兒理論的前身是各種與同性戀有關的理論，在許多酷兒寫作中，存在著一種充滿活動的戲謔性。但是正如塞德曼所指出的那樣，其中也存在著一種「文本理想主義的傾向」，一種形象和文本的特權化，一種對個人生活於其中的最真實的社會結構和肉身的拒斥，無論這種社會結構和肉身是處於多麼「無秩序」的狀態。[50]從兩地女作家的小說作品看來，其實也出現這樣異化的傾向。就大陸而言，書寫女同性戀主題的小說早在五四時期和上世紀九十年代就有涉足，馬華的女作家們也在上世紀七十年代也出現此類題材的小說，但不管是大陸的盧隱、凌叔華、丁玲或後來的徐小斌、陳染及馬華的林艾霖、商晚筠等女作家，這種他者話語和文化敘事成為她們重要的主題選擇方式。她們都力求在作品中將「精力能量流向姐妹」，並希望「女人彼此聯繫並創造女人新意識」，[51]將女同性戀主題視為追求解放女人的理想目標。

---

[49]　菲勒斯（Phallus）或男性陽物的象徵體系，主要為男性主體權力而設。在菲勒斯中心論中，女人被假定為父權體制下非獨立的繼承者，不論在知識文化，或社會歷史架構中，其形象總是被男性權力所創造、操控。

[50]　斯蒂文・艾普斯坦：《酷兒的碰撞：社會學和性研究》，〔美〕葛爾・羅賓等著，李銀河譯：《酷兒理論》，北京：文化藝術出版社，2003 年，第 44 頁。

[51]　周華山：《同志論》，香港同志研究社，1995 年，第 108 頁。

　　後現代理論家威爾頓說：「……對於女權主義來說，性別的解構與重寫（這一重寫可能採取徹底取消性別的形式）的唯一選擇是消滅男性！無論性別是一種壓迫性的操縱性的結構，還是男人「天生」要壓迫女人，女人是「天生」的受害者，全都應當被掃除乾淨。」[52]取消或者說解構「男性」和「女性」、「同性戀」和「異性戀」這些概念，其實並不像有些女權主義者所想像的那麼可怕，並不會取消現實的解放鬥爭實踐，而是為這一現實鬥爭提供了一個新的思路，它的最終目標是創造新的人際關係格局，創造人類新的生活方式。因為根據「酷兒」理論，同性戀現象對於人類社會發展的啟示主要表現在以下三個方面：第一，它提示了一種新型人際關係和生活方式的可能性；第二，它提示了超越性別界線的可能性；第三，它是所有邊緣群體對主流意識形態及話語權力的挑戰。[53]於是，我認為兩地的女作家們對女性之間同性戀的書寫禁忌的突破，對占據穩固地位的異性戀的挑戰，對女性精神和情感歸屬的探索，及對性／性別壓迫的揭示，不管是在中國文學史或馬華文學史上，都將會有其特殊的文化意蘊及意義。

---

[52] Wilton, in Adkins et al, Adkins, L.and Merchant, V.(eds.) *Sexualizing the Social Power and the Organization of Sexuality,* Macmillan, London, 1996, p.108.

[53] 〔美〕夏綠蒂・本奇：〈違反的女同性戀〉，轉引自王政；《女性的崛起——當代美國的女權運動》，當代中國出版社，1995 年，第 111 頁。

第四章
當代大陸與馬華女性小說中的敘事策略

第四章　當代大陸與馬華女性小說中的敘事策略

　　經歷了前後「新時期」的當代中國文學，在二十世紀九十年代以降悄悄地開始呈現新的面貌，女作家們開始拒絕各種文學傳統與創作規範，身體力行地嘗試從既有的文學樊籬中突圍而出。馬華文學也一樣，這時也冒起了許多具有特色的女作家群。兩地的女作家們開始把男作家不可能涉獵的女性人生的某些隱蔽經驗和文化想像寫進自己的作品裏，從而使文本內容和女性個人的內在經驗息息相關。她們開始大膽的將筆墨和情感傾注到女性軀體的描寫裏，在敘事策略上實現了與世界女性文學的對接，從而顯現兩地女性書寫在這種敘事策略上構建女性主義美學方面的獨特價值。

　　以埃萊娜·西蘇（Helene cixous）為首的法國派女性主義文學批評所倡導的「身體敘事」認為由於女性沒有自己的語言，而現有的文字無不打下男權文化的印記。於是她主張女作家們由女性身體出發，尋找女性話語權，表達被歷史上占統治地位的男性書寫忽略和遮蔽了的女性欲望，從現實地去反映婦女惡劣的處境和她們不斷變化的文化觀念，以及被歪曲了的女性生存實境。西蘇大力鼓勵女性透過「身體敘事」去書寫、去建構主體性與在歷史洪流中發聲：「從身體出發，通過自己……返回到自己的身體，用自己的肉體表達自己的思想，用肉體講真話」，[1]凸顯女性身體在反抗男權文化中

1　林樹明：《性別與文學》，重慶出版社，1977 年。

的作用。西蘇還認為，文化對女性的控制是通過身體，即消殺女性身體的存在和欲望，因此，女性作家要「寫你自己。必須讓人們聽到你的身體。」那麼，女性深層潛意識中的巨大源泉才能得以噴湧奔流。[2]這種理念顛覆了傳統文學中對女性種種不真實的界定和表達，為女性表露真實的自我開啟了另一扇門，於是兩地的女性小說就在此基礎下展開了各自的敘事方式。

第一節　女性身體想像的言說方式

從文學角度來看，五四以降中國現代女性文學的湧現，無疑在某種層面上闡述了女性在歷史、文化、社會中，有關兩性與政治、個人與整體角色的互動關係。但是，那時期的女性文學大體上還沒有較為穩定的女性文學傳統，或者說，這方面的女性文學傳統還有待進一步加以建構。但在女性寫作實踐中，對女性身體的書寫（包括身體經驗和女性欲望）卻可以上溯至這個時期，一些受到五四新文化精神感召的女作家們的文本中，早已隱含著性別差異及身體表述的企圖。對於今日某些標榜女性主義的作家而言，可能有保守消極之慨，然而此中所觸及的中國總體父權壓抑問題，以及在此壓抑機制下有關女性從屬身份、性別認同或兩性差異等課題，卻都是今日探討中國傳統社會的重要資料，尤其是二十紀上半葉轉型社會的重要資料。

---

[2]　〔法〕埃萊娜・西蘇：〈美杜莎的笑聲〉，張京媛主編：《當代女性主義文學批評》，北京：北京大學出版社，1992 年，第 194 頁。

一、身體經驗的想像啟蒙

　　對於特倫‧明哈（Trinh T. Minh-Ha）來說，女性的作品就是語言的肉體，是有機物，是「培育的作品」。它從水和女性的其他流質形象中汲取物質的流度，「汩汩流動的生命、流動的語言溢出並緩緩滴在每頁紙上」，並且「這種保持活力和賦予生命的水同時也是作為作家的墨汁、母親的乳汁、婦女的鮮血和經血。」[3]所以，儘管在論及五四早期女性作家情愛主題時，多數評論家都會不無遺憾地注意到女作家有意規避性愛題材的深度描寫。[4]但從中仍可找到身處文化異位的女作家在其文本中以身體／欲望書寫來像女性一樣的說話，並以此引出性別差異的觀點。

　　女性主義一方面強調女性與男性在生理、心理、語言和文化上的差異，更強調女性的性別認同，主張「女性書寫」，即以女性特有的身體、經驗來反對男性價值中心，企圖憑藉深具女性主義內涵的書寫找回女性被壓抑的聲音積蓄抗爭的力量。在這裏以丁玲為例，在《莎菲女士日記》裏，她細膩地表現了中國女性覺醒了的性欲。像小孩要糖果一般，莎菲對凌吉士「那兩個鮮紅的、嫩膩的、深深凹進的嘴角」充滿渴望。即使認清了他不是自己心儀的人，也仍情不自禁地渴求「他能把我緊緊的擁抱著，讓我吻遍他全身」。這與強調女性書寫的露絲‧伊利格瑞（Luce Irigaray）的「女人腔」理論不謀而合：「讓女性的自我情感（self-affection）實現的文體」，[5]

---

[3]　見莉迪亞‧庫爾提〈書寫婦女，書寫身體〉正文及注釋8，《文化研究》第2輯，第112、115頁，天津社會科學出版社2001年4月版。

[4]　陳寧、喬以鋼：〈論五四女性情愛主題寫作中的邊緣文本和隱形文本〉，《學術交流》，2002年第1期。

[5]　Whitford, Margaret, ed., *The Irigaray Reader,* London: Basil Blackwell, 1991, p.135.

在那裏面充滿互愛，讓女性欲望充分表達，女人不再將自己包裝於
男性的幻想與需求裏，不再犧牲自我於「偽飾」之中。所以，丁玲
會借了莎菲的口吻，嘲諷了愛情中人對性欲的遏制：「這禁欲主義
者！為什麼會不需要擁抱那愛人的裸露的身體？為什麼要壓制住
這愛的表現。」

　　丁玲此舉當然引起男性聲音的反彈，但正是她，將女性寫作從
父權壓抑體系之中抽離出來表現。她以迥異於男性作家和同時代大
多數女作家的敘事方式，把筆觸切入一向被禁錮或者被視為洪水
猛獸的女性性欲。「敢於如此大膽地從女主人公的立場尋求愛與性
的意義，在中國現代女性寫作史上，丁玲是第一個人。」[6]她勇敢
的在其文本中回答了：「我是誰？」和「我在和誰說話？」等女性
問題。她的發言雖然不夠完整，卻拓展了女性觀看和書寫的能力以
及抵抗的文化空間。它衝擊著中國婦女的傳統文化心理結構，又超
越了「五四」以來女性文學「性愛」的聖潔模式，為在更真切意義
上的女性文學的發育與發展，奠定了基礎。[7]

　　「身體敘事」被當作女性最主要形式的反叛。女性書寫「身體」
是「愉悅」的體現，因為它脫離陽性思考的直線性、單一性和缺乏
彈性的僵硬模式，且「樂於慷慨「給予」，不問回報，並承認「它
／他／她者」的存在」，[8]而且能將女性的多元化無限延伸出來，給
予語言翻身的機會，並激發擁抱差異的開放性思維。

　　所以，凌叔華在《酒後》這篇小說中也帶出了采召這位較為獨
立、自由的性愛自我的女主人公。已婚的她可以不受妻子角色的

6　〔日〕中島碧：《丁玲傳》，轉引自王周生：《丁玲：飛蛾撲火》，上海教育
　　出版社，1999 年，第 75 頁。
7　盛英：〈大陸新時期女作家的崛起和女性文學的發展〉，盛英：《中國女性文
　　學新探》，中國文聯出版社，1999 年，第 34 頁。
8　朱崇儀：〈陰性書寫能被視為一種新文類嗎？一個比較文學方法論〉，佛光
　　大學籌備處，臺北：松隆道場，1995 年，文學研討會發表論文。

約束，要求丈夫答應她「一樣東西……」，去聞一聞一個在客廳大椅上醉倒了一個叫子儀的男賓客的臉，並「去 kiss 他一秒鐘」，以滿足自己「臉上奇熱、心內奇跳」的「憐惜情感」。這「憐惜情感」其實就是女性的情欲，西蘇所指的：女性「「自己的」代表「所有物」，一切與我分離不得之物」。女主人公主動向前跨越出男人的束縛，向外尋找自我，而不再像《白雪公主》裏那個只能「躺臥」著等待白馬王子將她從睡夢中甦醒「拯救」出來的「被動女性」，肯定了西蘇的「女性寫作」的特質，即是展現了「女性權能」（powers ／potency），對差異的肯定（西蘇所謂之「affirmation of the difference」）。[9]采召顛覆性的要去親吻醉中的男人，雖然最終在行為上沒有完成，但在精神意義上的行為卻是已經完成了，所以接下去的吻就已成了可有可無之物了。

　　「五四」是個文化劇烈變動的時代，女性要掙脫既有的社會文化規範，唯有靠自己主動，經由對舊關係的掙脫來取得。女主人公能夠表達自己的追求與企慕，帶著一定女性主體性的意識，雖然這主體性還不是很充分。采召真正追求的也許不是欲望的具體表現，但可以肯定的是她要在被承認的妻子身份之外還可以有情人的身份，有作情人的權利。這就是西蘇所謂的「書寫身體」，即為「女性書寫」，就是要把女人自「否定」（negativity）及「匱乏」（lack）之中解放出來，主動的說出身為優勢意符的男性認為她們無法說出的欲望。然而，時代的局限與性別意識的解放程度束縛了她們對性愛書寫的力度與深度，也暗示出當時的女作家對女性的情與欲難於並置的心理困惑。

　　進入上個世紀四十年代，中國現代文學迎來了張愛玲、蘇青及梅娘這三位杰出且重要的女作家。她們都致力於表現女性放恣的情

9　Helene Cixous's, "Castration or Decapitation?", in Signs: Journal of Women in Culture and Society 7.1, 1981/autumn, pp.41-55.

欲,也不避諱對女性性欲的描寫。她們不僅陳述女性在社會文化中
所受的壓抑,同時大膽挑戰陽性語言和思想結構,一再去探發被壓
抑的幻想和潛意識,讓女性特質盡情宣泄。梅娘小說《蚌》裏的女
主人公梅麗,在情不自禁中與戀人琦同居一夜後,為自己申辯「那
是本性之一,誰都需要的,那是想拒絕而不得的事。我不該惋惜我
處女的失去」。蘇青更勇敢的把《論語》裏的「飲食男女,人之大欲
存焉」,標點為「飲食男,女人之大欲存焉」,來反擊陽物理體中心
思維。這就是「身體敘事」中強調的以「女性愉悅」(jouissance)[10]
為基點的性別差異作出發,於是自古以來由男性所壟斷的書寫可
能轉變成女性推翻陽性霸權的方法之一。蘇青的文章,更是大膽潑
辣地寫盡了女性精神和肉體的痛苦和渴望。短篇小說《蛾》,就真
實且細膩地表現了女性的性心理和性苦悶,塑造了一個對性充滿渴
望的女性形象。對蘇青來說,欲望,並非理性,欲望是逃脫傳統父
權架構機制種種限制性觀念的最佳媒介。

　　西蘇指出:「女人,之於男人,是死亡」,雖然,「女人一向居
住在無聲之地,或頂多只是用她們的歌聲當做回音罷了。但二者對
女人都無益處,因為她們依然停留在知識之外」,而且「她們被斬
首、割舌,而唯一發出聲音的是她們的身體,但男人是聽不到身體
的」,[11]正因為男人聽不到女人身體,所以西蘇呼籲女人要「書寫
身體」。於是張愛玲在小說《沉香屑——第一爐香》中,更是把西
蘇的「身體敘事」理論發揮的淋漓盡致。在這篇小說中,女性主體
意識已曲折迂迴地在文本中湧現。小說中的女人主宰了一切,沒有
所謂的傳統男性家長,只有入幕的「男性嘉賓」。男性人物在文本

---

[10] 「女性愉悅」(jouissance),或稱「陰性歡愉」、「身體愉悅」。Jouissance 有
「性快感」、「樂趣」之意,亦有譯為「愉悅」,它在法文中是指「整體」的
歡樂,同時包含肉體、精神、感官等各方面。

[11] Helene Cixous's, "Castration or Decapitation?", in Signs: Journal of Women in
Culture and Society 7.1, 1981/autumn, pp.48-49.

中成為女性角色的玩物，而且是性欲上的玩物。更重要的是，這裏的女性身體懂得追求女性情欲的「女性愉悅」（jouissance）。小說女主人公梁太太把自己的生活空間變成一種講求社交樂趣，和捕獵男人的儀式場所。在梁公館中，生活在這裏的女性，包括主僕與佳賓，都表現出一種追求享樂和情欲放縱的態度。女性變得和男性／父親一樣，懂得放縱情欲，而且享受其中的快樂。在這裏，從梁太太到她的婢女，女性人物都被賦予一種流動、分布而持續不斷的女性情欲之「女性愉悅」含義。她們的言行表現了一種渴望破除宗法父權壓制女性情欲的破壞力。這種源自女性性欲衝動的重新界定，顯示張愛玲「女性書寫」的意圖，即打破父權文化對於女性自我的壓制。

在法國女性主義理論中，特別是西蘇和露絲‧伊利格瑞等人充分利用了多元化特質的女性性欲特質思想，去取代父系陽物理體中心論下單一歡愉或男性的性欲特質。當「女性愉悅」用於女性身上時，它被視為不同於男性性欲系統內所表現的男性快感。女性的「女性愉悅」不但被看作含有流動、分布、持續不斷的意義，它亦被理解為性高潮中的慶典，是歡愉的供給、消耗與施予，而且不必有所顧忌。

由此可見，「女性愉悅」的隱喻如何通過女性人物，如梁太太等人對於情欲生活的追尋，充分表露在女性文本之中。在這篇《沉香屑──第一爐香》中，女性身體在這種女性主義批評視角下足以構成快感主體，像露絲‧伊利格瑞對女性身體的界定一樣，「瀰漫著性欲快感的場所」；而且「女性欲望很可能操著不同於男性欲望的語言」，「這種語言根植於女性的軀體」。[12]張愛玲筆下的女性人物肯定是達到了這個指標，因為除了《沉香屑──第一爐香》中的

---

[12] 轉引自〔美〕瑪麗‧樸維：〈女性主義與解構主義〉，張京媛主編：《當代女性主義文學批評》，北京大學出版社，1992年，第337頁。

梁太太主僕及另一個女主人公葛薇龍之外，張愛玲的《紅玫瑰與白玫瑰》中王嬌蕊，《琉璃瓦》中的姚曲曲，《連環套》中霓喜，以及《傾城之戀》中的白流蘇等人、在某種意義上也屬於這一類型的女性，她們都較能掌握自己的情欲心理，把自己的軀體功能發揮了優勢作用；特別是梁太太身上，「女性愉悅」概念下的女性身體在此並不單純屈服於宗法父權的情欲論述，而且不把女性定義為被動的情欲客體，而是分布多歧的、多樣化、比想像中更為複雜微妙的女體觀念，成功破除男權傳統給予女人設置的重重性禁錮，女性身體也隨著思想的解放而日益舒展開來。西蘇極力主張的「身體敘事」或所謂的女性必須書寫女性，在張愛玲的書寫中得以彰顯：即解除女性性別特質和女性存在的壓抑關係，進而使她們得以更加接近自身的力量泉源，取回她們的「女性愉悅」、她們的器官，以及她們遭受封鎖著的、巨大的身體領域。[13]

二、「性與欲望」的時代

新時期文學的到來，我們迎來了女性意識明顯，女性本位立場突出的女性作家。一批年輕女作家勇敢地涉筆性與欲望題材，比如王安憶的「三戀」小說，就直接潛入女性生命本體，對性行為進行心理的、物質性的描寫，擊垮了新中國建國以後文學作品諱言情欲的政治和意識形態的禁忌，同時也使女性性權利得以伸張。回頭審視王安憶的《荒山之戀》、《小城之戀》與《錦繡谷之戀》，她已試著在文本中打破女子在性愛中被壓抑的傳統姿態。其實早在小說《流水三十章》中就以揭示了女性在蒙昧的暗暗黑葉猴身體的覺

---

[13] 〔法〕埃萊娜・西蘇：〈美杜莎的笑聲〉，張京媛主編：《當代女性主義文學批評》，北京：北京大學出版社，1992年，第195-196頁。

醒：「她身體的每一寸土地都在活動，她的體內如有一條洶湧的暗河，在湍急地流動。每一寸土地都醒了，活了，睜開了知覺的眼睛。」

伴隨著身體覺醒的是身體感知的自覺，於是，「她」用身體來體驗自我，用身體來體驗存在於世界的種種關係。在逐步自覺地體驗與表現過程中，女性寫作走向了身體認同的大規模集中書寫，而正是這些書寫把女性寫作帶入更高的超越了社會認同和性別認同的自我認同層次。正如西蘇而言，女性書寫「身體」是「愉悅」的體現，因為它脫離陽性思考的直線性，單一性和缺乏彈性的僵硬模式，而能將女性的多元化無限延伸出來，並激發擁抱差異的開放性思維。王安憶「三戀」中的女主人公基本上充分的享受了性欲滿足的快感與幸福，或許追求感官刺激的無目的性比有目的性更顯得符合人性的正常需求。《荒山之戀》中「她」在「他」那清新快意的愛撫裏，無法平息自己那巨焰般的熱情。「她」第一次主動地去愛一個男人，女人主動愛上男人，更能激起充沛的熱情，更能破除「女人是被動的，不存在」的僵硬迷思。

在張抗抗的《情愛畫廊》這本暢銷小說中，以女性為本位的性愛觀更是得以鮮明的呈現與張揚。女主人公是美麗的蘇州女人秦水虹與女兒舒麗，女作家極盡可能的形容了她們的美麗外貌身型，試圖讓讀者承認她們的美，就像男主人公周由所說的「媚艷、狡猾、充滿魅惑力的女妖」。文本裏秦水虹用身體來追尋情欲的享樂雖然混淆了現實機制的複雜性，但卻也道出了女性在書寫女性自體有著尖銳的政治意義。文本中的「身體書寫」符合了西蘇所認為的特徵：女性性欲一點也不沉悶無聊。「水虹眼裏滿含火一樣的情欲，倒在他懷裏。雙頰緋紅，渾身綿軟，她伸出手勾住了他的脖子，又從頸部慢慢往下，輕輕撫摸著他的全身」，接著「她很熟練地撫摸著周由，然後像一條光滑柔軟的白蟒，緊緊的纏住了周由的全身」，並十分「主動」地讓「富於彈性的乳房在周由的身體下跳躍著，她的

情欲之火很快把周由撩撥起來」。最後「水虹快樂地呻吟著，修長
而秀美的胴體在他身下扭曲旋轉、盡情的舞蹈」。她盡情的享受了
男人對自己的這種享受。這種女性欲望的大膽、無遮蔽地呈露，無
疑對男性處於性愛主體地位的歷史情境進行了徹底的顛覆和解
構。語言、符號，同樣的工具，由於受不同人使用，就可擁有自主
性的發言權如小鳥般自由自在地飛翔與歌頌天地，王安憶和張抗抗
的書寫就說明了創造非一符指的可能性。

　　張抗抗在談及女性書寫時就指出：「我想，『女性文學』有一個
重要內涵，就是不能忽略或無視女性的性心理，如果女性文學不敢
正視或涉及這點，就說明社會尚未具備「女性文學」產生的客觀條
件，女作家未認識到女性性心理在美學和人文意義上的價值。假若
女作家不能徹底拋棄封建倫理觀念殘留於意識中的『性＝醜』說，
我們便永遠無法走出女人在高喊解放的同時又緊閉閨門，追求愛情
卻否認性愛的怪圈」。[14]

　　但是，張抗抗畢竟過慮了，進入二十世紀九十年代，中國的女
性寫作出現了新高潮。在理論層面上，開始與西方女性主義基本保
持同步。對「身體」之於女性及女性寫作的意義，有了自覺的認識。
幾乎是不約而同的，女作家表述了「身體敘事」的衝動：「作為女
性，身體的現在進行時也是她們感悟和體驗事物的方式之一，對美
的心領神會，對形式感本身的特別敏感，使得女藝術家的參與和製
作方式，既是身體的，也是語言的」。[15]

　　於是，當西蘇以其「白色墨水」（White ink）的言論思想，奠
定了法國女性主義本質論（essentialism）的闡釋舞臺，將女作家的
白色墨水和母親的乳汁聯繫起來，強調女人必須描寫女人本身。[16]

[14] 張抗抗、劉慧英：〈關於「女性文學」的對話〉，《文藝評論》，1990 年第五期。
[15] 翟永明：〈天使在針尖上舞蹈〉，《芙蓉》，1999 年第 6 期。
[16] 〔法〕埃萊娜・西蘇：〈美杜莎的笑聲〉，張京媛主編：《當代女性主義文學

女作家林白也認為「以血代墨」這個命名，準確地表達了女性寫作的特質，書寫女性身體，與西蘇的用白色墨水（乳汁）書寫有異曲同工的體認。它不僅是寫作對象的演變，更重要的是寫作意識形態框架的轉換。它表達了女性作家在徹底棄絕了男性文化後，以女性身體為旗幟，發表對父系陽物理體中心論的挑戰宣言，趙玫的《高陽公主》和《歲月如歌》就是最好的例子。這兩篇涉及性文化的小說，一反男權社會把女性視為性力低下，在性活動中屬被動者、服務者的傳統看法，大膽塑造了在欲望狂舞中具強大性能量的、始終把握性權利的兩個女性形象——高陽公主和「她」。女性的身體、性欲及性權利在男權社會從來屬於社會禁忌，所以趙玫堅持女性身體敘事的立場，在小說中盡情張揚女性性心理、性能量、性權利，實際上是對男權文化的一種解構。高陽公主和「她」這兩個形象的身體敘事無疑構成對傳統性文化的衝擊，有助於婦女從長期的性壓迫、性壓抑的禁欲文化中掙脫出來。

我們可以這麼理解，女性作家強調書寫身體，其實就是為了駁斥身／心二元論中對「肉體」的貶低，因為被歸類為「肉體」的女性常常在崇拜陽物的思考體系中喪失自主權，必須聽命於以男性為表徵的「心靈」。埃萊娜‧西蘇的理論在女性文本與女性身體愉悅之間建立了密切的關係，女性書寫自我身體欲望的過程，是解構男權文化對女性的宰制過程，也是女性獲得自我的過程，更是表達女性內審意識和歷史意識的標幟。所以她曾激情的說：「女性們誰沒有感受過、夢想過、表現過那些擾亂社會風俗的姿態？誰沒有碾碎過、嘲笑過那隔離的柵欄？誰沒有用她的身體刻畫過那差異？戳穿過那成雙成對而又相互對立的制度？誰沒有通過某種越軌行為中斷過傳統的連續性、顛覆過關係、推倒過圍墻？」[17]所以「身體書

批評》，北京：北京大學出版社，1992年，第196頁。
[17]〔法〕埃萊娜‧西蘇：〈美杜莎的笑聲〉，張京媛主編：《當代女性主義文學

寫」的另一重含義本就是將語言、符號當作猶如掠奪別人發言權的工具。於是，大陸女作家林白和陳染開始以不掩飾的身體來講述自己及張揚女性的種種欲求和空間，相較於丁玲、凌叔華、蘇青等，在女性情欲、生理及隱蔽經驗的表述上她們走得更遠，姿態也更為大膽。

先說林白，她的小說將暴露自戀作為一種特色，就像她在《一個人的戰爭》結尾部分那段：「一個人的戰爭意味著一個女人自己嫁給自己」的敘述。小說裏直書女性的身體，寫出了身體對於女性自我認同和性態建構所具有的反叛意義。在這裏，身體的本位立場，使單純的快感與自由的衝動成為對自我身體最真實的感覺，女性體驗由此獲得了男性無法染指的獨特性。林白筆下女性自戀的形象出現在文本的各個角落，她通過標榜和凸顯女性胴體及自我的生命的體驗深入到女性的生命世界，寫出她們內在的追求與渴望、幸福與痛苦；在自說自話的自慰遊戲裏張揚女性的愉悅與欲望。如她在小說《玻璃蟲》的〈跋〉裏說道：「寫作猶如做愛，雙方水乳交融，使生命獲得快感」，恰好應合推崇身體敘事的露絲・伊利格瑞在《無形體的容量》（Volume Without Contours）裏彰顯女性身體內永無止境的各種流動能量的說法，露絲還強調此永無止境的「流質風格」總是流動的，從不忽視那些很難於理想化的流質特性；存在於兩個無限靠近的鄰居之間的那些撫摸，不斷創造活力。[18]

西蘇曾巧妙地運用法語中「voler」一語雙關的雙重意義，即竊取／飛翔，來呼籲婦女實踐寫作。西蘇殷切希望女性不僅要透過寫作把長期被男性壟斷的文字竊取過來，同時要藉由創作這個通道去飛越逾矩，翱翔在規範之外，才可以在寫作領域獲得滋潤和愉

批評》，北京：北京大學出版社，1992 年，第 202-203 頁。
[18] Whitford, Margaret, ed., *The Irigaray Reader,* London: Basil Blackwell, 1991, p.135.

悅。[19]林白的小說《致命的飛翔》裏的女性體驗和詩性的表現恰好就表現了這一點。小說裏講的是兩個女性敘事者「李萵」與其好友「北諾」在各自生活裏的一段相通的體驗，肉體與性欲的自覺意識與激情張揚，使女性內在的高度精神化的生命渴望與現實中的物質的欲望行動形成強烈的反差，並在彼等的性行為中去批判男權體制的霸道及獨尊。且看作家是這樣寫的：「……那人四肢並用在我們的身上奔馳，舌頭像春天一樣柔軟嬌嫩，濕漉漉的溫熱，像閃電一樣把我們的欲望驅趕到邊緣，我們的身體如同花瓣，在這熱烈的風中顫抖，我們必須控制。我們的面前是春天的野獸，它通過太陽把一個器官插進我們的身體，它剛剛抵達又返回，在往返之中唱著一支蜜蜂的歌，這歌聲使我們最深處最粉紅的東西無盡的綻開。」無庸諱言，此段文字遠離陽性語法慣有的文句邏輯，閱讀起來猶如身體脈動的韻律，女性的主體身份得以確認，並表現了「身體敘事」的特質：讓女性展現活力和發揮創作力的殊榮之地（privileged space），為女性特質的再現尋找另外的管道。[20]

　　這種情形在陳染的作品中也表現突出，她一反傳統的性別規範和認知，一點也不諱言女性對於性愛的渴望與經驗，並有意將情欲與愛戀剝離，凸顯了前者的真實存在，創造出一種極端個人化的奇特而別具挑戰意味的女性文化景觀，從而據此完成對男權文化傳統的叛逃與顛覆。她通過對女性的性覺醒的改寫，使向來被看作一種男權象徵的陰莖成了被女人借用的道具。所以在小說《與往事乾杯》裏，是女孩大膽地以「我需要耕作」，向那位遲遲不敢出手的「很好的耕作人」醫生發出最後的邀請；在《私人生活》裏，「他」

---

[19] 〔法〕埃萊娜・西蘇：〈美杜莎的笑聲〉，張京媛主編：《當代女性主義文學批評》，北京：北京大學出版社，1992年，第203頁。

[20] Shiach, Morag, Helene Cixous, *A Politics of Writing,* London and New York: Routledge, 1991, p.15.

也只是在「讓他們的陽物陽具真實的相合」的請求,終於被女孩以
「半推半就」的方式批准的前提下才開始工作。而此時的女孩,等
待著「完成她作為一個處女最為輝煌的一瞬」;還有那《另一隻耳
朵的敲擊聲》裏的那位「無所事事的年輕男人」在享受了雲雨樂趣
後突然意識到;「聰慧的黛二小姐只不過借用了我的陽具。」。作家
的文本裏顛覆了男性文化操縱的機制,即「主——客」模式與「施
——受」關係,女人在其文本中隨著敘述的進展漸漸化被動為主
動,不僅由作為性行為的對象/客體轉為享受者,而且還成為行為
最終的操縱者。比如《私人生活》裏的拗拗在與伊楠無奈分手時,
「俯下身,輕輕地解開他的衣扣和褲帶,他像個心甘情願的俘虜,
任我擺布」。在最後關頭也是由「我輕輕地握住它,把那個想吃「草」
而不識路的「羔羊」放到它想去的地方」。所以說,女性透過寫作
把被男性壟斷的文字竊取過來,但女性 voler(偷竊)並非基於如
同男性那佔為己有,進而操控一切的自私欲望,而是出自 voler(飛
奔)的衝力去抵抗壓迫,才能瓦解禁錮。

　　為了與男性崇拜陽具單一性的思考相抗衡,西蘇也提出了「另
一種雙性」(other bisexuality)的說法。她指出:「我提出的是另一
種雙性,在這種雙性同體上,一切未被禁錮在陽具中心主義再現論
的虛假戲劇中的主體都建立了他和她的性愛世界。雙性即:每個人
在自身中找到兩性的存在,這種存在依據男女個人,其明顯與堅決
的程度是多種多樣的,既不排除差別也不排除其中一性。而且,從
這個「自我批准」而倍增的欲望印記遍布我和別人的全身。」[21]西
蘇的「另一種雙性」其實旨在顯揚多重性(plurality)和肯定不同
的主體,為女性特質的再現尋找另外的通道。陳染小說裏的女同性
愛(Lesbian)的書寫未嘗不是如此。雖然女同性戀的論述已在上

---

[21]　〔法〕艾萊娜・西蘇:〈美杜沙的笑聲〉,張京媛主編:《當代女性主義文學
　　批評》,北京大學出版社,1992 年,第 198-199 頁。

一章有所鋪敘，但其中涉及「身體敘事」的內涵，所以這裏也略為提及。在陳染的《空心人誕生》裏，作家讓紫衣與黑衣兩個女人「互相安慰著，撫摸著，渴望著變成兩性人。男人，只是她們想像中共同的道具」。這種將女同性愛再現於文化與語言系統中，是解釋女人性別差異的積極方式，並用於抗拒來自陽性理論的壓迫。露絲·伊利格瑞與西蘇持同樣看法，她認為唯有投入「女同性愛」及「自體性欲」這兩種性愛方式將使女性全面探索「女體」此一多面向領域，而藉著此一探索，女性當能逐漸學會以「能把陽具顛覆掉」的那種語言、思想來從事發語、思考。[22]所以，在陳染的小說《破開》裏的「我」，會覺得人和人的親和力，不僅體現在男女之間，女人之間也存有長久被荒廢了的生命情愫；《私人生活》裏的禾寡婦也會讓女孩拗拗親親自己「桃子般嫩白而透明的乳房」，並期待能與她真正在精神上作伴。陳染的文本表述了女性個體的生命既在生理上需要強烈的異性愛的結合，又在心理上需要有溫馨的同性愛的滲透，呈現出「身體敘事」的多重性及多元性。

更有意義的是，通過陳染與林白的「身體敘事」的文本，我們可以發掘她們能以自體的欣賞目光，寫出了女性身體的美麗和迷人，比如「窗簾是某一種女性低垂如簾的長眼睫」、「舌尖上垂掛一隻搖墜的乳房，梨子般幽幽芳香」。還有陳染在《私人生活》裏的這段關於乳房的描寫可成典型：「從後視鏡裏我看到一隻蘋果似的乳房忽然跳了出來，這一隻年輕的乳房汁液飽滿、鮮脆欲滴、富於彈性，它在陽光的照射下顛蕩了幾下」。這裏，女性對身體的讚賞，不同於男性對女性身體充滿色情欲望的「窺探」──單一、線性且目的論式的「陽物原欲法度」（the singular，linear and teleological phallic libidinal economy）。[23]這種將女性的軀體和感官體驗，包括

---

[22] Irigaray, Luce, "The Sex Which Is Not One", in *Feminisms,* 1991, pp.350-356.

[23] Irigaray, Luce, "The Sex Which Is Not One", in *Feminisms,* 1991, pp.350-356.

最隱秘的生理快感，從被男性話語遮蔽、藏匿的幕後推至前臺的寫
作意圖，其挑戰男性中心的指向無疑是十分鮮明的。在她們的作品
裏，女主人公對鏡自賞、在浴室展示自己身體的細節反覆出現。關
上通向外界的大門，她們把對異性的絕望，轉換為對同性的欣賞，
和對自己身體及完整內心世界的自守，「自己撫摸自己，不靠任何
媒介，而且早在主動和被動的區分之前」。[24]女性在自戀、自慰中
來探測自己的身體，駁斥那禁錮女性已久的二元對立式觀念秩序。
因而，她們對女性軀體的書寫，「與其說是猥褻，無寧說是以觸犯
禁忌的刺眼行為證明女性軀體的到場」，[25]並肯定了女性性差異是
多重形態的（polymorphous）。最終，這種「身體敘事」的方式將
成了女作家更好地表現女性自我、張揚女性主體意識的一條女權意
味頗濃的途徑，對於女性解放或許也會產生事半功倍的特殊效果。

三、身體敘事的顛覆性

毋庸置言，「身體敘事」一般都是與「性」有著關連的「身體」
部分的書寫，當然也包括精神、欲望、感覺和自然肉欲方面的描述。
「身體敘事」的目的在於張揚女性的社會自在價值，其情況有三：
一是表現赤裸裸的「政治」；二是以身體代「政治」；三是「純粹」
的身體書寫。其一為強性的「女性意識」之張揚，它破壞、摧毀和
改寫著已有的男權文化，如所謂的「女性的文本必將具有極大的破
壞性。它像火山般爆裂，一旦寫成它就引起舊性質外殼的大動蕩，
那外殼就是男性投資的載體」。[26]其二只是軟性的「女性意識」的

---

[24] Whitford, Margaret, ed., *The Irigaray Reader,* London: Basil Blackwell, 1991, p.350.

[25] 南帆：〈軀體修辭學：肖像與性〉，《文化爭鳴》，1996 年，第 4 期。

[26] 〔法〕埃萊娜・西蘇：〈美杜莎的笑聲〉，張京媛主編：《當代女性主義文學

表現，主要是改寫女性在歷史上的「匿名」、「沉默」和「缺席」狀態，於是女性生理特徵和軀體描寫被認為是女性文學創作中必不可少的重要因素。而其三的純粹身體書寫以追逐欲望、放縱身體來挑戰男權卻會引致了女作家們忽略了敘事倫理的邊界，最終對自我都會失去了理性認知和判斷能力的危險性。

　　上個世紀九十年代後期，當大陸女作家把「寫自己，你的身體必須被聽見」的激進主張落實到創作實踐中時，便受到了一些評論者的激烈批評。他們認為，在商品化的消費社會中，女性作家通過「身體敘事」赤裸裸地「用自己的肉體表達自己的思想」，表達女性欲望，一旦處理不好，就會因為性的曖昧性質釀就一種被看、讓看的奇觀，[27]純粹成了追逐欲望、放縱身體的主觀載體。在這裏，我們不得不提大陸新生代女作家如衛慧和九丹了。她們大多以自戀、性愛與身體器官為賣點，再採用「自白式」的寫作在女性的靈與肉的隱密領域進行著淋漓盡致的自我撫摸和個人內心矛盾的精神梳理，進行著詩人式的獨白或自我與自我的交談對話，表現出對傳統的更為大膽的叛離，對女性身體的私密體驗更為狂熱的迷戀和直白的袒露。從另一層意義來看，她們對於女性身體欲望的大膽書寫，其實就是對男性欲望權力的一次有力挑戰，但遺憾的是，她們的書寫其實已背離了身體敘事的主體意義。

　　以一本《上海寶貝》而聞名遐邇的衛慧就因這本作品受到極大的批評，這本小說是講一個自稱叫「倪可」的二十五歲的，曾出版過小說集當過記者後辭職當了女招待的女人，同陽痿但富有詩意的中國男人天天和「玩意兒奇大」但不懂詩的德國男人馬克之間的親密來往。這個小說一直被視為新生代女性寫作的文本範例，女

批評》，北京：北京大學出版社，1992年，第203頁。

[27]　西慧玲：《西方女性主義與中國女作家批評》，上海社會科學出版社，2003年，第133、188頁。

主人公在天天與馬克、在愛情與性、在靈魂與肉體之間反覆搖擺，無力自拔；而讓普通讀者最難以接受的，是女主人公對身體欲望的過度縱容，隨時隨地都可能發生的「性」使人覺得它過於遠離了文學應有的基本的倫理邊界。而九丹的《烏鴉》雖然也可歸類於「身體敘事」，但實質上，她只是靠書寫女性身體完成了對題材的炒作，主要意義其實是提供作秀的狀態，主體去迎合大眾窺視的欲望，完全屬典型的商業社會中的文字消費品。

衛慧和九丹的軀體語言比起陳染或林白更傾於性快樂的感覺、性享受的體驗，就像衛慧在《上海寶貝》中引用艾倫・金斯堡這樣的詩句：「那些溫暖的身體／在一起閃光／肌膚抖顫／在快樂裏，那靈魂／快樂地來到眼前。」靈魂附著於肉體，肉體牽制著靈魂，明顯的與陳染或林白前一代女作家們靈魂駕馭身體的理念已相去甚遠。她們的性幻想與性自信畫面，只具有商品社會將「性」物化的特點，而乏於作者同畫面的距離感，談不上多少理性的思考。比如：「他的陰莖旋轉抽升的感覺像帶著小鳥的翅膀，……他仔細耐心地教我如何分別陰蒂性高潮與陰道性高潮，有好幾次他總是讓我同時獲得這兩種高潮」。

九丹的《烏鴉》裏叫 Taxi 的女孩也說：「其實我們女人天生就是開餐廳的，一有必要就可以腿一叉掛牌營業，正正當當作一名妓女」。毫無疑問的，性是這兩本小說的焦點所在，因為小說裏的女人們全都勇敢與自豪地表現著她們的性行為，而對性亂、搖滾、詩歌、藝術、商業、異國的種種描述，只是為了營構時尚的氛圍，也便於局外人（讀者）心安理得地欣賞這份不屬他們的「擬想」生活。她們的「身體敘事」越是越與常態相悖，越有利於她們的走紅，而誇張的虛構也更能刺激公眾的想像力。只是過度的狂歡與放縱也使她們的人格趨於嚴重分裂，從而陷入一種自我迷失狀態，並且很容

易將人們對西蘇尚新的「身體敘事」理論的認識與理解引向庸俗化和色情化的誤區。

西蘇雖然沒有給「身體敘事」下任何定義，因為「定義」本身即陷於固定封閉的思維，那其實正是「身體敘事」所抗拒的陽性僵化思考。但對身體和性的過度張揚，非但不是革命的顛覆性的，反而是墮落的徵兆。[28] 上海姑娘棉棉的小說同樣將欲望視為生命，敘事話語也毫無顧忌，「脫」、「作愛」、「高潮」遍布文本，讀者在她的文字世界裏也找不到既定的精神要求可依尋，但不同於衛慧和九丹的「身體敘事」，棉棉的文本還是具有比較實質的「身體性」。因為女性性欲，陰性書寫是開放的、多重的，變化多且富於節奏感，充滿歡樂且充滿可能性，洋溢著一種樂觀且歡悅的情懷，所以棉棉的書寫並非只限於在肉體與性欲上做文章，其文字有一種類似精神的東西，發自內心深處的精神層面。比如她在一個故事裏這樣談到敘述者同一位男人的性體驗：「我沒有愛的感覺卻也到達了高潮。而我一直以為高潮必須具備愛和想像才可獲得。我想我非但不明白愛的真諦，我同樣不明白快樂的真諦。如果快樂來自經驗，那麼快樂的最高境界是什麼？如果不正常的快樂會抹殺正常的快樂，那麼正常的快樂是什麼？那以後我們頻頻做愛，似乎什麼都沒改變，但我覺著我在利用他的身體，這感覺很不好」。

女性在現實文化形態裏處在陽性書寫壓迫的劣勢位置上，迫使她們只能退回到自身的身體感覺，由此出發來堅守自己獨立的生命體驗與價值立場，這也是現代女權主義文學運動旗幟鮮明地提出「身體敘事」的文化語境。就「身體敘事」所要求的通過最內在並最真實的軀體反應來表現生命的顫動與精神的張揚而言，棉棉無疑是兌現了的。在她的小說《啦啦啦》裏就能感受到一種鮮活的欲望在跳動，一種渴望擁抱生命承受命運的真誠激情。

---

[28] 王周生：《關於性別的追問》，上海：學林出版社，2004 年，第 139 頁。

在衛慧與棉棉那裏，女性軀體徹底地粉碎了男性話語的封鎖，成為欲望的主體。而「性」，也不再是以自己的低劣與泛溢來比照「靈」的尊貴與端莊的陪襯，它就是人不能刪減和壓制的自然天性。就如露絲‧伊利格瑞所言，為了避免女性一再遭受陽性論說的剝削，應該把女性言說的焦點有別於陽性論述裏自我膨脹的求同邏輯。它應該是一個足以「讓女性的自我情感（self-affection）實現的敘事方式」。[29]在那裏面充滿互愛，讓女性欲望充分表達，女人不再將自己包裝於男性的幻想和需求裏，不再犧牲自我與「偽飾」之中。因此，她們的「身體敘事」，以及性題材的漸次遞進，對於具「潔癖」意識的中國現代女性而言，不能不說是一種衝擊和超越。[30]

無論如何，衛慧與棉棉的書寫可說是「身體敘事」的極致，她們的語言是飛揚跋扈的。她們比脫胎於其中的陳染或林白等女作家走得更遠，雖然她們更容易陷入身體與靈魂、感覺與理性的重重矛盾之中，但她們對自己作為女性卻是充滿自信、自愛及自戀的。陳染就說過棉棉的小說「根本就不屑於再去打碎什麼，只張揚自己她想要的生活。」[31]她們「更願意相信自己的眼睛與身體，更願意信賴自己對生活的私人理由」。[32]她們不在意性別關係中的另一方，只聽憑自己欲望的流溢與滿足。在她們的敘事裏，「身體在表層操作，心靈的悲喜不那麼嚴重」。[33]她們相信消除了靈與肉，理性與感情的二元對立，身體掙脫了靈魂的束縛有了自主權，人的性欲也因此比任何時候更純粹，尤其對女性而言。於是，衛慧與棉棉的書

---

[29] Whitford, Margaret, ed., *The Irigaray Reader,* London: Basil Blackwell, 1991, p.135

[30] 盛英：《中國女性文學新探》，中國文聯出版社，1999 年，第 34 頁。

[31] 陳染：《聲聲斷斷》，北京：作家出版社，2000 年，第 235 頁。

[32] 謝有順：〈奢侈的話語〉，謝有順主編《文學新人類》叢書總序，珠海出版社，1999 年，第 1、2 頁。

[33] 徐坤：〈關於《廚房》〉，徐坤：《性情男女》，中國青年出版社，2001 年，第 384 頁。

寫在陳染那一代女作家的基礎上進一步凸現了女性意識的自主性
與主動性，表現在大膽從女性身體出發，從感性欲望出發，逼真呈
現現代都市女性前衛、時尚、張揚個性化生活及緊張紊亂的內心世
界，在自戀、自憐、自以為是的性愛實驗中，完成了對中國文化深
度轉型時期新生代精神現狀與質量的文學陳述。

第二節　文本形式建構的欲望呈現

　　由於女性的身體在陽性理體中心的思維模式內一直被挪用作
為他們的映影，而且只是一處用來滿足男性欲望的被動性接收器，
缺乏人與人之間的良性互動，更不具有利他的包容性。西蘇於是主
張女人應把她們對自我的認知和身為女人的經驗透過書寫表達出
來，才能脫離父系體制裏加諸於女性的框限。西蘇認為語言本身即
是一種身體功能（body fuction），[34] 身體的內在驅力和生理活動都
深深影響語言的運用，唯有實踐另類書寫方式才可避免複製陽性
的威權言說，並強調現今無論男女皆受到陽性理體中心思考模式
的影響與侵害。因此西蘇認為凸顯女性性別差異首先要與「書寫身
體」（writing the body）這個概念連結，以再現不為男性所知的「他
者」（the Other）和重新表達存留在女人之內的「未知」（unthinkable，
unthought）。西蘇呼籲女人應以女性利比多為性別差異之所在，以
語言、符號當作猶如掠奪別人發言權的工具，藉創作再現身體與心
靈的力量。特別要注意的是，西蘇所指的「身體」並非等同於二元
論中與「文化」相對的「自然」／「本質」（nature）。

---

[34] Sellers, Susan, Helene cixous's : *Autobiography, and Love,* Cambridge, UK: Polity
　　Press, 1996, p.6.

　　馬華文學是在上世紀二十年代受到中國五四新文學運動所激
發後，在馬來西亞所發展起來的文學體系。在形成過程中的基本發
展序絡的開端是以中國南來作家為主導，僑民文藝充斥。過後雖然
經歷了不同的發展階段，但我們可以發現到馬華的女作家和大陸女
作家一樣受到中國幾千年封建文化的牽制，長期處在一個邊緣的位
置，沒有話語權。男性作家與男性中心主義一直左右著整個文壇，
「宏大敘事」遮蔽了其他聲音。女性作家往往處於一種「緘默」或
匱乏的狀態。我們從馬華女作家商晚筠以下的自剖就可瞭解一二：
「現在所寫的幾篇小說，都是從女性的觀點出發……可是在馬來西
亞仍然沒有任何共鳴……當我們在寫小說時，都希望自己是一個小
型的上帝，所塑造的人物都是赤裸裸的……但是如果據實寫出來，
在馬來西亞的社會，會遭到很多非議和攻擊，對女作家來講就成了
絆腳石」。[35]

　　為了走出男性門檻陰影，揭露傳統父權社會對於女性的壓抑，
傳達女性意識的覺醒，以拒斥寫滿「性別歧視」和「性別偏見」的
文學傳統；加上男性話語對女性話語的壓抑和扭曲，以及長期以來
女性意識的稀疏和淡薄，所以才激起了一些女性作家喚醒女性意識，
建立女性話語的衝動，於是，馬華女作家和大陸女性同行們一樣努
力的在重構女性話語，極力地掙脫加諸在她們身上的層層桎梏。

一、馬華女性文學話語的重構

　　為了完善女性的概念，她們解構以往抑制女性存在自由和創造
力的話語。為了解構男權話語，馬華的女性作家也援用了埃萊娜·

---

[35] 楊錦鬱：〈走出華玲小鎮——訪大馬作家商晚筠〉，臺灣：《幼獅文藝》420
　　期，1988 年 12 月。

西蘇的「身體敘事」的寫作理論，強調從性別差異的角度來進行身體語言的寫作，用以解構男權神話，喚醒女性的性別意識。於是，馬華女作家也試圖建立一種女性話語來對抗男性話語，向男性中心主義發動進攻。她們都嘗試以「身體敘事」進行寫作，並站在女性主義的立場上，對身體自主的理念做出了文學的闡釋；即使女性「身體」不能承載那麼多的社會使命和歷史重負，但至少也該努力擺脫男性的話語的控制，並衝擊男權傳統的道德規範與倫理秩序。比如在馬華女作家朵拉的小說《舞影凌亂》裏的顏小麗就對宋克儉說：「女人若看見一個好看的單身男人，第一個想頭也是如何才能把他弄到床上去」，這使得宋克儉「有一份被挫敗的頹喪」。商晚筠的《茉莉花香》裏的女政治家胡顏雖然願意把她「尖挺，不很豐滿的乳房」緊貼在男主人公保揚身上，但卻主宰著自己的命運，不會為任何人留下來。所以，當保揚問：「胡顏，如果我要你留下來呢？」他「背脊上那一團溫熱貼己的女體，不再緊搭上來」。女作家筆下的女主人公開始要主宰自己的命運了。

但是對女性而言，當寫作被訴諸身體後，身體被對象化的一般結果仍舊是：「女孩是用男孩們的眼光來學習看待自己的性的存在的，她們缺少機會和空間獨立地發現自己的欲望，閱讀並寫作有關自身的話題，追求自己的願望並得到滿足」。[36]這是因為男權文化對女性的控制主要體現在身體方面，其軀體修辭學的代碼，顯示了明顯的男權立場。當男權將女性身體「對象化」（objectification），置女性身體於「被看」（be gazed）境地，使之成為男性欲望的對象。女性作為「被看者」，由此成為男性「看者」的客體，充當男性主體的「他者」，喪失了主體性。另一方面，男權也認為女性身體充滿了邪惡，因此，設置了許多禁忌束縛女性身體。這樣，女性身體

---

[36] 〔美〕愛森卓著，楊廣學譯：《性別與欲望：不受詛咒的潘朵拉》中國社會科學出版社，2003年，第112頁。

便處於男性的控制下,它的功能似乎只是滿足男性欲望,但卻不能產生和放逸自己的欲望。正如埃萊娜・西蘇所說:「我們一直被摒拒於自己的身體之外,一直羞辱地被告誡要抹煞它,用愚蠢的性謙恭去打擊它……」。[37]

當反映著男性欲望、受男性價值觀念支配的女性形象成為女性生活效仿的對象時,充滿「性別歧視」(Sexism)的男性中心文化得到進一步強化。所以,就文學而言,許多女性軀體的描寫背後有意無意地還是流露出男性的視角和欣賞口味。[38]馬華女作家柏一的小說《荒唐不是夢》就有類似的問題,身為陳威利情婦的凌可盈的激情與欲望在文本中全都變成對男性窺視欲的迎合,身體成為她的一種資本,一味的加以炫耀甚至賣弄,本以用來對抗話語霸權的身體敘事卻流露出對男性強權意識的依戀,其結果在其文本中直接表現的必然是充斥陳腐的男權思想及男性對女性身體的駕馭和征服。

「女性書寫」強調的是將「女性」落實在書寫/文本上,旨在探發女性權能,讓女性讀者閱讀後能有所激發,並主動跳脫陽性價值的枷鎖,過於迷戀身體或放縱私欲或迎合男性的視角都可能侵擾其理論的豐厚內蘊。西蘇就曾指出,婦女「必須創造無法攻破的語言,這語言將摧毀隔閡、等級、花言巧語和清規戒律」。[39]馬華女作家創作中的軀體寫作傾向,顯然也直接受到她的影響,所以在利用女性的軀體部分與生理現象表現情欲主題上,也充滿了突破禁區的前衛精神。馬華女作家如商晚筠、黎紫書、朵拉、柏一或林艾霖等都涉筆身體和情欲題材,並視此為建立一種真正女性中心的文學藝術和批評理論的關鍵所在。她們對筆下的主人公們充滿了同情,

---

[37] 〔法〕埃萊娜・西蘇:〈美杜莎的笑聲〉,張京媛主編:《當代女性主義文學批評》,北京大學出版社,1992 年,第 201 頁。
[38] 南帆:〈軀體修辭學:肖像與性〉,《文藝爭鳴》,1996 年第四期。
[39] 〔法〕埃萊娜・西蘇:〈美杜莎的笑聲〉,張京媛主編:《當代女性主義文學批評》,北京大學出版社,1992 年,第 201 頁。

甚至支持。所以,她們傾心的講述一個又一個隱秘而又炫目的女性故事,將壓抑深重的女性之軀連同私人經驗、幽閉場景一道帶入文本,在小說中經常穿插進一些關於女性身體的詩意描寫。

商晚筠早年留學臺灣,臺灣的女性文學與當代新女權運動對她影響很深,那時期的臺灣女性文學已經不再是僅僅表現為解決女性人生疾苦、婚姻悲劇和經濟獨立的境況,而是升華到對男權統治的批判和女性自身的完善來建立兩性和諧的社會,以女性的社會參與、人性自由和精神建樹來實現女性解放的更高層次。過後商晚筠再受到法國學派的影響,著重從語言和心理的層面探討情欲與軀體,想像力與女性創作的問題,於是在其文本中對女性身體、女性性經歷和性體驗的展現,成了她更好地表現女性自我、張揚女性主體意識的一條女權意味頗濃的途徑。我們且看以下幾段作家小說裏對女體的描述,作家試圖從中帶出女性心靈的自省和掙脫男權桎梏的創造性:

> 「她嬌弱底身子積不出半斤力,可打撈那勁卻猛有一把,水桶一起一落,連帶渾圓小巧的奶,彈勁地顫動。」
>
> 「我解開媽媽胸前的鈕扣。第一次,也是最後一次仔細看了媽媽完美無疵的純潔乳房。我珍惜地,輪流吮吸我孩童時候不曾吮吸的奶頭。那乳香清雅馥甜。」
>
> 「我們這美女白,白得非常東方……她眼睛柔美細長,簡直是兩條上岸的閃光魚,勾魂,靈巧,隨時抓讀你的需要你的七情六欲。……一匹瀑布棕髮及胸,那肉二抓剛好兩把,彈上去,夠勁咧。」

這些立足於女性立場的軀體描寫正如西蘇的「身體敘事」的主張,女性必須書寫自身的經驗:女性書寫女性,以解放潛意識中巨大的源泉,使女性從遠處回來、從「無」(without)中回來、從女

巫還活著的荒野回來、從「文化」彼岸回來、從男人逼使她們遺忘
並宣告其「永遠安息」的童年回來。[40]商的這些描述文字同陽性書
寫中那種把女性「他者」化,並充滿「性暗示」的文字顯然是有別
的,而且其審美指向無疑是衝著男性「菲勒斯中心主義」而去的。
就像某評論者所言:「通過寫作放縱軀體生命,衝破傳統女性軀體
修辭學的種種枷鎖,用自己的血肉之軀充當寫作所依循的邏輯」,
從而使「男性話語的封鎖圈」也由此被徹底粉碎,也能瞭解到作家
以女性身體在文學建構中所表達出來的思想價值與審美意義。[41]

　　毋須庸言,商晚筠的多篇小說其實就是典型的「身體敘事」型
的文本。商晚筠深受法國學派的影響,著重從語言和心理的層面探
討情欲與軀體,想像力與女性創作的問題。在利用女性的軀體部
分、生理現象和表現情欲主題上,她的書寫充滿了突破禁區的精
神。她的小說所表現的精神特徵都是「我性」,而非「我們性」;她
作品中的人物也都是感性的身體的人。除了小說《七色花水》中的
姐姐、《蝴蝶結》中的女記者「我」,或《街角》裏的眾女同性戀角
色,在在都已泄露了她們的欲望,一種潛藏內心深處無意識的情
欲,以及無以名狀的快感,恰與西蘇強調應以「身體愉悅」為出發
點的「身體敘事」觀點不謀而合。

　　我們且引她其中一篇短篇小說《季嬸》為例。《季嬸》所描述
的姐妹情懷固然叫讀者感到刻骨銘心,可其中也觸及了一個主題
「饑餓」——女性情欲的饑餓。商晚筠巧妙的採用了「軀體敘事」來
彰顯女主人公身體內永無止境的、流動且饑餓的情欲:「那柔滑的
肌膚泛著流動的蠟光,一片溜蠟,是不肯也不會留住任何事物,無
止境的滑落,伊凹凸有致的肩膀……伊幾乎無遺地展露伊內在的世

---

[40] 〔法〕埃萊娜・西蘇:〈美杜莎的笑聲〉,張京媛主編:《當代女性主義文學
　　批評》,北京大學出版社,1992 年,第 190-191 頁。
[41] 南帆:〈軀體修辭學:肖像與性〉,《文藝爭鳴》,1996 年第 3 期。

界，那是一種刻意的浮雕，試圖表現伊內在的七情六欲。從伊蒼白的肌膚，那種未經世俗愛欲污染底最原始的女體，可以感覺到她軀體蘊藏著一股緩緩流動的憂鬱，像一張糾結的網，禁錮著一朵待迸的情欲」。從這段文字裏，我們瞭解到女主人公「最原始的女體」像一張緩緩流動著憂鬱的網，「禁錮一朵待迸的情欲」。她饑餓的情欲像大海無息無止的波動，蘊涵豐沛資源。液態的 mere ／ mer 是不會被定型的，浩瀚的 mer ／ mere 是異質的。就像西蘇說的：「我們本身是大海、沙粒、珊瑚、海藻、海灘、潮水、小孩、波浪……」。[42]這些隱喻無一不是彰顯女性身體和寫作如同一個足以包含所有異質的無限空間，使寫作活動中的身體是充滿快感的，並且等待著類似於性的巔峰體驗的「女性愉悅」感（即 Jouissance）的文本建構。

　　對身體的控制與表達，一直是東西方文化的重要內容。考察中國歷史，不難發現，政治、思想、文化鉗制，都是通過束縛身體實現的。女性在現實文化形態裏也是處在被鉗制的境地，迫使她們只能退回到自身的身體感覺；而由此出發來堅守自己獨立的生命體驗與價值立場，這也是現代女權主義文學運動的文化語境。西方女性主義評論家認為，在男權社會中，男性受引誘去追求功名事業，而女人只有身體可資依憑；男性社會導致了女性群體緘默無語的歷史，但女性的身體卻默默記下了被遮蔽的一切。因此，當婦女解放之日來到時，女性就應該敞開歷史的記憶，書寫自己的身體與感受，從而釋放出她們真實的生命體驗。「婦女必須把自己寫進文本──就像通過自己的奮鬥嵌入世界和歷史一樣」。[43]這也就是「身體敘事」的理念，這種理念顛覆了傳統文學中對女性種種不真實的

---

[42]〔法〕埃萊娜・西蘇：〈美杜莎的笑聲〉，張京媛主編：《當代女性主義文學批評》，北京大學出版社，1992 年，第 205 頁。

[43]〔法〕艾萊娜・西蘇：〈美杜沙的笑聲〉，張京媛主編：《當代女性主義文學批評》，北京大學出版社，1992 年，第 188、197 頁。

界定和表達，為女性表達真實的自我開啟了另一扇門。馬華女作家柏一的小說《糖水酸柑汁》和商晚筠的《捲簾》中的女主人公都默默地記下被遮蔽的一切。

兩篇小說都細膩的描繪了女主人公的婚外情欲事件，表現了女性的性心理和性苦悶。兩位女作家對女性性心理的感受是敏銳且深刻的，她們對「身體敘事」的策略應用自如，熱烈的伸展著女性作為原始身體存在的力度。在《糖水酸柑汁》裏，女主人公「霞」是一位女強人，因為平淡的婚姻生活以及如一杯加糖的開水般的丈夫，她於是向外尋求刺激，找到了如沒加糖的酸柑汁，令她感覺如初戀般的男人「克朗」，因此小說所呈現的「逾越」就是為了獲得「愉悅」。她迷戀他「壯碩、充滿信心的軀體」，喜歡他「溫熱的身體」及「燙熱唇片」讓自己「酸軟乏力」，讓他「燙熱的唇」「滑向燙熱的脖子」，且「貪婪地，不斷撫摸她嫩滑的肌膚」。作家更進一步突出女性情欲的主動性，她這樣寫道：「她取過他叼著的煙，放入自己的嘴裏，輕輕含，輕輕吐，煙圈一個接一個，旋旋飛舞，舞過極短暫的一生」。作家在此利用「身體敘事」的另一位倡導者伊瑞格瑞所提出的「女人腔」理論。伊瑞格瑞在女性文學創作中曾設計出一種反父權制的敘事策略——即女性用非理性的精神方式，對男性話語進行模仿，以此顛覆男性中心的話語霸權。柏一在小說中運用了象徵、隱喻、重疊等多種修辭手法，構建了一個極富想像力的空間，從而使文字的意義有了多向度延伸的可能性。文中的「煙」即象徵陽具，女主人公掌握了主動權，這表明了女性的覺醒即是要顛覆男權所謂的「陽具必然要取得支配地位」的覺醒，且承擔著所有相應覺醒的機體，使得女性主體能夠擺脫男性中心的話語的控制。

再看商晚筠小說《捲簾》裏身為兩個孩子的媽媽的女主人公，更是主動的挑逗男主角鍾志誠，尋求性愛的滿足，待多次交歡讓男

主人公愛上她以後，卻又急急尋求脫身。她們所表現出來的追求「女性愉悅」（即 Jouissance）的釋放及品格核心其實都是對自己身上的、私人性的、非理性的、欲望化的身體徹底戰勝禁欲的、理性的、倫理的靈魂法則的正視。西蘇的「女性書寫」強調書寫身體，而「身體歡愉」一詞，在此即含有女性享樂，體驗情欲快感的觀念。它包含了法律和社會意義的情欲享樂思想。事實上，從理論視角而言，「女性愉悅」一詞的意義，不但包含了法律（即在文化上是合法的）和社會意義上的享樂概念（如某種社會權利與利益等）。更重要的，是性愛或情欲上的高潮享樂。這概念不只和文化上的享樂有關，亦旨在粉碎文化身份認同上的自我。柏一和商晚筠小說中的女主角都能夠打破女子在性愛中受壓抑及被動的傳統姿態，用身體顛覆男性的陽物中心主義，鮮明地體現了女性主義理論的精神實質，即解構、顛覆男性霸權，使女性弱勢團體角色遊移至社會中心，化被動為主動，最終奪取話語權。

二、器官描寫與女性的欲望

　　且讓我們來探討馬華另一位女作家黎紫書的小說《我們一起看飯島愛》（飯島愛是日本色情影片著名的女演員），她這篇作品體現出女性的覺醒就是女性自我身體的覺醒，就是向著自己身體和欲望的還原，女性只有破除身上一切男權話語的文化積澱，只剩下作為本原性的身體存在，並從自我本原性的身體存在出發時，才能夠徹底捍衛女性話語的純潔性。這與西蘇極力主張女性必須書寫女性，才能在書寫此一行為中實現女性的解放，「即解除其性別特質和女性存在的壓抑關係，進而使她們得以更加接近自身的力量泉源，取

回她們的陰性歡愉、她們的器官，以及她們遭受封鎖著的、巨大的
身體領域」。[44]的看法不謀而合。

　　黎紫書在小說《我們一起看飯島愛》裏直面女性身體及女性情
欲，飯島愛在文本中只是象徵女性應有直陳軀體及展露情欲的權
力。文中的女主人公「素珠」是個四十歲書寫色情小說的作者，失
婚，獨自撫養一子。黎紫書此文本中的身體語言大量出現，最讓讀
者嘆為觀止的除了文本中女主人公色情小說中的各種匪夷所思的
性愛情節之外，就是素珠本人的情欲生活。作家肆意的讓女主人公
與電腦上虛擬的男人負離子做愛，甚至還想與他進行電話性愛。體
現在文本中的「陰性」內容包羅萬象，卻沒有中心情節，取而代
之的是支離破碎的片斷和似是而非的語句，內容想像奇特，形式繁
複多變，黎紫書用自己的書寫不斷實踐著西蘇的「身體敘事」理論，
「幾乎一切關於女性的東西還有待於婦女來寫：關於她們的性特
徵，即它無盡的和變動著的錯綜複雜性，關於她們的性愛，她們身
體中某一微小而又巨大區域的突然騷動」，[45]都在女主人公身上顯
現無遺。

　　作家試圖揭示出「性」之於女性，與男人的欲望沒有什麼高下
之別，女性同樣渴望藉著身體之舟到達自由的彼岸。黎紫書的小說
主觀化色彩濃厚，作品中往往瀰漫著女主人公一個人的聲音，其他
人物的聲音則差不多被覆蓋。回憶也是文本中不容忽視的動力，主
人公對往事的回憶使小說帶有生命中不可承受的重量。文本中散發
出一種交織著渴望與恐懼、疏離與焦慮的氣息，作家深具自審意識
並企圖憑藉身體書寫的內涵來找回女性長久被壓抑的聲音及其積
蓄抗爭的力量。讓我引用以下幾段讀者讀後都會印象深刻的文字，

---

[44] 〔法〕埃萊娜‧西蘇：〈美杜莎的笑聲〉，張京媛主編：《當代女性主義文學
批評》，北京大學出版社，1992 年，第 193-194 頁。
[45] 〔法〕埃萊娜‧西蘇：〈美杜莎的笑聲〉，張京媛主編：《當代女性主義文學
批評》，北京大學出版社，1992 年，第 200 頁。

看作家是如何撕破馬華文學作品諱言情欲的意識形態禁忌及衝擊
男性話語的霸權：

> 「負離子體貼而熟練，如蛇一般盤纏上來。他比初識時
> 狂放多了，文字多麼溫柔，幾乎感覺出來那裏面的濕和熱，
> 而省略號，是他語言間斷斷續續的厮磨。素珠耳根發熱，身
> 體的回應如同處女對情人的答覆，總是饑渴但溫順的。她依
> 言褪除衣物，裸體映著電腦屏幕上的光，暗室中但覺蒼白，
> 如剝掉皮的蟒。」
>
> 「那幾個夜裏，男人們來了又去，素珠以職業性的文字，
> 無聲地勾搭與順從。……素珠昂起臉來直視鏡頭，就像冷冷
> 看著各國男子夜半闖入，向她展示勃起來燙熱的陽具。」
>
> 「負離子再出現，素珠感到親切，也不需要很多語言的
> 逗弄，他們便纏綿起來。素珠在電腦前張開雙腿，空氣裏有
> 愛爾蘭木笛曲牧羊的音符，在暗中列隊又散落。素珠情迷意
> 亂，她喘著氣……」

從這些文字中，黎紫書寫出了身體對於女性自我認同和性態
建構所具有的反叛意義。在這裏，身體的本位立場，使單純的快感
與自由的衝動成為對自我身體最真實的感覺，女性體驗由此獲得了
男性無法染指的獨特性，就如西蘇所言：因為我以軀體寫作。我是
女人，而男人是男人，我對他的「身體愉悅」（jouissance）一無所
知。[46]馬華女作家商晚筠也說過，「如果我寫男性，受限於性別的
障礙，我的刻劃可能不會那麼成功」。[47]所以黎紫書的這種書寫模
式，除了表現出對傳統的更為大膽的叛離，相信也可以使女性「動

---

[46]　〔法〕埃萊娜·西蘇：〈從潛意識場景到歷史場景〉，張京媛主編：《當代女
　　性主義文學批評》，北京大學出版社，1992 年，第 232 頁。
[47]　楊錦鬱：〈走出華玲小鎮——訪大馬作家商晚筠〉，臺灣：《幼獅文藝》420
　　期，1988 年 12 月。

搖傳統陽具／菲勒斯中心論述／主義，打開封閉之二元對立關係，
歡愉於開放式文本書寫遊戲之中」。[48]借助此種書寫模式，女性作
家亦將取回女性喪失在陽具／菲勒斯中心的「能力與資格」，以及
她們所失去的歡樂、失落的喉舌，這當然也包括她們那一直被封鎖
著的巨大的身體領域；因為西蘇一再強調，身體被壓制的同時，呼
吸和言論也就被壓制了。[49]

　　於是，在西蘇「寫你自己，你的身體必須被聽見」的名句中，
女性有望掙脫超我結構中的罪人身份，讓世界和歷史「聽得到女性
的軀體」，女性深層潛意識中的巨大源泉得以噴湧奔流。黎紫書的
「身體敘事」，不會失去女性意識的任何形而上的意義而淪落為欲
望的代碼，反而能以女性血肉之軀為長茅，撞開了千年的歷史堅
壁，為女性自我言說打開了缺口，使女性得以自己獨特的聲音，填
補了歷史的「空白之頁」，顛覆了男權文化對女性的任意書寫。

第三節　性別意識敘事的自覺認知

一、自我主體的誕生

　　兩地女作家致力於在男權文化傳統文化中表述自己，突破男性
書寫成規，以拒斥寫滿「性別歧視」和「性別偏見」的文學傳統。

48　黃逸民：〈法國女性主義的貢獻與盲點〉，《中外文學》，1992 年 2 月第 21
　　卷，第 9 期。
49　〔法〕埃萊娜・西蘇：〈美杜莎的笑聲〉，張京媛主編：《當代女性主義文學
　　批評》，北京大學出版社，1992 年，第 194 頁。

大陸的女作家們從女性視角，著重剖析作為個體的、個性的女性性心理、努力深入到女性生命世界最隱蔽的角落，而馬華女作家的情況也一樣經過一個由表及裏、由外到內的逐步深化過程。在「身體敘事」的策略中，女性「通過身體將自己的想法物質化了；她用自己的肉體表達自己的思想。」[50]西蘇的理論在女性文本與女性身體愉悅之間建立了密切的關係，女性書寫自我身體欲望的過程，其實就是解構男權文化對女性的宰制過程，也是女性獲得自我的過程，從而達到了身體敘事的意義，也就意味著兩地的女性作家自我主體的誕生，走向了自我的自由。比如陳染在其書寫中，就經常將壓抑深重的女性軀體連同私人經驗印嵌入內，以表現女性自我，張揚女性主體意識的一種女權意味極濃的認知。

　　儘管女性主義的大量引進中國是在二十世紀八十年代中期，批評話語真正普遍與西方女性主義文學理論實現接軌是九十年代中期。由於改革開放，西方女性主義理論以不可阻擋之勢湧入中國。女作家們終於可以擺脫庸俗社會學的陰影，將文學創作向人的本體和文學本體復歸，因為社會、經濟、文化等因素，陽物理體中心的思維模式（phallogocentrisme）對女性的影響延異至日常生活各個層面。中國自改革開放後，隨著各種不同的西方女性主義的興起及侵入，使得女性參與政治、文學或藝術創作日漸增多，也使中國女性意識在沉睡了幾十年之後再度覺醒。在這一女性思想意識階段上，女作家們主要的注意力和攻擊點都集中在束縛她們解放自身的外部力量，即男權文化傳統方面。但是，隨著女性思考的不斷深入，她們開始把注意力由外部而轉向對自我內在的認識和發現方面。女性意識的回歸與張揚，使得新時期大陸女性文學以嶄新的姿勢直立在中國文壇上。此時的大陸開始形成一個有群體意識的、規模宏大

---

[50] 〔法〕埃萊娜・西蘇：〈美杜莎的笑聲〉，張京媛主編：《當代女性主義文學批評》，北京：北京大學出版社，1992 年，第 195 頁。

的女性作家群,她們從各個角度反映被人們長久歧視、冷漠的女性
世界。她們的書寫,不僅要顛覆父權社會把女性身體物化及商品化
的男性美學,而且要反叛「文革」的政治強權話語所造成的「無性
別」時代。因而,這種女性生命體驗的扭曲與壓抑,往往使她們的
身體語言帶著痛楚與受傷的痕迹,帶著兩性對立的強烈情緒,激憤
甚至偏執的走向文本。

　　「身體敘事」的理論,無疑是為這些女作家真正認識自我、瞭
解自我、進而向外界展示自我、實現自我開闢了一條真實可靠的路
徑。當面對女性由身體的欲望出發直至心靈內部的無比豐富複雜的
生命感覺、隱蔽性體驗及私人性的袒露的意識形態時,大陸的林
白、陳染、張抗抗或馬華的商晚筠、黎紫書等女性作家都試圖建立
一種女性話語來打破或顛覆男權話語的權威。她們以敏感的、直
覺的、夢幻的、準自傳體式的、有別於男性敘事傳統的「女性的語
言」,甚至以「破壞」、「遊戲」、「瓦解」敘述傳統中心語言、句法
和形而上學的傳統規範的書寫方式,以自我經歷為線索而展開的
女性話語,發出積蓄已久的內心吶喊,將女性身體的體驗坦誠而又
固執的顯現在讀者的閱讀視野中。引發女性作家身體書寫的直接
誘因,在很大程度上是源於女性自身反思過程中強烈的性別意識的
覺醒。這時,兩地的女作家們的作品的女主人公已經能勇敢的逾越
了傳統規束,敢於直面自己身體與欲望,直接涉入傳統女性視為禁
區的「性」體驗,並且從中得到「女性愉悅」。

　　誠如西蘇所言,女作家「**用身體**(粗體為作者所加)」來寫作,
「這點甚於男人。」因為「婦女們則只有身體,她們是身體,因而
更多的寫作。」而且,「長期以來,婦女們都是用身體來回答迫害、
親姻組織的馴化和一次次閹割她們的企圖的」。[51]除了西蘇,另一

---

[51] 〔法〕埃萊娜・西蘇:〈美杜莎的笑聲〉,張京媛主編:《當代女性主義文學
　　批評》,北京大學出版社,1992 年,第 202 頁。

位女性主義文學批評家露絲‧伊利格瑞（Luce Irigaray）的「女人腔／女人言說」（parler femme）也同樣指出傳統的兩性主／僕關係斷絕了女性的情欲實踐，所以她也期盼女性能夠去開發情欲，體現女性差異，才能自附屬的地位提升為自主的個體，這與西蘇的「身體敘事」理論蘊涵是相呼應的。女性爭取到寫作權力後，便能在文本中傾瀉女性意識、表達女性真實的生存經驗。「身體敘事」這時便成了作為顛覆父權壓抑體系的積極符碼，也拓展女性書寫的能力以及抵抗的文化空間。所以說，「身體敘事」（Body Narrative）就是女性寫作中表露出的女性身體及其欲望，並以此作為途徑對抗男性書寫對女性的歪曲，解構男性中心文化對女性的控制，並且能夠涵容各種面向的發展的書寫方式。

所以，大陸女作家林白、陳染、張抗抗以及新生代女作家衛慧、棉棉、九丹，還有馬華女作家黎紫書、柏一和商晚筠等都對「身體」之於女性及女性寫作的意義，有了自覺的認識。她們都在作品中表述了「身體敘事」的企圖，在女性靈、肉的隱秘領域進行著淋漓盡致的自我表現撫摸和個人內心矛盾的精神梳理，進行著詩人式的獨白或自我與自我的交談對話。這些「女性之軀」的書寫策略，暗示出現代女性自救而非他救的精神解放之路。她們以自傳或準自傳的形式，大膽書寫「我的身體」、「我的自我」，書寫自我的生命體驗、女性經驗。記述自己的性別經歷、性經歷，書寫她們的姐妹情誼、同性戀、自戀傾向等等，以此來突出自己的女性主義立場。女作家們將自己的思考和寫作的起點定位在對女性軀體的經驗，其中隱藏超越性別的自省，具有人類普遍性的生命困惑、生存矛盾的探索和揭示。

陳染、林白等人的作品主要是從心理角度出發，抒發她們的情感體驗、女性體驗、用她們自己的軀體、自己的話語來書寫女性內心深處的感受。她們自覺的女性話語姿態是對男性中心話語的迴

避與疏離,是對男權價值社會的反叛與顛覆。她們堅守女性自我空間——女性之軀,用窄少但豐富的源泉,在男性無法進入的最後的領地開闢出自己的話語天地,把原本不可說,不該說的東西供奉在詞語的聖壇上,尤其是在「身體」與「欲望」的私密領域裏,反覆自視所形成的多重繁複的「鏡像」映射出女作家們不斷追問的複雜的內心世界,從而深刻體現現代女性靈魂的肉體孤獨的境遇。這也說明女作家們的一種自閉心理,只沉浸在自我的世界裏,相對於男權話語的公共性質和宏大架構而言,把男性完全排除在外敘事之外,近乎走入了一個極端。

在此觀照下,馬華女作家如商晚筠及黎紫書也似乎如此,在商的多數小說文本中,男性只是存有次要甚至消失的角色;而另一位馬華女性小說家黎紫書在其小說《我們一起看飯島愛》乾脆讓她的男性角色藏在女主人公的回憶及電腦裏,或許因為男性身體一旦進入文本,就會人為的製造一些虛幻的生命強勢,尤其不利於主體的敘述,而且在無意中形成對女性生命的覆蓋,即間接地產生對女性身體的控制與占有欲。因此,女作家們把「寫自己,你的身體必須被聽見」的激進主張落實到創作實踐上,就似乎被迫要對男權體制來個釜底抽薪的顛覆作用,但這也因此受到一些女性主義評論者的激烈批評,這些批評顯然將「身體」放在理想、理性、精神的對立而加以「封殺」。女作家們對身體的解放引來了評論者的震驚,認為她們迎合了男性「凝視」女性身體的目光,走向了女性寫作的歧途。於是,「女性的身體成為政治和意識形態搏鬥爭奪的戰場」,它不過是作家與(男性)讀者之間的一種符號交換。[52]但是,不容置疑的是「軀體寫作」在兩地的女性文學中出現的積極意義,顯然是要大於它的負面意義的。因為實際上,封建男權觀念在今天的兩地

---

[52] 黃子平:〈革命・性・長篇小說〉,《中國現代文學與自我》(陳炳良,香港:嶺南學院中文系,1994年),頁28。

社會仍根深蒂固，眾多的女性依然受到這種觀念的有力鉗制。「身體敘事」依然是爭取女性話語權的一個重要手段，是女性擺脫男權文化鉗制的一個突破口。

兩地女作家在她們的小說中對於身體與欲望的大膽書寫，其實並不是偏離女性意識發展軌迹的「偶然」現象，而是女性自我不斷思考、不斷探尋的歷史性必然。通過她們展示身體與欲望時的坦誠與率真，我們完全能夠感覺到她們與以往女性寫作中的男權批判意識的一脈相承，以及更為突出的精神探險意義。按照福柯的觀點：「身體既有歷史，又是我們存在的基礎」。[53]女性寫作「從歷史的、現實的場景中撤出，……退回到自己的房間中，感受自己的身體、諦視周遭的景物時，她也獲得了一種與生命、與自然同在的原始本真狀態。女性寫作作為對這種本真狀態經驗的表達，同時就獲得了一種神話的意義」。[54]因此，從某種意義上說，女性寫作中的「身體敘事」，是她們確立自我主體的第一步。如果說，「自我」概念的形成包括了一系列語言秩序內部的複雜定位，那麼，軀體將成為「自我」涵義之中最為明確的部分，[55]兩地的女性作家正是通過真實描寫自己的身體和感受，確定了女性自我意識和主體地位的起點。所以說，女性寫作中的身體敘事，女性寫作對身體的張揚，女性以自己獨特的聲音，填補了歷史的「空白之頁」，顛覆了男權文化對女性的任意書寫，因為解放不僅是精神的，也應該包含身體的。

---

[53] 〔法〕福柯：《尼采、系譜學、歷史》，轉引自〔美〕D.C.霍伊，張妮妮譯：〈批判的抵抗──福柯和布爾迪厄〉，《國外社會科學》，1996 年第 1 期。

[54] 胡彥：〈女性寫作：從身體到經驗〉，《當代文壇》，1996 年 3 期。

[55] 南帆：〈軀體修辭學：肖像與性〉，《文藝爭鳴》，1996 年第 4 期。

二、性別體驗的優勢

在西方文化的二元論中，認為舉凡在科學、藝術、心理、生理各方面皆以二元對立（dichotomy）的思考為架構，例如心靈／肉體、美／醜、主動／被動之間壁壘分明。後現代女性主義論者因此認為二元論無形中暗示著「心靈、美、主動」等特質皆被男性所占，而「肉體、醜、被動」則成為女性的標籤，形成了男尊女卑的上下階級關係，於是後現代女性論述遂運用解構觀點欲瓦解兩性的這種敵對關係。女性主義論者一致地強調性別差異（sexual difference）並肯定女性特質，以反擊男性壓迫女性存在的意識形態，冀能鬆動陽性價值體系中二分法僵化思考模式，企圖以多元化、開放性（openness）與尊重差異的理念為女性尋求更廣闊的生存空間。

但是，不管是在東方或西方，在傳統男性中心批評的模式中，女性的壓抑問題和女性主體意識長久都被壓抑在男性聲音的背後，隱而不顯。男性作為說話主體（speaking subject），把文化和生理意義上的女性從歷史、哲學和文學等領域中消音。女性常被認為是歷史傳統中的缺席者，甚至缺席於沉默與瘋狂之中。女性的缺席，進一步再度使她們成為隱性的物體，男性的聲音則理所當然成為歷史唯一的真相。西蘇在《出口》（Sorties）文中，就說穿了在社會／象徵契約（socio-symbolic contract）裏不論是宗族結構或是權力的操控權都非常專橫地全歸屬男性。[56]在父權制度中母親是低微且多餘的，女性對陽性權威的屈從遂成為父權社會運作的必備條件。

---

[56] Helene cixous's "La dernier tableau ou le protrait de Dieu" is discussed by Morag Shiach in Helene Cixous: *A Politics of Writing,* Routeldge, London, 1991, p.34.

在大陸或馬華的文壇上，當代女作家的崛起，雖然打破了男性獨尊文壇的局面，可是，文評家仍然沒有充分肯定她們作品的價值。同時，女作家比男作家在寫作上總是遇到更多障礙，除了不必要的性別限制外，作品也受到歧視。弗吉尼亞‧伍爾芙（Virginia Woolf）曾在一次以自己的寫作經驗為題的演說中，就指出女作家因為性別關係，不能坦陳自己的「身體經驗」（experience as a body）的限制。如有關情欲問題，女作家更不敢輕易觸及，想像力亦因而無從發揮。[57]通過這些指控，西蘇認為傳統的西方社會是以陽物理體中心（phallogocentric）為主的思考體系，一切價值皆以男性所定的「真理」（logos）為標準，凡是異於陽性價值的任何看法都遭到貶抑、排擠、驅除。女人要不是男人的「他者」，就是根本不存在／沒想到（She is either the other for man，or she is unthought）。就算男人願意開始對女性進行一些思考，但在一番草草思考過後，「女人終究仍是不可想、不必想的。」[58]為了破除這些陽性思考的封閉性，西蘇於是鼓勵女性去把文字注入那「不可想」、「不必想」中，藉著書寫而將自己帶離那男性業已為女性建構的世界。

大陸馬華兩地的女性文學雖有著共同的文化傳承，但不同的政治、社會與文化語境，又使兩地女性文學的發展存在一定的差距。大陸女作家的軀體寫作意在打破女性的自我壓抑，並開創新的有利於兩性平等的局面。在情欲描寫方面，馬華女作家不像大陸女作家那樣開放，層次也稍嫌流於片面。但在創作有關性題材小說時，兩地的女作家還是比較謹慎的，儘管她們對女性的身體與欲望的大膽書寫極具挑戰性，但她們總是把性欲和女性的生存及女性心理感受結合在一起，以便更為真實地表現女性的生存狀態及精神狀態，使

---

[57] Virginia Woolf, "Professions for Women", *The Death of the Moth and Other Essays,* New York: Harcourt, 1942, pp.240-241.

[58] Helene cixous's and Catherine Clement, "Sorties" in *The Newly Born Woman,* Betsy Wing, trans, Minneapolis: University of Minnesota Press, 1986, pp.63、65.

得女性意識能更具突破性的發展與提升。但是這種「突破性」不應以完全順應潮流、追崇消費欲望作為代價；相反，我們更期望女性寫作在關注自我命運、爭取自身利益之同時，還能夠充分體察大眾內心深處為物質欲望壓制著的樸素而純粹的精神企求與道德願望，能夠將女性獨特的生命體驗優勢融注到對普遍人性的悉心呵護、對生命個體的真誠關懷之中。

　　縱觀兩地的軀體寫作，在理論上雖是一致的，在實踐中卻有所不同，但基本上兩地女作家都占據了性別的優勢，能夠直陳自己身體極幽微及獨特的生命顫動。大陸女作家主要是通過女性身體部分和生理經驗的描述來表現女性獨特而隱秘的生命體驗，而馬華女作家卻稍為偏向形而上的女性內在欲望的描述，在某種意義上來講，其實這也是一種「身體的存在」。女人的身體經驗與生命經驗是密不可分的，而對於情欲主題的凸現，靈與肉的完美結合，是人類通往愛情的幸福之路，也是人性欲望實現的真實境界，它來自於人類性的欲望的生理基礎，更得力於情感碰撞的精神飛騰。大陸馬華兩地女性創作呈現的身體和情欲主題，將身體語言推向了言論的巔峰，擺脫了以往「高喊女性解放又緊閉閨門，追求愛情卻否認性愛」的心理怪圈，它不再是靈欲分離的空泛，而是以書寫身體洞開女性生命之門，大膽表現女性真實的情感欲望乃至隱秘的性體驗，並以此對男權倫理秩序、欲望特權及閱讀經驗都形成了極大的挑戰性和衝擊力。但無論如何，性、欲望、軀體非女性生命價值的終極目標，這是因為「性」或「欲望」及「軀體」只有在激發主體的心靈和激情的時候，在重新發現歷史、顛覆父權社會的價值觀念的前提下，才能獲得意義，[59]而不是單純的性或軀體及欲望描寫就能使女性主體能夠擺脫男性中心話語的控制。

---

[59] 魏天真：〈慎重對待身體〉，《讀書》，2004 年第 9 期。

　　但我相信，隨著性別理性意識的增強，加上寫作心態的適當調整，「身體敘事」的探索必將擁有更為寬闊的思想視界和精神空間，而且新世紀的女性文學，不會僅僅是傾向於女性個體存在的敘述和敘事，也不會僅僅是那傾向於整個社會的宏大敘述，「多元共存」將使女性文學變得更加朝氣蓬勃，充滿生機，亮麗而燦爛。

第五章

當代大陸與馬華女性小說
在第三世界女性主義中的文學意義

第五章　當代大陸與馬華女性小說在第三世界女性主義中的文學意義

　　第三世界國家女性主義是在六十到七十年代舊殖民主義全面崩潰，國際資本主義開始全面控制世界政治、經濟和文化的形勢下產生和發展起來的，是第三世界國家人民反對帝國主義政治壓迫，軍事擴張，經濟剝削和文化滲透的抗爭相呼應的。美國的史學家認為第三世界女性主義運動在七十年代形成。其產生的主要原因是第三世界婦女發現，反對殖民主義和種族主義的鬥爭勝利之後她們的生活並沒有多大改變。於是，從八十年代開始，女性問題開始在第三世界得到極大的關注。

　　第三世界女性主義發出的聲音雖然不大，但卻直指女性主義的要害，隨著第三世界女性主義的發展，一方面它改變了整個女性主義理論的走向，另一方面，它也填補了女性主義的某些空白，為女性主義的發展做出了自己的嘗試和貢獻。而二十世紀八十年代中葉以來，第三世界婦女以自己的經歷對普遍式的模式發起了挑戰，促使女性主義學者發展出更複雜的理論框架來分析婦女所經歷的複雜歷史和現實。因為不同的地理位置分布所帶來的婦女之間的差異及這些婦女所設定的運動目標、策略的不同，已成了當今女性主義思潮的一大重點。

　　毫無疑問的，西方女性主義者關注的主要是白人女性，第三世界婦女的獨特身份和特徵，則無例外的被忽略了，她們在話語中得

到的呈現，也常常是遭到歪曲的呈現。第三世界女性主義需要一種
話語，它是非普適性的，沒有基要主義（原教旨主義）傾向的，允
許文化與歷史的特殊性的來為她們發聲，來充分表達自己第三世界
女性的關注點，在一定程度上可以做到邊緣的、弱勢的第三世界女
性文化對強勢西方女性文化的改寫。所以，以前文從文化語境、文
化身份、他者話語、敘事策略等幾方面來分析了大陸與馬華女性小
說獨特的文本景觀後，本章將對於基礎理論的陳述並將加諸文本及
作家本身的創作方向，嘗試從不同於西方文化的視角去闡明大陸和
馬來西亞兩地女性小說在第三世界女義的觀照下的能動作用，並探
尋她們之間存在的由於階級、種族、文化背景等與西方不同所造成
的差異性，進一步凸顯兩地女性小說的獨立品格；並將以這一全新
角度，揭示兩地女性小說在第三世界婦女主義中的文學意義，反觀
當代文學發展等方面顯示出的巨大的詮釋活力。

第一節　東方與西方的女性對話契機

　　首先，我對「第三世界」這一概念做出說明。在中國，「第三
世界」一詞是毛澤東在二十世紀七十年代基於對當時國際整治、經
濟權力劃分的理解提出來的。他在 1974 年 2 月 22 日會見贊比亞
總統卡翁達時指出：「美國、蘇聯是第一世界；中間派、日本、歐
洲、加拿大，是第二世界，咱們是第三世界。……第三世界人口很
多。亞洲除了日本都是第三世界。整個亞洲、拉丁美洲是第三世
界。」[1] 在國際上，「第三世界」的範疇幾經演變，最初這是一個地

---

[1]　王進等主編：《毛澤東大辭典》，廣西人民出版社，灕江出版社，1992 年，
　　第 726 頁。

理範疇，指亞洲、非洲、拉丁美洲以及加勒比海地區的國家，基於這些國家受到西方發達國家剝削的共同點。「第三世界」這一概念後來又被泛指為受西方發達國家剝削造成經濟落後的不發達國家和地區。與此同時，「六十年代和七十年代間，美國國內的少數種族越來越強烈意識到他們的命運與第三世界國家人民的命運相似。……他們自稱是第一世界國家內的「第三世界」。因此，「第三世界」最終演變擴展成為一個權力範疇，「指受發達國家壓迫、剝削的民族、種族和人群，其中包括在發達國家中的受壓迫受剝削的各種人群」。[2]而女性，在世界普遍性的父權社會架構中，毋庸置疑的在其中乃是遭受被壓迫和受剝削的一大群體，這當然包括了同在第三世界的中國與馬來西亞的廣大婦女社群。

　　中國作為世界上最大的第三世界國家，同時更有著豐富複雜的半殖民半封建社會的漫長歷史，從洋務運動開始，西方文化在在中國發生過多方面的深遠影響。而到了當代，社會主義國家的性質等種種歷史、政治與文化的因素複雜地交織在一起，成為一個特殊差異性存在。而馬來西亞這個後殖民且擁有特殊歷史情境的第三世界國家，社會組成部件更是複雜。殖民政府當初從中國及印度引進大量的勞動力量，在國家從殖民政府脫離出來成為新興第三世界國家時，他們就與當地土著（馬來民族）成了國家的主要國民，所以馬來西亞的婦女基本上還分成馬來婦女、華人婦女及印度婦女三大種族群體。

　　所以回到女性主義本身，如果說傳統的西方女性主義使我們對世界範圍內普遍存在的兩性之間不平等問題獲得了更多理論上的解讀與依據，使我們更為清晰地窺見隱於性別差異社會現實之下的更深層意識形態問題的話。那麼，對於特殊情境下的中國與馬來西

2　蘇紅軍：〈第三世界婦女與女性主義政治〉，鮑曉蘭主編：《西方女性主義研究評介》，三聯書店，1995年版，第21頁。

亞這兩個第三世界來說,自稱為第三世界婦女代言人的斯皮瓦克所提出的第三世界女性主義理論將值得我們重視。這理論將使我們更為深入地窺見隱藏於「甜蜜的姐妹情誼」[3]之下的第一世界白人婦女與第三世界婦女之間的巨大差異性的現實背後也有著更深層的政治與文化根源,同時為解決這些問題提供了有益的思路,尋找兩地的女性書寫在白人女性主義遮蔽下的文化價值。另外,因為處於邊緣地位的第三世界的文化傳統面臨威脅,母語在流失,文化在貶值,意識形態不斷受到滲透和改型。在這樣的現實語境中為避免「殖民文化」的危險,東西方都必須打破二元對峙的東西方理論,以全球性歷史性發展眼光看人類文化的總體發展,消除西方中心或東方中心的二元對立,解除一方壓倒或取代另一方的緊張關係,倡導東西方之間的真實對話,以更開放的心態,多元並存的態度、共存互補的策略面對東方和西方。

一、男性接手的女權主義

在中國,婦女反抗壓迫的呼聲至少可以追溯至二十世紀初,女性新文化及新思潮在這裏有著兩次重要的歷史性進程:一是中國女性在男性同盟者的幫助下,嘗試改變傳統文化中既定的女性角色身份與位置;二是她們嘗試更深入地認識並擺脫自我形成與自我生存過程中無所不在的男權狀態。而在馬來西亞呢,因為國家在五十年代末才爭取到獨立成立國家本位,各個族群的婦女由附庸走向自主的道路也是顛簸不平的,可是華人婦女的命運早期基本上也是延續著中華文化性別的劣勢。

---

[3] 王政:〈美國女性主義對中國婦女史研究的新角度〉,鮑曉蘭主編:《西方女性主義評介》,三聯書店,1995年,第270頁。

　　中國女性文化是伴隨著中國漫長的父權封建制社會形態與文化形態而形成的，這是一種可謂根深蒂固的傳統文化內涵，在這個內涵中，「性別／位置／角色／屬性」是一串重要的文化識別符號。它們之間的關係密不可分，它們中間任何一個符號的出現，同時也意味著其餘符號意義的同在。在實際運用上，它們成了可相互取代的指稱。假設一個人生下來就是個「女性」的，那麼，她就被社會意識「意識」了自己這一生所處的「陰」的位置。這是中國數千年以來至今仍盤踞在廣大國民意識深處之「男尊女卑」觀念的顯在。同時，她的角色分配業已注定：主內，做一個媳婦、妻子與母親。馬來西亞的華人婦女基本上也延續著此種觀念。所以，大陸與馬來西亞華人的傳統婦女可說是沒有聲音的族群。

　　先說中國，當新文化的思潮在五四運動的波瀾中湧進傳統的古國後的一段長時間，在關注國家與民族前途的「宏大」視野中，女權主義被男性接手過來用以反對封建主義，並給女性承諾一個未來，於是，女性在推翻封建固有秩序的鬥爭中，不「自覺」地就成為一個「婦女解放」的天然同謀者、參與者與受益者。雖然，在中國女性文化傳統主流之外，也一直存在著一種反女性文化傳統的聲音。但是，在「婦女是半邊天」的理論支撐下，「孝婦賢妻良母」仍在源源不斷被製造產生。這無疑從另一個角度促動了女性的反省與自思：如何把自己從傳統角色中解放出來，才有出路與生機？在製造了女性對自己性別意識的漠然之下，中國女性掉進了一個對性別問題既十分敏感又認識模糊、既言不由衷又無法言說的境地。

　　我們把一個本來說個體（女性）話語蛻變成說大眾（革命）話語的女作家丁玲為例，她在四五十年代書寫了大量的革命作品間寫了一些對女性問題的觀察與思考的作品，便被革命視為異己分子，直至遠遠發配到北大荒不再寫作發言為止，可見當時意識形態對女

性問題忌言的程度。當我們感受到知識女性那段歷史時的難以掩飾的內心矛盾，《太陽照在桑乾河上》就可以看做是丁玲放棄自己女權主場的標誌性「失語」作品，這說明了無論是從歷史與現實、內部與外部還是經濟與政治、文化等方面諸多重要問題進行去闡述或論證第三世界女性的邊緣與失語狀態，丁玲無疑是一個男性接手過去的典型例子。

　　接著我們來考察女作家韋君宜《女人》這篇小說，作品中的林雲是一個有較強獨立意識的三十多歲的職業女性，在自己的工作崗位上努力的奉獻著，卻忽然接到上級的命令，欲將她調至身居要職的丈夫身邊工作，實際上等於是強迫她提前退休，回家為事業如日中天的丈夫做賢內助，這意味著女性重新放棄了參與社會的權利。可是林雲卻不甘屈服，她不願成為丈夫的附屬品，她要求擁有與男人一樣的工作權利，她說：「不要把我當作一個負責幹部的老婆，而當我作同志……」，「當作同志」竟然成為中國建國初期知識女性向年輕的共和國的第一項精神請求，這實在令人痛心。由此看來，林雲掉進了一個男性強權的圈套，只是這個男權是國家賦予的。國家建設需要這些功績顯赫又年富力強的丈夫們承擔重要的工作，男人在這樣的時代要求面前身價倍增，而妻子則自然而然地被劃歸到為丈夫服務的層面。既是組織決定、工作需要的理由，那就成了國家行為，這就是一種極具中國特色的權力話語，而非任何個人意志所能抗拒的，也非西方女性主義者所能瞭解。

　　所以說，第三世界女性在西方女性主義者眼中僅僅是男權制社會經濟體系的受害者，男性暴力的受害者，殖民過程的受害者，阿拉伯家庭制度的受害者，經濟發展過程的受害者和伊斯蘭教規的受害者，這種看法其實是片面的。其實女性雖然在各種文化中都是受壓迫的，但是她們所受壓迫的形式肯定是不同的，在女性群體內部，大家的處境和地位既有相同之處，也有相異之處。就如馬華女

作家商晚筠的小說《疲倦的馬》中的女記者「我」，不就是為了維護自己在那個時代裏僅有的一點參加工作的自由及體現自我社會價值的自由，可是在那樣一個國家以團結各民族的名義行事的年代，「我」為了追求女性人格精神的獨立所做的堅持與抗爭就顯得有些無可奈何，「我」敢說的不能寫，敢寫的報館不敢刊登，所以鬱鬱不得志。第三國家在建設中的女性地位和價值與理想嚴重不符，也非「以白概全」的西方女性主義者所能貫徹明瞭的。大陸的韋君宜和馬華的商晚筠的作品中所表達的女性的不滿與抗爭，在當時的主流意識形態面前也幾乎說是徒勞的。但卻說明了女作家在真實的世界和自我敏銳觀察的啟發下，已學會了在現實的物質關係中重新叩問性別的意義。

新中國成立了，馬來西亞也脫離了殖民統治獨立成國了，所謂的女性權利也僅是男性在接管政權後的一項仍是由男性接手，充滿男性意識形態的女權主義。廣大的婦女在開始享受新的國家政權帶來的一定程度的經濟自主權、社會活動參與權的同時，也在不知不覺中陷入了新的男權包圍裏，而且由於這種男權形態是與國家意志緊密結合在一起的，具有無可辯駁的權威性和真理性，女性意識中的反叛精神和獨立意志在一次又一次的嚴酷的政治風暴掃蕩下消失殆盡。中國在進入了「文化大革命」時期，男權專制的意識形態進入新高峰，對於女性意識、女性情感的壓制、歧視、封閉達到了登峰造極的地步；而馬來西亞在六十年代發生的種族大暴動後，婦女的命運也不是國家所關心的首要提綱。兩地的女性的權益還是緊緊被男性掌控著。

由此，我們可以看到，在全球各個不同性別、種族的群體中，第三世界婦女可以說是處於邊緣之邊緣、底層之底層。種族主義、殖民主義、男權主義及政治活動等種種來自歷史、經濟、政治、文化、性別、種族的壓力，複雜交織在一起，共同體現在第三世界女

性群體的文化記憶中。如果不讓她們發聲，西方女性主義者如何知道第三世界內部婦女受到諸多文化壓抑的現實。

二、男權文化壓抑的現實

中國重提女性問題是在被稱為本世紀第二次思想解放的七十年代末八十年代初。包括女性主義在內的西方現代思潮，再次藉世界性文化交流之氣候與中國加速現代化之契機，堂而皇之地湧進國門。馬來西亞各民族這時也經過了一段長時間的相處與磨合，漸漸走出了自己一條獨特的多元文化建國之路，婦女運動基本上也尾隨著西方婦女運動積極展開。兩地女性文化就在這種較為寬鬆而活躍的人文環境中，開始嘗試直面男性談論男權狀態下存在的性別歧視與性別壓迫問題。女作家開始在自己的文學本文中呈現這個問題和對這個問題的思考，努力創作與男性作家同步話語的作品，有意識且不恥講述自己有關於性別問題在第三世界環境中的種種體驗與故事。

大陸的張辛欣在《在同一地平線上》率先尖銳地揭示了當代中國知識女性所特有的兩難境地，作家對深陷事業與愛情、家庭矛盾夾縫中的女性命運的困惑有極生動的表述。女性在家中的遭遇，實際上也基本可以明瞭她們在社會上的遭遇，家在中國，歷來就是國的縮影，這是西方女性主義所不能瞭解的文化盲點。作家在這篇小說中深刻揭示出了女性掙扎在事業要求與愛情尺度、男子面具與女性內質之間的尷尬、悲哀的境遇，與此同時也委婉地批評了男性對於女性在價值評判上所持的雙重標準，既希望女性在事業上有所作為，又在感情問題上對女性予以傳統的比量的「男性苛求」。當小說中的女主人公面臨婚姻的失敗，家庭的解體時，她痛苦的詰問自

己：「我還能再退到哪兒去呢？難道把我的一點點追求也放棄？生個孩子，從此被圈住，他就會滿意我了？不，等到我自己什麼也沒有了，無法和他在事業上、精神上對話，我仍然會失去他！」

馬華的愛薇在《晚來風急》中也帶出了一位在事業上成功的女強人劉慕雲，她成功地創立了一間大工廠，能力過人，經濟獨立，對丈夫也不再百依百順。如果她是一個男人，大家大概不會挑剔和苛求她，但她「畢竟」是個女人。社會還是希望她雖然具備男性拼搏競爭的精神，卻也要求她不能缺乏女性傳統的良好美德。所以在小說裏，對劉慕雲的著墨也是反面多於正面。

兩地女作家筆下的女主人公堅持要與男人站在「同一地平線上」而不肯俯就，雖然體現了第三世界婦女自我意識的歷史性進步。但是，理性認識的進步並不能直接替代現實生活中的困惑。現實中的女性依然在事業、家庭和婚姻的重重矛盾中掙扎、彷徨，而要真正解決這樣的難題，只有女性自我意識的覺醒是遠遠不夠的，它有賴於整個社會的、民族的進步和思想認識的提高，而幾千年積澱的傳統男性文化觀念對女性的歧視這一深層次的問題更是難於一朝解決。

在這個第三世界婦女問題上，西方女性主義畢竟帶有濃厚的文化偏見。莫漢蒂指出，西方女性主義者僅憑一些未經分析、未加證實的先驗的理論前提來加以推演，而不對第三世界婦女置身其中的複雜的歷史條件和歷史關係作具體的、深入的分析，是很難正確地認識第三世界婦女的真實面貌和真實處境。她也指出：在西方女性主義話語中呈現出來的第三世界婦女形象，實際上是她們依據一些先驗的未經證實的普遍範疇推演出來的，與第三世界婦女的真實狀況相去甚遠」。[4]張辛欣和愛薇筆下的女性悲劇，就是典型中國文

---

[4] 轉引羅鋼、裴亞莉：〈種族、性別與文本的政治——後殖民女性主義的理論與批評實踐〉，北京師範大學學報，人文社科版，2000.01。

化版「男性苛求」最簡明和生動的表述，並暴露了在第三世界內部
婦女受到男權文化壓抑的現實，豈是西方女性主義所能描繪的。而
且，西方女性主義對第三世界女性的代言實際上是剝奪了她們的發
言權。

三、文化身份的寓言

美國文化批評家弗・杰姆遜指出過：第三世界的文本，都必然
含有寓言的結構，而且應當被當作民族寓言（national allegories）
來解讀，「所有第三世界的文本都帶有寓言性和特殊性，我們應該
把這些文本當作民族寓言來閱讀，特別當它們的形式是從占主導地
位的西方表達形式機制──例如小說──上發展起來的」以及「第
三世界的文本，甚至那些看起來好象是關於個人的和利比多的文
本，總以民族寓言的形式來投射一種政治、關於個人命運的故事，
包含著第三世界大眾，他們的文化和社會受到衝擊的寓言。」[5]不
謀而合的是周蕾在《婦女與中國的現代性》一書中也論證了幻覺中
的「真實性」問題，講寓言成為婦女的標誌，幻想成為連接現實與
歷史的另一種方式。[6]婦女寓言以講故事的想像的方式進入不同於
二分法的懸置狀態，婦女對於現實世界的需求，欲望和夢想強調注
重過程，注重對社會學、心理學和其他文化研究的相關性。正如自
殺成為日本的國族寓言，傳統中國婦女淪為封建的犧牲品也是這帶
著幾千年歷史與命運的土地上不可或缺的一部份，是中國女性的民
族寓言。

---

[5] 弗・杰姆遜，〈處於跨國資本主義時代的第三世界〉，張京媛譯，《當代電
影》，1989 年第 6 期。
[6] 周蕾：《婦女與中國的現代性》，臺北：麥田，1995。

　　且從大陸徐坤的寓言般的小說《女媧》來看，這文本就是一則巨型寓言。小說結構雖較簡單，但隱喻無限。女主人公李玉兒是小說的最大喻象，她受封建詛咒的命運就帶著寓言般豐富的意涵。身為童養媳的她的命運讓她的身體被余家三代人使用過，她的生育史充滿苦難、辛酸，更突出的是其荒誕性與愚昧性。她由媳婦熬成婆後，不是毀掉女兒的眼睛，就是毀掉兒子的愛情，製造大量的混亂。在這裏，母親只意味著生殖，形象鄙俗與醜陋。作家試著把自己對母親、對中國古代歷史的思考通過「解構」方式呈現出來。《女媧》在表現民族生存時，大膽否定以仁義忠孝為核心的傳統文化中心結構，凸現這個中心結構「殺父」「殺子」本質；並鄙視它貧乏、單調、自我重複的外在形式。

　　並且，《女媧》在呈現母親李玉兒從「受虐」轉向「施虐」的過程中，總是在婆婆與兒媳、母親與子女的關係中，互相對立，互相補充、互相轉化的辯證中，致使「母親神話」退去光環。這類解構後的母親形象呈現了關於我們民族和歷史的思考，揭開了母親既是男權社會犧牲品又是男權社會的同謀者，呈現出第三世界婦女形象的多面性及複雜性。馬華女作家唐珉的《津渡無涯》也是傳統華人婦女淪為封建的犧牲品的故事，雖然故事背景移到馬來西亞社會，但「受虐」與施虐」的宿命仍在輪迴。所以，無論是從歷史與現實、內部與外部還是文化與性別等方面諸多重要問題來論證第三世界女性的邊緣與中心狀態，《女媧》與《津渡無涯》中的女主人公的身份命運無疑是值得關注的，她們都體現了第三世界女性群體的文化記憶中的深層壓抑。

　　自稱為第三世界婦女代言人的斯皮瓦克相當著重指出了人文話語是文化身份的載體，尤其是有關文學的特殊性和重要性。她認為「其他種類的話語總是趨於求得有關某一處境的終極真理，而文學，雖說也屬這些話語，但卻展示出，有關人類處境的真理**恰恰在**

於它無法發現」。(著重號系原文所有)[7]一般的人文話語都包含著某種答案的尋求,而在文學話語中,你卻可以認為貫穿始終得到充分展現的問題本身就是答案。而文學是後殖民及第三世界話語體系中最具解構力量的部分,它能夠將文化事物的內在矛盾以一種豐富的感性形式展現出來。比如女作家鐵凝的「三垛」系列(《麥積垛》《棉花垛》和《青草垛》,就通過文學語言描述了傳統農村婦女生命狀態和悲劇命運的哀歌,特別是《棉花垛》所展開的三個農村婦女——米子、喬和小臭子的故事,她們的生命折射出某些傳統婦女的生存方式和命運,更是呈現了男權文化所釀製的女性命運的永恒困境。米子青年時代美麗誘人,但她從不下棉田勞作,卻靠秋日「鑽窩棚」同男人睡覺,以換取棉花養活自己,她沒有自己的青春和愛情,只有對男人的取悅和依附;女兒小臭子及其女友喬在政治上立於不同營壘,一個是抗日幹部,一個卻愛與漢奸鬼混,後來兩人卻是遭遇被人先奸後殺的相同毀滅命運。馬華女作家賀淑芳的小說《像男孩一樣黑》裏的姐姐也一樣因美貌被強奸,後來雖然沒被殺害,但留給她毀滅性的心智已是難於挽回,揭開了第三世界中男性對女性強暴式的占有欲和征服欲,暴露了他們對女性殘酷蹂躪的性文化姿態,可是在男性話語的霸權籠罩下,她們的存在價值仍舊被無辜遮埋了。斯皮瓦克就深刻地指出:性別化的「賤民」(gendered subaltern)[8]所以消失是因為我們從來不聽她們言說自己。她們不過是各種相互競爭的話語不斷加以利用的工具,是書寫其他欲望與意義的文本。[9]

---

[7] 斯皮瓦克:〈女性主義與批評理論〉,張京媛編:《當代女性主義文學批評》,北京大學出版社,1992年,第304頁。

[8] 這裏的「賤民」在羅鋼、劉象愚編的《後殖民主義文化理論》被譯成「屬下」,指的是第三世界中的女性。

[9] G.C.Spivak, ''Can the subaltern speak?'', eds., Cary Nelson & Lawrence Grossberg, Marxist Interpretation of Culture, Education, Basingstoke, 1988, pp.271-313.

　　大陸女作家竹林在 1993 年出版的長篇小說《女巫》裏的眾女
性角色也是如此，作家全方位地鋪陳了近百年中國農村婦女備受男
權社會壓迫和蹂躪的歷史。小說通過幾代婦女被逼成鬼、成巫、成
娼的故事，對男權社會的性壓迫、性暴力、性虐待給予充分暴光，
從而頗有深度地披露了中國傳統中超穩定的、具濃重封建色彩的政
權、族權、神權、夫權欺辱婦女的長期性、殘酷性和窒息性。馬華
女作家芸亦塵的《渡越》裏的姐姐們雖然身在馬來西亞，但與大陸
相同的文化根源，也令她們必須面對傳統中國文化封建的貽害，一
生備受男性的欺壓與虐待。這些小說印證了在解構與批判的基礎和
前提下，提倡後殖民主義人文話語，特別是恢復第三世界婦女的言
說權力，讓邊緣的，隱沒的話語凸顯到台前來，重現發掘和強調其
人文價值是重要且必要的。小說中的女性很自然地被來自外在的社
會現實以及傳統的父權思維雙重壓迫著，並揭示了兩地女性的真實
處境。這也說明了同在第三世界裏她們仍是被相同的傳統文化身份
寓言緊緊的約束並重壓著。所以，兩地女性作家於是將自己女性思
考的注意力由外部而轉向對自我內在的認識和發現，表現在書寫
上，讓西方女性主義者認識其價值所在。

四、二元對立的逾矩

　　第三世界女性主義學者與西方女性主義最主要的分歧是在對
婦女受壓迫的根源的認識上，於是近年來在女性運動中產生了許多
關於女性所受壓迫的普遍性與特殊性的爭論；不少西方女性主義學
者認為男女不平等及婦女受壓迫受歧視的根源是父權制，但大多數
第三世界女性主義學者則認為應該把這一問題放在當今世界的權
力結構中來分析。

　　中國和馬來西亞作為第三世界國家，其女性主義理論不但應當建立在廣泛解讀西方女性主義的基礎上，建立在正確繼承民族文化精髓的基礎上，還應建立在廣泛考察與借鑒第三世界其他國家與民族女性經驗的基礎上。而在新一代的中國知識女性那裏，一種中國傳統文學中前所未有的，顯然受當代西方女性主義話語所啟發、所熏陶出來的新女性話語的相繼出現，「他者」話語明顯的躍然紙上，因為表現他者實際上也正是反映自己。譬如在《說吧，房間》裏，林白以「我」為主角，塑造了一個歷盡坎坷滄桑的知識女性形象。「我」自從一家編輯部下崗後，到處漂泊。因為是女性，再就業過程幾乎讓她由「人」變成了「鼠」；因為是女性，所以有太多的誘惑與險境，加上離異、孩子、女友之死等磨難，無不激起作家許多關於女性的申訴，並渴求女人應有的權益，對男權中心文化自有一股衝擊力。這其實也是作家對女性生命力的一種呼喚，也是女作家對男性世界由不滿到失望到憤慨的女權意識的蔓延，在馬華女作家鞠藥如的小說《半節胡》中的女主人公也一樣因為生活在工作上飽受侮辱，女性在第三世界遭受的艱辛絕非第一世界女性主義者所能理解的。

　　林白於是繼續在其小說《青苔》第十二章裏，塑造了一個仇殺男人的紅荔形象。紅荔從小受男人猥褻，經過幾次婚姻後，竟然用匕首捅死了一個男人，並割下陽具塞進那男人嘴裏。這在中國，是很石破天驚的一次女性性感覺的暴露，同時也表現了女性如何被此擠壓得被動定向「文化」的反抗面去的。女作家有意識地以閹割／切除男性的生殖器並殺死他，就是顛覆充滿性侵略與性逾矩的父權價值觀的一個象徵性姿態，這與馬華女作家李憶莙在小說《困境》裏的朱秋寧不理男友風帆的反對，不惜拿掉／殺掉肚裏的孩子以保自己的事業有著異曲同工的隱喻象徵。從第三世界女性主義理論來說，讓婦女說話，就是重建象徵秩序的開始，女性的言說不

是將男性話語野蠻的趕到秩序之外，而是在尋找平等對話的過程中，增加彼此的瞭解。「和而不同」，並非尋求東方／西方，強勢／弱勢等簡單的二元對立，相反的，像發掘女性魅力那樣去探詢東方／西方，不同族群內部的差異性，並立足於差異性，找到對話和溝通的契機。這也是林白與李憶莙小說中可以讓第一世界西方女性主義消解誤讀或刻意歪曲第三世界的民族文化和女性文學的修正方式。

　　近年來，中國與馬來西亞的女性開始性別的覺醒，針對有史以來至今仍存在於兩性間的不平等狀態，真正關注自身性別的歷史狀況，審視其文化形成，呈現其性別生存現狀，並替自己爭取性別利益。在外部，它似乎直接表現為一個性別針對另一個性別的思想之爭；在內部，它直接表現為現代女性針對傳統女性的思想之爭。新女性話語被反覆灌輸給婦女，以取代她們的舊文化觀念，接受現代化洗禮的女性清醒地意識到自己不可能回到從前的「非人」狀態中去。但在她們還遠未建立起一種融舊與新／本土與外來／傳統與現代之精華為一體的新文化女性的模式之前；在女性自己的願望、實踐與仍作為「民族的」、「本土的」、「傳統的」的公眾期待之間，的確存有相當的差距，甚至矛盾，但它仍自有其價值。而上面所述眾多的文學文本欲說還休的大陸和馬來西亞女性生存真相也說明了兩地女性是如何不得不進入社會角色之中以求擺脫她們的傳統角色與既定命運，她們社會角色的形成，又如何擾亂了原有的社會關係、兩性關係的傳統秩序，以及她們身置其中前進的困難、停滯不前、甚至倒退的狀況。於是，傳統二元對立的兩性關係以及女性主義由於第三世界女性主義的批判而必須面對了重現建立新秩序的衝突，大陸與馬華女性小說在話語建構上也因此呈現了其積極的文學意義。

五、「他者」的差異性

　　從「他者」話語的角度來看，我們不能再讓西方女性主義者把
被壓迫的婦女看作是純粹同質的觀念，導致了「一般的第三世界婦
女」的觀念，而這個觀念體現了西方的優越感，因為西方女性主義
的「第三世界婦女」是由社會性別（在性方面受壓制）和第三世界
（愚昧無知、貧窮、受到傳統束縛等）來界定的，在這種界定中，
第三世界婦女總是被動的，缺乏主觀能動性的。這些定義與西方婦
女恰恰形成了對立，西方婦女受到良好教育、緊跟現代發展潮流、
能夠控制自己的身體和性，能夠自由地為自己做決定。西方女性主
義者認為「一般的第三世界婦女」是依賴的，而西方婦女們則是獨
立自主的。這種西方對非西方的優越感雖然也是女性主義者所要避
免的，但由於這種優越感存在於西方文化的各個角落中，因而，西
方女性主義理論中也或多或少帶有這樣的烙印。

　　周蕾對此也作出同樣的觀點。她認為對「第三世界」的定義是
在以西方為中心的評估中做出來的：第三世界的事件證明了第一世
界的優越性。周蕾用白人婦女的形象來提示那種情形：暗含在殖民
主義和新殖民主義中的那種仁慈的、甚至是動機善良的對第三世界
的探討。在這種探討中，他們把第三世界及其人民當作「不開化」
的、需要幫助的人來看待。周蕾贊成莫漢蒂的看法，認為用「婦女」、
甚至「婦女們」這樣的範疇來思考非西方婦女，就把所有的差異都
簡化為性別，而忽視那些界定差異的複雜關係網絡。[10]如果總是把

---

[10]　Rey Chow: "Violence in the Other Country: China as Crisis, Spectacle, and Woman",
　　in Chandra Mohanty, Ann Russo, and Lourdes Torres, eds., *Third World Women and
　　the Politics of Feminism,* Bloomington: Indiana University Press, 1991, pp.81-100.

婦女看作是整體的「他者」，是男人的對立面，沒有內部矛盾，不考慮婦女之間的差異，這就意味著改變這種狀況只能用二元對立的方式改變、即只能給婦女權力，而不給男人權力。這就從一個霸權轉向另一個霸權了。所以，我們必須認識到第三世界婦女存在的「他者」差異，既和西方女性存在差異，她們自身之間也存在差異，比如大陸王安憶在《我愛比爾》裏的阿三和馬華李憶莙在《死世界》裏的林月萊，兩位都是第三世界的年輕女子，可是她們受壓迫的經歷和原因以及自身的差異在第三世界裏卻也不能做單一的理解。而且這種別於男性的他者立場自然有其價值存在。作為男性世界的「他者」與第三世界的「他者」，兩地女性小說有別於現行的話語系統的「他者話語」就能更有效的傳達各自的心聲。

在小說《死世界》裏的林月萊，是一位生長在馬來西亞後殖民世界裏多元文化下的產物，母親雖是個過氣妓女，卻也給她受教育，希望她能改變命運。但因自幼缺乏關愛，她卻是個喜愛追逐虛幻愛情的女郎。為了尋找「愛情美夢」，結果林月萊三番四次遭人玩弄拋棄，甚至被媽媽帶去打胎的悲劇。她千方百計想找人投靠，卻最後也淪落至為留洋回來的東尼的情婦，天天過著醉生夢死的頹廢日子，不能自拔。她把一切都歸咎於自己「貪圖舒適的日子，因為她吃不了苦」，「性格上的弱點」是她給予自己墮落的藉口。林月萊的悲劇，正是後殖民文化中最腐朽部分的表徵；她最後的失落與頹廢狀態，也正是女性自我內化和自我建構所產生的文化衝突的結果。林月萊的複雜心理構成和物質文化及姘婦文化的擴散，也是女性在得到自身發展的機會時，卻不能突圍被「物化」的下場，或是說這是女性不能突圍男權中心文化「物化」的悲劇。

《我愛比爾》裏的阿三也一樣，在上海市民文化和殖民文化主宰的上海，她與林月萊一樣也是有機會受教育，還是師大藝術系的學生，是個喜愛追逐西洋文化的現代女性。為了尋找「洋人美夢」，

阿三千方百計地接近洋人，忘情地投靠、並且後來甚至憑著一股文化慣性專門找洋人「睡覺」，墮落成了專為洋人性服務的妓女。阿三一直在自設的文化幻覺裏生存、自戀、自慰；在文化的錯位裏淪落歧途，折射出第三世界社會文化層面和物質文化層面的一種「若有所缺」的存在形態，這也說明了第三世界婦女是如何不斷試圖克服其內心針對無法由本土文化產生現代化過程的「失敗」、「匱缺」及「不適」感。可是阿三在「物化」墮落過程裏卻完全沒有內心的衝突和自責，就是被押入勞改農場，面對勞改生活和夥伴辱罵，也竟然能夠自控自約。這裏其實也觸及了第三世界女性主義中存在的女性身體被性欲化的問題，女性身體被性欲化實際上是個再現問題，具體表現了性別再現中的權力關係。

對第三世界婦女來說，當她們的身體被再現為性欲時，她們本身就成為可以被消費的東西，而不再是具有主體性的「人」。大陸王安憶筆下的阿三和馬華的李憶莙筆下的林月萊就是典型。這問題卻很少被白人女性主義者所關注和重視，因為，「在一個經濟不平等的世界圖景中，性別權利的角色規定正可絲毫不變地複製於種族權力的模式之中。」[11]白人婦女所提倡的「姐妹關係」中也不涉及這些與白人婦女無關的課題。所以莫漢蒂指出，西方女性主義者在提到「婦女」這個範疇時，不約而同地把它看作一個先驗的、統一的、有著一致利益和欲望的整體，而有意無意地忽視了它內部包含的階級、種族、文化等等的差異。當她們要表述第三世界婦女的特徵時，她們便力圖尋找婦女受壓迫的證據，再加上一些第三世界的特徵；所以說女性主義學術是一種直接的政治上或話語上的實踐，因而是有意圖的、意識形態的，它們反對、支持或重新定義什麼，因此不是一種非政治的學術。[12]

---

[11] 陳惠芬：《神話的窺破》，上海社會科學院出版社，1996 年，第 111-112 頁。
[12] 錢德拉·塔爾帕德·莫漢蒂：〈在西方的注射下：女性主義與殖民話語〉，

　　綜上所述，所謂的第三世界國家也並不是一個一元化的整體。雖然說受到殖民經濟、政治與文化壓迫是第三世界國家的共同點，然而，「第三世界」仍然是一個可以繼續再細分的範疇，比如中國與馬來西亞就是特例。第三世界國家分布在不同地區，包括著不同的種族、不同的階級、階層、具有不同的思想文化傳統或背景，因而每一個不同的群體都有著各自不同的「個性化」差異。在大陸與馬來西亞的女性主義發展的道路上，既不能照搬西方白人女性的理論和標準，陷入「他者的世界」中去，也不能不加選擇地沿續民族文化中不合理的父權中心思想，生活在「逝去的世界」中，更不能以同樣簡單的方式去面對第三世界其他國家的女性群體的經驗。

　　當東西方女性在文學上對話後，理解了各自男性文化的影響及自我文化身份的確立，並從二元對立的逾距中探尋「他者」的差異性後，力求避開性別本質主義的巢臼，就能沿著這個方向越走越遠，切合當下全球的整體文學生態。文化不分優劣，各國、各民族、各階級階層女性群體的共同性與差異性匯成一股強大的合力共同促進著具有全球意義的女性主義理論的不斷發展、豐富與完善。中國和馬來西亞既要反對第一世界白人女性主義者帶有殖民偏見的「西方中心論」傾向，就更應該和世界其他無論是第一世界或第二世界的國家女性主義者們進行平等的交流與對話，這樣無疑能使大家都能持有一種更為客觀平和的包容心態去評價與自省，這也是兩地女性小說在第三世界女性主義觀照下的其中文學價值與意義。

羅鋼、劉象愚編：《後殖民主義文化理論》，北京：中國社會科學出版社，1999年，第416-417頁。

第二節　後殖民主義內核的精神訴求

　　西方女性主義關於第三世界女性話語中，常常抹殺了處於不同
社會階級和種族結構中的女性團體的經驗，剝奪了她們自身的歷史
和政治的發言權。顯而易見，西方女性主義有關第三世界女性的話
語分析中滲透著種族中心主義和殖民主義話語。[13]在很長一段時間
裏，第三世界婦女都是理論話語中的一個盲區和誤區，西方女性主
義者關注的主要是白人女性（黑人女性近年在這個批評領域逐漸獲
得聲音，但是對於其他有色人種而言，女性批評話語仍然顯得比較
薄弱），而後殖民主義理論家和民族主義者關注的主要是第三世界
男性，第三世界婦女的獨特身份和特徵，則被忽略了，她們即使在
話語中得到呈現，也是一種遭到歪曲的呈現，所以探索女性在話語
中的映射和前者對後者的互動關係，便是一種對第三世界婦女歪曲
呈現「撥亂反正」的做法。因為第三世界女性主義中的批評裏，能
使女性主義唯物主義更加遠離粗糙的經濟決定論。它使女性主義理
論成為對抗霸權的批判，不但能分辨意識形態、政治、經濟各個層
面的互不連續性，同時在國家與國際的架構下，尋找各種壓迫——
種族、階級、族群性質、性別，與性特質的壓迫——之間的相互關
連，進而顛覆西方女性主義者常愛以話語方式把第三世界女性的異
質性殖民化了，並生產／再現出一個複合的、想像的「第三世界女
性」[14]的錯誤形象就顯得重要了。而這重要性對於充實第三世界女

[13]　羅鋼、劉象愚主編《後殖民主義文化理論》，中國社會科學出版社，1999
　　年，第415-422頁。
[14]　錢德拉‧塔爾帕德‧莫漢蒂：〈在西方的注視下：女性主義與殖民話語〉，

性主義觀照下的大陸與馬華女性小說就起了積極的作用,反映了她們在西方主流下的生存體驗。本章節主要的聚焦點在馬華女性的書寫上,這是因為馬來西亞歷經葡萄牙、荷蘭、英國的殖民統治,獨立後的後殖民現象在很大範圍下仍深深牽制著當地不同種族的婦女生活,而書寫,正是她們生活與精神的再現。

一、第三世界女性主義與民族主義

談到第三世界女性問題時,我們不可不先檢視第一世界女性主義與西方帝國殖民主義的牽扯。白種女性主義者很少反省到她們在種族上的「特權」,反而天真地相信女性團體絕無統制支配式的霸權運作。當她們一心一意要打入白種男性權力中心的同時,常常疏忽了這些爭取到的位子是建立在種族歧視或剝削第三世界國家的基礎之上,於是在男女分享權力的口號下,她們成為新的壓迫者;當她們一心一意要發展新女性文化、打破傳統父權桎梏的同時,往往仍是在歐美原有的文化架構中打轉,忘了反省這架構中內存的民族本位主義與優越感。這些缺失推到極端,將使國際女性主義變成另一種新帝國、新殖民主義。因此第三世界婦女運動者往往強調婦女們要自立自主,要求西方婦女尊重她們不同的議程,以及她們在文化和政治上的實際特殊狀況,畢竟自己的問題只有自己才能解決。

然而,第三世界婦女運動的發展環境,往往較第一世界更為艱難複雜,因為西方女性主義的理想常與第三世界婦女所處的現實情境有所抵觸,尤其是對馬來西亞這個後殖民且擁有特殊歷史情境的第三世界國家。國家的主要國民分為馬來族、華族及印度族三大族

羅鋼、劉象愚編:《後殖民主義文化理論》,中國社會科學出版社,1999年,第 417 頁。

群，所以婦女基本上也分成三個群體。三大民族的婦女在爭取自立
自主的同時，還必須兼顧民族主義這個潛藏的危機。鑒於歷史的發
展，婦女問題也不是這新興國家唯一的問題，於是婦女解放就成了
一種虛偽的改革論，稍一不慎，婦女解放運動隨時有被吞噬，被犧
牲的命運。所以，馬華女作家商晚筠的小說中就充滿了失業的、失
敗的、受挫折的、被時代拋在後頭或吞噬的女性角色。

在小說《暴風眼》中的女主人公度幸舫就是一個很好的例子，
一個大學新聞系畢業的中文報女記者，躊躇滿志，自立自主且又富
正義感，但第三世界國家的種族文化政經教育等問題極度敏感，她
在一次國家因語言爭執而產生的種族問題上編輯了過於偏激的新
聞，在政府實行大逮捕行動後，隨即被令在二十四小時離職，過後
就因謀職艱困，只好自我放逐到人煙稀少的北方邊鎮，結果遭遇災
禍，驚嚇至失憶，忘了自己的身份。這結局其實也頗耐人尋味，身
為女性，度幸舫如果真的忘了自己，包括忘了自己是女性的身份，
她往後的生命歷程是否也就毫無偏見，毫無壓迫。她的悲劇下場是
第三世界的性別壓迫所造成是無庸置疑的，但這其實不是唯一的或
最重要的壓迫。第三世界的國家發展條件、歷史陳因及獨特的種族
結構對度幸舫的壓迫也是一心一意要發展新女性文化的第一世界
女性主義者所不能明白的。所以，周蕾建議西方女性主義必須尋
求、開拓道路，讓非西方婦女以她們自己的方式來講述和理解她們
受壓迫的經驗，而不是以由西方界定的、主人的話語方式來講述和
理解自己受壓迫的經驗。[15]

西方女性主義者關注的主要是白人女性，而後殖民主義理論家
和民族主義者關注的則是第三世界男性，第三世界婦女的獨特身份

---

[15] Rey Chow, "Violence in the Other Country: China as Crisis, Spectacle, and Woman", in Chandra Mohanty, Ann Russo, and Lourdes Torres, eds., *Third World Women and the Politics of Feminism,* Bloomington: Indiana University Press, 1991, pp.81-100.

和特徵，則被無例外地忽略了，在話語中得到的呈現，常常是遭到歪曲的呈現。正如斯皮瓦克在《屬下能說話嗎？》（Can Subaltern speak）開篇尖銳提出的那樣，「源自今日西方的一些最激進的批評是由一種要保留西方的主體或把西方作為主體的有利害關係的欲望造成的」。[16]第一世界和第三世界婦女存在著很多差別，而這些差別是由階級、地理位置、職業等造成的，因由這些差別造成的衝突被歸結為西方與非西方的衝突，肉體解放與思想解放的衝突，社會問題和女權主義者刻意挑剔的思想衝突。[17]以斯皮瓦克為代表的後殖民主義思想家顯然沒有被「多元化主體效應」的理論帶來的幻覺所迷惑，無論承認第三世界是一個邊緣問題與否，「歐洲作為主體的歷史已經由於西方的法律、政治、經濟和意識形態而敘事化」，[18]第三世界成了主體的他者。那些沉默的被「知識暴力」排除在中心以外的，處於邊緣地區的農民、無產階級和其他底層的人們，一旦有機會，他們能說話嗎？如果他們都不能說話，那「一大群坐在太陽底下……默默等待我們，一動也不動，眼神沉重，甚至一點也不感到好奇，不管怎麼說，她們目光敏銳，確信自己屬於一個與我們毫不相干的群體」[19]的婦女，在呈現出「緘默」、「惰性」和「沉默」等「他者性」時，除了默默無言地注視著自己──自身或姐妹團體，她們是否思考並講話？還是一部被西方思考，卻不會思考西方的機器？

---

[16] 斯皮瓦克：〈屬下能說話嗎？〉，羅鋼、劉象愚編：《後殖民主義文化理論》，北京：中國社會科學出版社，1999 年，第 99 頁。

[17] 莉迪亞‧庫爾提，〈書寫婦女，書寫身體──批評理論中婦女的聲音〉，《文化研究》（第 2 輯），天津：天津社會科學院出版社，2001 年，第 106-107 頁。

[18] 斯皮瓦克：〈屬下能說話嗎？〉，羅鋼、劉象愚編：《後殖民主義文化理論》，北京：中國社會科學出版社，1999 年，第 98、118 頁。

[19] Cf.Julia Kristeva, trans.Anita Barrows, *About Chinese Women,* New York: Urizen Books, 1997, p.15.

斯皮瓦克用「屬下」或「賤民」來稱呼社會地位更低的社會群體，更具體而言是指經濟上處於劣勢和性別上具有從屬性的女性「他者」。馬華女作家曾麗連的《繭裏哭聲迴響》中的女主人公蘇瑪蒂就是典型範例，她是一直搖擺在「印度人」與「女人」的兩種認同之間的「屬下」，她是女人，也是印度傳統封建裏身份階級制度下最低的賤民，認同任何一種身份對她其實也改變不了她受壓迫的命運。當年祖先漂洋過海來到這塊土地上，國家獨立了，在新興的第三世界裏，她仍要與自己與生俱來的身份及性別裏飽嘗悲慘的被壓迫命運。貧窮、饑餓、疾病及咒罵及舊有的封建社會階級的制度讓蘇瑪蒂受盡磨難；她被族人輕視、被丈夫毒打、被生活折磨得體無完膚。生活在偏僻的橡膠園丘裏，身為割膠工人的她默默的為新興國家付出貢獻，身為八個孩子的母親她努力的挑起生活擔子，身為妻子的她被迫迎合丈夫粗暴的性虐待，可是，她能說話嗎？她除了要面對性別壓迫，還必須面對種族壓迫、階級壓迫，這是第一世界女性主義所不能明白的異質因素，所以說，第一世界女性主義不應仍是在西方原有的文化架構中打轉，她們應該對女性經驗多元複雜性的尊重，這樣也能營造一個較友善平等的女性空間。

小說裏除了義憤填膺的抨擊各種不同類型的壓迫對女主人公的殘酷剝削外，還揭示了第三世界在國家發展上的偏差，馬華女作家曾麗連在這篇小說中把她對婦女的關懷重心由婚姻、家庭與孩子，擴展到社會革命與國家發展的投注，尤其是第三世界國家裏不同種族的婦女所面對的實際情境的揭露，提醒我們應該以一種健康的心態去審視第三世界女性受壓抑的歷史敘事，應合了斯皮瓦克所說的：「『第三世界』文學可以從信息補償的角度支持女權主義，因為它往往使用一種自覺調整的『非理論』的方法」。她建議第一世界女性主義者在歷史的必然性當中看待女性主義中的個體主義，而不是簡單地將女性主義當作固定不變的最高原則。第三世

界婦女不應再處於被動的顯示作為本土婦女的「異質性」，以展示某種能帶給「異國情調」（以西方女性視角）的差異性去滿足西方婦女們的偷窺欲望。因為這不但暗示了她們處於一個「隱含」的文化等級等待西方女權主義者賦予她們解放的特權，而且，在白人女性和男性共謀或者鬥爭的層面，她們進一步喪失了主體性地位，淪為各種相互競爭的犧牲者，第三世界的婦女必須自己說話，否則她們將永遠被判「缺席」。

二、「白種唯我論」的顛覆

在另一層面，大多數第一世界女性主義的著作中，「女性」一詞總不加以定義，這種「泛論」心態源自於第一世界女性的一種錯誤認知：她們以為自己能代表世界上所有婦女發言，她們的女性經驗是世界共通的。這種「白種唯我論」的狹隘觀點，往往阻礙了她們去瞭解第三世界女性的特殊處境，去尊重第三世界女性的不同遭遇。當西方來到東方，前者想瞭解後者決定了「西化的東方」，後者也想瞭解自己的世界，不僅要追問「我是誰」這一個存在本體論問題，也要問「其他的女性是誰」這一社會存在本體論問題；並且還要追尋「她們如何為我命名」及「我如何為她們命名」等主體性問題。[20]如果以上問題沒有得到充分的討論，毫無疑問，那種認為「我們在為她（注：埃及和其他東方婦女）的利益而編寫美學」[21]將持續地以殖民化的方式從話語或政治上對第三世界婦女的不同

---

[20] 王岳川：《二十世紀西方哲性詩學》，北京：北京大學出版社，1999 年，第500-501 頁。

[21] Kelly Oliver ed., *Ethics, Politics and Difference in Julia Kristeva's Writing*, New York and London: Routledge, 1993, p.151.

主體造成壓抑，構成一種結構統治關係。斯皮瓦克對此的注釋是，西方女權主義者們複製出的臆斷使「象徵秩序」中的「第三世界婦女」打下了父權化、殖民地過程的標記，變成為經西方女權主義者重組以後的自戀型和虛構性的「他者」。[22]而這種「他者」的形象在馬華女作家的文本中卻是第三世界婦女一個非常重要的組成部分，並且成了第三世界女性主體和女性自我身份認同的再現，並非西方女性主義理論裏被忽略的「他者」。

於是，在馬華女作家艾斯的《萬水千山》裏，來自印度尼西亞的蒂娃娜及來自馬來西亞的玉清的際遇在第一世界女性的注視下似乎只是婦女受壓迫的單一刻板模式：蒂娃娜從小為了生計就必須取悅遊客，「裸著上身浸在冷冷的海水裏打撈遊客從渡輪上扔下的錢幣，常常凍得直打哆嗦」來賺取生計，長大後更是偷渡到鄰國馬來西亞當非法勞工，受盡欺凌，結果受不了壓力失手殺死了小主人；而玉清雖是馬來西亞人，但家境貧窮，未成年已「是個半工半讀的學生，……她下午上課，早上和晚上才來工作」，她倆同在一間餐廳打工而成為好友。女性為新興國家的經濟發展所做的貢獻背後的血淚和犧牲，這其實也是第三世界裏有關以發展為主旨的資本主義現代化的問題。而且對於第三世界婦女來說，生存權是最重要的，因為資源的生產與控制在第三世界不僅在於男女機會均等，而且在於機會本身的創造；不僅在於婦女在社會的地位，而且在於第三世界婦女所在的社會的地位。[23]西方女性主義不能明白，在生存的壓力下，第三世界的婦女的社會勞動權根本毋須爭取，因為這其實就是她們賴以生存的唯一法則。

---

[22] 斯皮瓦克〈屬下能說話嗎？〉，羅鋼、劉象愚編：《後殖民主義文化理論》，北京：中國社會科學出版社，1999 年，第 99 頁。

[23] 謝里爾·約翰森·奧德姆：〈共同的主題，不同的環境與背景——第三世界婦女與女權主義〉，見王政、杜芳琴主編《社會性別研究選擇》，三聯書店，1998 年，第 314 頁。

　　而這兩個第三世界女性也完全符合了第一世界女性主義者目光下「他者」之女性——生產／再現出一個符合的、特殊的「第三世界婦女」：一種看似隨心所欲地建構的然而又帶有西方人道主義話語的權威標誌的想像。可是，女作家筆下的蒂娃娜和玉清這兩個形象建構主要並不是為了抱怨和訴苦，而是各種思想和審美的表達以及對第三世界婦女未來的美好想像。蒂娃娜和玉清對未來充滿了憧憬，尤其是蒂娃娜，一心一意想以此來改變自己的命運：「我要趁年青時多賺錢，不只為了養家，還為了我將來的孩子。……我們要孩子過正常人的生活，有書讀有衣穿有飯吃。」。第三世界國家的社會性別和階級等級制的活力有賴於這個制度中存在著的讓人獲得希望與滿足的生活的機會，雖然後來事與願違，蒂娃娜因誤殺了雇主的小孩而被捕，但玉清的未來仍是充滿希望的，現實的傳統社會文化在她追求知識的道路上沒有給她造成太大的壓力，在表現婦女的能動作用的問題上，她的出現有助於打破西方女性主義持有的單一的第三世界婦女形象；而當書寫的文字語言全然被各種意識形態和論述所殖民，女作家以第三世界女性主義角度切入，對玉清的關注也就具有對「白種唯我論」有著不可言喻（unspeakable）的顛覆作用。因為產生於西方白人中產階級的女性主義常不自覺的繼承了男權傳統的霸權主義，無視其他種族婦女的存在真實，將種族、地域、階級等因素排除在女性主義視閾之外。

　　況且，西方女性主義者往往忽略了「女性」這個範疇還可細分為更多個性化群體。性別代碼其實只是意識形態網絡中的一個維度，不同種族、不同國家、不同社會形態、經濟發展的不同階段中所存在的不同女性群體當然不可能在這網絡中找到完全相同的位置。所以在斯皮瓦克的理論裏，以往被輕視甚至在性別群體內部也不被客觀平等對待的第三世界婦女的存在被提到了前所未有的高度上。如果我們受到斯皮瓦克的引導，把理論視點放得更高一些，

就會發現：女性主義所一直批判與顛覆的父權制雖然是婦女受壓迫
的直接原因，但追根溯源，第三世界婦女的從屬地位其實就是父權
制通過各種政治、經濟和社會體制以及思想意識而造就並維持的。
父權制的不合理性已毋須置疑，然而殘害與壓迫女性的並非是作為
個體或群體的男性，而是更為本質的社會機制與傳統觀念，這些施
虐的男性只是它的載體。一定意義上，我們應該向舊有意識形態開
刀，這種意識形態範疇是特定歷史階段政治、經濟、文化制度的一
種表徵，而並非要同與女性群體共存的男性群體相抗衡。

三、女性話語的在場必要

　　西方女性主義常忽視將第三世界婦女的性別壓迫問題放到國
家、種族、地理區域、資本主義跨國公司的各種背景因素和社會關
係中去作具體的歷史分析和考察，因而在作為真實歷史主體的第三
世界婦女與西方女性主義所描述的各種「話語場」中的第三世界婦
女之間「出現了省略號」。「像生育、性別分工、家庭、婚姻、家務、
家長制等概念經常在沒有說明特定和歷史背景的情況下使用。女性
主義利用這些概念來為婦女的從屬地位提供說明，顯然是設想這些
概念有普遍的適用性。」[24]這些概念顯然是帶有偏見的。
　　其實，女性受壓迫從某種意義上來說其實是整個人類包括男性
所受到的舊的意識形態的壓迫，而女性解放是以全人類的解放為前
提，特別是占了全世界女性絕大多數的第三世界女性。所以馬華女
作家黎紫書在《州府記略》中就帶出這個訊息，第三世界婦女真正

---

[24] 莫漢蒂：〈在西方的注視下：女性主義與殖民話語〉，見羅鋼、劉象愚主編，
《後殖民主義文化理論》，第 77 頁，中國社會科學出版社，1999 年，第
277 頁。

的解放必須透過整體人民的解放，而這種解放乃築基於消滅帝國、殖民與階級的剝削制度。《州府記略》小說無論在布局與人物上，突出了女主角譚燕梅反帝反殖及反性別剝削的鬥爭故事。文本的敘述策略採取了多元視角主義，「藉多重視野，聲音，拼湊馬華抗日擁共傳統裏一位奇女子的遭遇」，強烈的表達了婦女關懷的中心由婚姻、家庭與孩子，擴展到社會革命與國家命運的投注。《州府記略》是一篇充滿了民族寓言的歷史「大敘述」之作，[25] 探究了第三世界婦女為了「更高」的理想，在與男性共謀或者鬥爭的層面上，進一步鞏固了本身主體性地位。

在上個世紀四十年代的馬來西亞還是個在英國宗主下的一個殖民地，《州府記略》裏的譚燕梅是個受過一些教育，戲唱的好，人又長的美的女子，她本來的傳統命運或許是嫁入豪門做少奶奶，或許是做人二奶，享盡榮華富貴，可是因為日本帝國主義的侵犯，讓她的女性意識得以擴展。於是她毅然加入了抗日的「馬共」[26] 集團，以唱戲的藝人身份掩飾自己真正的身份，「但她在外面盯哨，不打仗，武裝鬥爭時才正式加入軍隊，打游擊」。在那個帝國主義／殖民主義的時代，共產主義的鬥爭的確對當時不少人來說，是一個能夠改變自己以及民族國家命運的烏托邦，能夠給他們帶來自由以及更美好的未來，譚燕梅也是如此。她不是西方女性主義者視角下無力反抗的受害者，西方女性主義常把第三世界婦女看成甘受壓迫剝削、毫無反抗精神的觀念實質是把婦女看作一個非歷史群體。我們卻從譚燕梅這個女人身上，看到了不只是她對傳統精神的反

---

[25] 王德威：〈黑暗之心的探索者──試論黎紫書〉，載於黎紫書：《山瘟》，臺北：麥田出版社，2001 年，第 5-6 頁。

[26] 馬來亞共產黨（馬共），從「抗日衛馬」開始拿起了武器，經過了抗日、反英殖民、反土著政權，艱苦鬥爭了四、五十年後，在 1989 年時別無選擇地卸下武裝，與政府簽下和平條約，並重返社會。放下槍桿子的殘餘馬共分子被政府安排在馬、泰邊界的村莊居住，並被稱為「和平村」。

抗，還有她對真愛的追求，及在深層結構中還表徵了婦女對於理想
與美好未來的嚮往。

　　譚燕梅從傳統的家庭結構中勇敢地站起來，跨越傳統角色的羈
絆，成為抗日的馬共游擊隊戰士，去反抗外在的殖民暴力並與男性
共同爭取民族解放與權益。女作家對歷史書寫的挑戰，超出了西方
女性主義的角度，她所提示的不僅是女性與家國矛盾有關係，而是
家國與各群被利用後背棄的族群的矛盾關係。除非你是家國的代言
者，你的存在價值只在於你的工具性上，對於女性更是如此。雖然
類似的激進鬥爭已不適宜現今的時代，但女性在這非常時期所達成
的獨立自主，雖然不能保證整體男權中心結構之瓦解和社會的認
同，但至少在民族話語被邊緣化的過程中，不會淪為在「話語場」
「不在場」的一個空洞的所指。

四、民族與文化的多面性

　　西方女性主義在第三世界婦女問題上仍然帶有濃厚的文化偏
見，正如福柯曾經揭示過的：西方人道主義推崇人的尊嚴，鼓吹人
的價值，但他們所謂的人只是西方人。與此相仿，西方女性主義者
所說的女性，實質上也僅僅是西方女性。在西方女性主義者給自己
描繪的肖像中，西方婦女是獨立的和能夠主宰自己命運的，如果這
些描述是事實的話，那麼西方女性主義者根本就不需要進行任何鬥
爭了。西方女性惟有依賴於這種優越感，她們才能居高臨下地把第
三世界婦女判定為「落後的」、「依賴性的」、「宗教傾向的」；反過
來，作為「他者」形象，第三世界婦女的這種「落後」，也陪襯和
確證了西方婦女的進步和獨立，陪襯和確證了西方婦女的優越地
位。但是第三世界國家分布在不同地區、包括著不同的種族、不同

的階級、階層，具有不同的思想文化傳統或背景，因而每一個不同
的群體都有著各自不同的「個性化」差異。馬來西亞因特殊的建國
歷史背景，種族結構更是涵蓋了擁有各自「個性化」的差異馬來族，
華族及印度族。馬華女作家商晚筠就在其小說《夏麗赫》、《七色花
水》和《木板屋的印度人》中的三位不同種族的女主人公所處的現
實情境做了生動的描述。毋容置疑，商晚筠對於這三位馬來族、華
族、印度族的女性角色充滿關懷。但是這些女性角色在追求愛情和
婚姻的坎坷過程卻又叫讀者神傷，她們雖然姿態各異，但後果卻殊
途同歸，結局悲涼。

　　《七色花水》裏的華族姐姐，個性內向勤懇，與妹妹相依為命，
可惜遇人不淑，被男友陳順年騙財騙色，落個人財兩空；印度西施
密娜姬因為社會地位低下，一心想嫁入豪門，離開鄉下，可惜出嫁
當日，新郎棄她而去，夢醒時她倒落了個未婚先孕的悲劇；馬來族
少婦夏麗赫的命運更悲慘，離婚後想再嫁，情郎卻輕信讒言，不信
她的辯白取消婚約，她難於釋懷，飲彈自盡。愛情，本是一個意味
著兩性平等關係建立的符號，竟然被男權象徵秩序排斥。商晚筠正
視這些事實，企圖通過剖析這三位女性角色在兩性關係中的位置，
給她們也給自己一個完成的機會，但是，她們仍舊在父權制下被逼
就範。所以說，第三世界在反抗種族壓迫、階級壓迫的同時，也不
應該輕視了性別壓迫。社會性別（gender）體制本身就是一種不平
等的二元化社會體制，它體現了男女之間不平等的權力關係，又是
一種促成或限制人的基於自己的生理範疇作出生活選擇的強大意
識形態。

　　除了性別壓迫的根源外，三位不同種族的女主人公在各自的傳
統文化環境中也承受著各自的壓迫。《七色花水》裏的姐姐雖然被
陳順年離棄之後，背後遭人議論是在所難免的，但她卻還一直惦記
著他。她用高價買下高僧用過的木澡盆，然後在裏頭用暹佛寺高僧

念過經文的七色花水來泡澡，「她說這水準可以驅掉惡運。甚至泡過的水倒掉了，她也不忘附帶吉利語：『時來運轉』」。她總是希望自己能夠再遇上好男人，然後順利嫁出去；《木板屋的印度人》裏的密娜姬在結婚當天被被男人離棄，準丈夫食言不見踪影，還搞大了她的肚子，她「每天那挺了個大肚皮的就抱著那兩隻羊坐在屋後的空地上，在那傻傻的痴想，有時就偷偷地哭，沒有人理她睬她，她就那樣坐著。」那兩隻羊是她出嫁的聘禮，看著它們或許還可讓她有所憑據，只是「印度女人向來重名節，只有那麼一次不乾淨，這輩子休想叫人看得起」，印度社群認為她「丟盡我們印度人的面子，肚子都挺得那麼大了……每個人還是會記得她幹的丟人事，她搬掉了或許對我們印度人面子問題好過些。」所以她只好「就這樣不論白天黑夜的躲著」，難容於自己族內的社區。

我們接下去看《夏麗赫》裏的馬來婦女夏麗赫的遭遇，這位四十一歲的便衣警探似乎也難容於同族的社群，離過婚的她有一個十四歲的兒子。她思想獨立，個性開放，愛結交朋友，不理他人的閑言碎語，偏偏她這類作風在保守的馬來村子裏卻成了大逆不道的反面教材，所以人人都說「像她這種馬來女人，你還是躲得遠些，少理她；他們馬來人都不太瞧得起她，怪她自己犯賤嘛！也不打個算盤正經格嫁人，生活這般糜爛，教男人拋棄……」。她過後交上了一個三十四歲的教師男友耶哈雅更讓她墜入萬劫不復的境地，村人說她是「不知羞的東西」。當她倆準備註冊結婚時，橫地裏殺出了個無賴前夫對她糾纏不清，甚至夥同兒子在耶哈雅面前詆毀夏麗赫，說她背夫棄子，男友因為不想破壞別人家庭為由決定放棄她，三個男人加上整個馬來社群對她的苦苦相逼令一位心高氣傲的獨立的女性痛不欲生，整個社會的文化傳統不容她再去追求自己的幸福，她唯有以死明志，飲彈自盡。

　　在這裏值得注意的是，如果西方女性主義的批判層面只著眼於性別壓迫中，商晚筠則是以性別的角度切入，質疑了上述概念的意識形態架構。在第三世界國家的現代化變遷過程中，婦女被剝削犧牲的根源絕對不只是性別／壓迫這兩層簡單的概念。商晚筠提醒我們「剝削」、「鉗制」、「壓迫」其實早就存在於所謂的「傳統」中，而「傳統」也早就是「社會」、「種族」及「階級」的一部分；由此我們也發現，同在第三世界的同樣國家馬來西亞裏、但不同文化、階級、種族及宗教的婦女，所面對的差異壓力及壓迫問題也往往有極大的差別。莫漢蒂也進一步指出，如果把「婦女」當作一個群體和穩定的分析範疇是成問題的，我們不能忽視了社會階級和種族身份。[27]

　　商晚筠以第三世界女性來自現實的豐富的感性經驗和被殖民的歷史來與男權制中心相抗衡，她嘗試以多面性的「差異」來糾正西方女性主義傳統偏激的觀點與策略。斯皮瓦克也認為，如果不對具體女性群體做全方位的現實考察，西方傳統女性主義的理論經驗將對第三世界婦女不起任何作用，因為這些理論既缺乏對她們客觀狀況的真實把握與分析，又脫離實踐而形而上學化，對現實不具任何指導意義，因而也就不存在什麼有益的價值。

　　早期西方女性主義基於女性經驗的共同性與全球性策略，曾積極主張建立跨越國界的「姐妹盟」，她們相信世界各地女性在性別上的認同，能超越種族、文化上的歧異。而第三世界女性主義學者錢德拉・塔爾佩德・莫漢蒂（Chandra T.Mchanty）卻有一句名言與之相抗衡：「除了姐妹情之外，仍然存在著種族主義、殖民主義和帝國主義」。[28]因此，她認為父權制歷來與殖民主義、帝國主義狼

---

[27] Chandra Talpade Mohanty, "Under Western Eyes: Feminist Scholarship and Colonial Discourses" in Chandra Mohanty, Ann Russo, and Lourdes, eds., *Third World Women and the Politics of Feminism,* Bloomington: Indiana University Press, 1991.

[28] Chandra T.Mohanty, Ann Russo, Lourdes Torres eds., *Third World Women and the*

狽為奸，我們不能單單只反對父權制。對於馬來西亞這個後殖民的第三世界國家來說，這種理論無疑是正確無誤的，也凸顯了馬華女性小說在第三世界女性主義中的文學意義。

第三節　女性書寫的視界轉換與發展

歷史正在新世紀之初，全球化的趨勢是這個時代最重要的特徵之一。在全球化這冠冕堂皇的修辭背後，無不烙印著深深的西方中心意識，以越見迂迴的方式，不斷將此意識由界定評價他者文化的過程中宣傳出去，這一趨勢無論是在政治、經濟、文化各個領域都有著明顯的表徵，女性主義也是如此。全球化作為人類社會發展到一定歷史階段的必然產物是一個不以某一個體或群體的意志為轉移的客觀存在。而對這種必然的趨勢與特徵，各個不同的國家、不同的種族、民族、不同的性別群體都面臨著在多元化的差異中重新尋求與調整自我生存的合理定位及相應策略的問題。這對廣大第三世界人民，尤其是第三世界婦女來說尤具緊迫性、複雜性與艱巨性。英國學者霍爾（Stuart Hall）所謂全球化即是「主控的個體的普遍化」，（the universalisation of the dominant particular）[29]正是把西方跨國情境的意識形態政治及其權力結構揭露出來。而印度、韓國及中國臺灣地區等地的跨國公司對女工的剝削，更鮮明呈現了殖

Politics of Feminism, Bloomington and Indianapolis: Indiana University Press, 1991, p.93.

[29] Stuart Hall, "Old and New Identities, Old and New Ethnicities", Anthony King, ed., *Culture, Globalization and the world system,* Minneapolis: University Of Minnesota Press, 1997, p.67.

民壓迫與性別壓迫的複雜關係、即國家或種族在全球經濟中的位置，往往對婦女的生存產生重大影響。

面對西方第一世界的文化霸權主義，第三世界婦女遭受到最為沉重的文化壓抑。而同在女性群體內部，第一世界的女性也人為地設定第三世界婦女的認知標準，無視其具體文化、歷史、政治、經濟背景的客觀存在。斯皮瓦克就曾指責美國女性主義批評將她們自身的經驗、標準設定為全世界女性共同而唯一的參照，揭露出西方女性主義者自我闡釋的局限性。[30]美籍華人學者周蕾（Rey Chow）也指出：「西方女性主義者應該正視自身的歷史局限性──西方婦女運動是在物質高度豐富，強調思想自由和個人充分發展的資本主義發達時期產生和發展的。這個社會的發達是建立在剝削和壓迫發展中國家的基礎上的。西方女性主義者要與第三世界國家婦女對話，應該首先認識和批評自身的殖民主義和帝國主義影響，以平等的態度對待第三世界婦女運動和理論。不要把自己的想法和利益強加在第三世界婦女身上。」。[31]

而作為第三世界的婦女，女性的視角也不能再僅僅局限於對男權歷史傳統的批判，而是將男女「二元對立」的矛盾衝突放到當今「全球化」和市場化的背景去加以考察。對於第三世界婦女來說，女性問題與其說是純性別的，倒不如說同時也是社會種族的。所以第三世界的婦女應更多要關注女性和社會的現狀，從現實出發，成就著一種成熟和生動的「第三世界女性寫作」，從而讓兩地的女性書寫的視界發展成更寬廣的文學景觀。

---

[30] 斯皮瓦克：〈屬下能說話嗎？〉，羅鋼、劉象愚編：《後殖民主義文化理論》，北京：中國社會科學出版社，1999 年，第 98-99 頁。

[31] Rey Chow, "Violence in the Other Country: China as Crisis, Spectacle, and Woman", in Chandra T.Mohanty, Ann Russo, Lourdes Torres eds.*Third World Women and the Politics of Feminism,* Bloomington and Indianapolis: Indiana University Press, 1991, p.93.

一、兩地女性書寫的政治性和策略性

　　中國與馬來西亞同為亞洲的第三世界，父權制同是「傳統」的
鉗制之外，背後其他範疇的意識形態諸如政治制度、國家制度、經
濟模式及文化觀念等等也深刻且長遠地影響、操縱著不合理的社會
機制。無可置疑的，第三世界國家中不平等的權力結構是婦女受壓
迫和歧視的根源，正如不合理的生產關係能夠制約生產力發展一
樣，在特定的歷史階段、在特定的國體、政體下，經濟發展的特定
時期，只要不合理的社會機制存在一天，就可能參與所有權力暴政
行為並將父權制鋪張揚厲。在這一點上，第三世界女性主義是一種
強有力的政治批評，它既反對父權制文化觀念的男性文學批評標
準，又質疑特定意義上白人女性主義的批評理論，從而希望通過文
學創作與批評使第三世界婦女擺脫多重歧視和多重壓抑的歷史格
局，由邊緣走向中心，確定她們自身的主體地位。於是，兩地的女
作家如大陸的韋君宜、張辛欣或馬來西亞的商晚筠及黎紫書，都試
圖通過文本把第三世界國家的女性形象從西方女性主義的偏頗中
擺脫出來，從不同於西方文化的視角證明第三世界婦女的能動作
用，建立一種比較接近真相的主體面貌。

　　西方女性主義者與後殖民主義理論家曾就女性與家國的矛盾
有過詳細的闡述。根據這些理論，「女性」或「婦女」這一符號，
自國家這一想像共同體的形成之初，常被視為是國家的象徵、生產
及養育男性公民的工具、民族文化習俗禮儀的維護和執行者等，因
而在論述的層面上，有不可忽視的重要性。但是，物質與社會層面
上的女性，卻恒久是歷史的缺席者、被動的參與者、背景的材料、
福利的被拒絕者。國家想像共同體中的女性，可以服務國家，但不

可擁有相對的國家所有權。而這種矛盾關係，在第三世界中，由於殖民主義與帝國主義或革命戰爭的洗禮，更形複雜。被殖民者的民族主義論述或革命鬥爭一直都是男性中心的，常以簡單的二分法把女性歸納為忠實或背叛民族者兩類，陷女性於民族主義和殖民主義或和階級鬥爭的衝突和夾纏的兩難之境，加劇且分裂原本存在的女性與國家民族的矛盾。

馬華女作家黎紫書的小說《州府記略》裏的譚燕梅就是個典型的例子，在英國殖民地馬來西亞的她「是共產黨，抗日時她參加過抗日軍。」，在國家獨立之前，秉著爭取國家自立自主的信念，走進森林成為游擊隊戰士，後來卻在日軍的圍剿中帶著好友的嬰孩被迫回到社會，因為她認為「不能讓孩子在山裏長大」。國家獨立後，「共產黨都已經煙消雲散」了，她的革命理想與抱負，也在國家獨立後成了虛妄的泡影，而在政治信念與愛情上與她一起衝鋒陷陣的男人也棄她而去，家與國，最終都不是她原來想像的，令她鬱鬱而終。而在大陸，韋君宜和草明這些經歷了革命與戰爭考驗的女作家，也很早覺察到新中國在新的社會條件下隱蔽著的性別歧視，在她們的小說如《女人》或《姑娘的心事》中，也暴露了她們看到的事實：戰爭時代男女之間並肩作戰及接近平等的關係，在建國後卻斷裂了，她們與男人的地位也進一步拉大距離。男人被推上社會生活的絕對主角的位置，而女性卻被排拒到重要的角色之外，甚至被重新被趕回家中，為男人們在家庭裏服務，女性於是再次被簡單地遺漏掉了。這種現實與期望的巨大落差，女作家於是便在作品中表達出來，這種被制度掩蓋著的男女不平等的現實，其實是第三世界男性得自傳統性別劃分的「既得利益」。所以說，第三世界在反抗種族壓迫、階級壓迫的同時，似乎也不該輕視了性別壓迫。另一方面，「第三世界女性」這一符號一旦被西方女性主義者論述書寫時，不管是馬華或大陸，其正負角度的取向，並不取決於「第三世界女

性」本身客觀的好壞,而是取決於論述的政治性和策略性,因此,她們也就這樣輕而易舉地被策略化所犧牲了。所以,第三世界女性只有通過反抗西方女性主義已成型的標準,挑戰他們基於種族、階級、經濟的強勢位置而擁有的優越感,才能找回言說自己的權力,建構自己的發言權。

二、後殖民女性主義的介入

　　第三世界女性主義也結合了後殖民女性主義的文化批判意識,透過文學文本揭示了造成第三世界婦女和少數族群受壓抑的霸權話語體系,在文化批判意識和性別研究視角方面克服了西方女性主義批評的局限,有助於推進第三世界婦女與少數族裔反文化帝國主義、種族主義和性別歧視的非殖民進程。後殖民女性主義宣稱,殖民主義和帝國主義的政治與經濟侵略與男權意識形態相勾結,是第三世界婦女受壓迫的根源。所以在反抗父權制的同時,必須反抗殖民主義及帝國主義。

　　中國曾為西方列強的半殖民地,又是現今世界上最大的第三世界國家;馬來西亞則擁有四百五十年的被殖民歷史,獨立後成了種族混雜的第三世界國家。第三世界以及它們的文化常在西方第一世界的注視下成了卻脫離變形、扭曲、極端的形象,而中國有著悠久、古老、深奧的文明,馬來西亞則是穆斯林文化、印度文化及中華文化的融合體,卻都在現代社會中面對強大的西方經濟勢力與掠奪勢力顯得有些軟弱;於是,要麼被看作是一種神秘、神聖化的存在物,要麼就成為一種愚昧、落後、一無可取的象徵。為了全面糾正這種偏差,還給中國及馬來西亞以真實面目是不可能依靠第一世界的施捨去實現的。這就要求除了第三世界女性主義者廣泛深入地透析西

方理論話語並予以歪曲、虛構的歷史重新修正與建構的機會的同時，第三世界的女作家們也應把握本土文化的精髓，將長久以來被殖民勢力和父權壓力重重淹沒的女性的聲音重新顯現出來。

譬如在林白的《說吧，房間》小說裏，林白從小說中「我」這位女主人公的失業、離異、女友之死等際遇中理解到女性是遭受父權制不斷剝削的集體「被消音者」。所以，「我」一再在文本裏的發言，可被視為一種翻擾、傾斜男性論述的口頭「武器」（verbal weapon），同時帶給第三世界婦女尊嚴與力量。馬華女作家商晚筠的小說中也讓充滿了失業的、失敗的、受挫折的、被時代拋在後頭或吞噬的女性角色發聲。在小說《暴風眼》中的女主人公度幸舫就是一個好例子，她因種族語言問題被報社開除了，過後就因謀職艱困，只好自我放逐。它的憤慨不滿展現了第三世界女性在自己土地上作為文化「他者」的悲哀。鑒於歷史的發展，加上第三世界根深蒂固的男性中心形態，獨立自主後的馬來西亞是否也能讓婦女們獨立自主呢？從馬華女作家商晚筠的小說及早期馬華文學女性作家幾乎是零的事實來見端倪，我們還是無法否認第三世界內部婦女受到男權文化壓抑的現實。

另一方面，當殖民化的概念已被引申，它就不僅指宗主國對殖民地的奴役，而且還可指稱一個社會群體對另一個社會群體的壓迫，也可指稱前者以強權使後者臣服的過程。我們以衛慧的《上海寶貝》為例，女主人公 COCO 有一個性無能的中國情人天天，和一個性能力超群的德國情人馬克。文本中如此安排的兩性關係的觀照，其實已昭示了殖民主義的強勢擠壓，也是社會和政治權力的象徵。陽性的西方（男人）與陰性的中國（女人／非男人）構成了殖民世界的現實，說明了作為第三世界國家的女性，在全球一體化進程中一個處於弱勢地位國家的國民所要承受的經濟、文化等諸方面的壓迫。

斯皮瓦克的後殖民批評最突出特色是理論與方法上的異質性特徵和鮮明的女性主義視角，她的後殖民女權主義批評的主要內容是揭露殖民主義和男性中心的權力話語對於第三世界女性的遮蔽和歪曲。而我們知道，不少西方女性主義者對第三世界女性的研究興趣集中在中國婦女過去裹小腳的風俗或中東婦女帶面紗的風俗等，或把第三世界婦女塑造成都是受害者的單一模式。福柯曾指出，知識、話語與權力機制是互相關聯的，殖民者已擁有的權力使他們能夠操縱話語，建立自己的文化霸權，而他們擁有的知識反過來論證殖民者的權力，又使這種權力合法化。殖民話語的隱蔽暴力和話語的再生產不僅使發達國家占據了世界的文化霸權，壓制第三世界的話語，最為可怕的是造成第三世界的內心自覺認同，喪失自身的文化身份，泯滅反抗意識，使殖民關係再生產下去。西方女性主義對第三世界婦女的殖民話語表述，並通過文化優勢造成第三世界婦女的知識內化、自我建構和自我規範，實質上也是帝國主義的文化霸權在第三世界婦女身上的複製和再生產，所以第三世界女作家更是需要通過創作來打破這種僵化的概念。

三、文化意蘊的視角差異

西方女性主義所強調的生理性別和社會性別差異並不是導致第三世界女性現實生活狀況的全部原因，性別差距往往是通過種族、階級、國家和社會風俗文化等渠道來發生影響的。在許多情況下，種族、階級和文化的差異會對女性生活和社會地位發生直接的制約作用。莫漢蒂就注意到西方女性主義常常「假定婦女是一個組織起來，具有同樣的利益和願望，不問階級、種族或人種屬性或矛

盾如何的一致團體，概念」。[32]這就暗示了一種性別差異或者甚至可以跨文化的普遍使用的家長制，這樣一來，涵蓋所有非白人的婦女，既包括發展中國家的婦女，也包括在美國的有色人種婦女，如黑人婦女、拉美婦女、亞裔婦女等的第三世界的女性別無選擇的被西方女性主義的話語殖民了。西方女性主義的話語壓抑的差異是它在簡單化的思維方式裏簡化了第三世界婦女，把第三世界婦女的特徵看作與她們是同質的（homogenous），也就是說，西方女性主義者一般不考慮第三世界婦女自身的能動性和主觀性，也不考慮第三世界婦女所處的經濟、宗教、文化等差異性，而是站在西方人的立場上去審視她們行動的價值。這樣一來，西方女性主義者看非西方婦女的生活，其核心不是揭示物質和意識形態的特徵，而是尋找婦女群體「軟弱無力」的種種事實，以便證明作為群體的婦女是軟弱無力的這個總的論點。

中國與馬來西亞的女性文學雖有著極相似的文化傳承，但不同的歷史情境，不同的政治、社會與文化語境，使兩地的女性文學的文化意蘊存在一定的差異，所以斯皮瓦克特別強調第三世界婦女的經驗，只有本國人才瞭解其具體情形，尤其是文化經驗。為了客觀而充分地認識第三世界並擴展不同的讀者群體，她認為必須重視巨大的多相性研究。[33]鑒此，女作家鐵凝的「三垛」系列《麥積垛》《棉花垛》和《青草垛》，就描述了傳統農村婦女生命狀態和悲劇命運的哀歌，特別是《棉花垛》所展開的三個農村婦女──米子、喬和小臭子不同的生命故事，強調了米子與小臭子的母女關係，為了生存，她們的身體成了籌碼，任由男人宰割。馬華女作家李憶莙

---

[32] Chandra Talpade Mohanty, "Under Western Eyes: Feminist Scholarship and Colonial Discourses", in Chandra Mohanty, Ann Russo, and Lourdes, eds., *Third World Women and the Politics of Feminism,* Bloomington: Indiana University Press, 1991.

[33] G.C.Spivak, "French feminism in an international frame", *In the Other World: Essays in Cultural Politics,* Methuen, New York, 1987, p.137.

的小說《死世界》裏的林月萊也一樣，她的母親也是「一個和所有男人的關係都是維繫在金錢兩字上的妓女」，她過後成為男人的玩物似乎也是宿命，但從中卻揭示了第三世界男性世界對女性強暴式的占有欲和征服欲，暴露了他們對女性殘酷蹂躪的性文化姿態，也足以解構了充滿性別迫害與壓抑的父系理知世界。就意識形態層面而言，鐵凝和李憶莙的這兩篇小說也批判了第三世界有關性和金錢的非人道陋習，例如與食物和金錢有關的婚姻、與言語及肢體上的性暴力侵犯等，非西方女性主義者所想像的單純受害者模式。

顯然的，池莉的小說《你是一條河》也是如此。作家成功將女性自我的體驗轉化為種族、群體的生存經驗。小說裏的辣辣與三女兒冬兒的命運和人生歷程也是完全相反。辣辣作為冬兒的母親，一個生活在底層的窮苦婦女，她既愚昧迷信，卻又無視傳統文化，惡俗且不恪守婦道，時代的各種變革讓她一輩子受盡折騰和磨難。女兒冬兒視她為仇人，當然也受盡她的忌恨，冬兒自覺的不想像母親那樣生活，努力改變命運，終於成為大學生。母女不同的際遇無不烙上了時代的印記，人的生存方式本身就是一種特定文化，它的改變無疑同文化質地的發生變化相適應。母女兩人在重重傳統文化的圍困下的努力突圍，卻下場各異。

再來看馬華女作家李憶莙的另一篇小說《春秋流轉》說的也是母女關係，小說裏的女主人公顏令冰生活在種族混雜的馬來西亞小鎮上，母親孫桂娘卻自小不准女兒與鄰居他族的小孩來往，種族間的隔膜是她孤獨童年的一個導因。父親顏世昌是鎮上聞名的中醫師，所以她從小就生活在中華傳統觀念的氛圍裏，無形中也受到中華傳統的熏陶。但在她成長期間，家庭發生了巨大變更，父親有了外遇，鎮上的人都把罪名指向其父親，「作為一個『臭名昭著』的下流男人的女兒」，她「間接地被捲入這不光彩的旋渦之中」，後來發生了父親的外遇紅蓮跳河自盡不遂，妹妹令雪因病夭折，母親毅

然帶著她離家出走，獨自把她撫養長大。母親孫桂娘勇敢的結束了不堪的婚姻，獨立承擔沉重的現實負荷，證明了她與傳統的男性霸權的決裂的決心。她與女兒後來失敗的婚姻雖然沒有因果關係，但不可否認的是她與丈夫的種種事故對於女兒也有著深遠的影響。顏令冰被母親栽培成一位獨立自主的女教師，發現丈夫對她不忠後，也毅然與丈夫離婚，獨自撫養孩子，勇敢改變了傳統以來婚姻對於女性的制約規範。從這些女主人公的命運歷程探溯，兩地女性書寫裏的女主人公其實也不是西方女性主義者所想像的第三世界婦女都是受害者的必然，她們勇於改變命運，解構了中國傳統文化規範中最具完整性、隱蔽性和穩定性的婚姻觀，藉現代新文化的力量為自己的命運進行實質性的突破。

　　除此之外，西方女性主義不知覺的本質主義和白人中心主義常忽略了不同社會階級和種族結構中女性存在狀況的複雜性。由於種族差異是馬來西亞國家組成的要素之一，種族的不同和其不同的社會地位所激發的種族歧視，勢必是國家結構的一部分，不同種族和其相異的文化，勢必也會經由選擇定義為擁有不等程度的「國家性」。於是，馬來西亞的女性對男權結構的反抗比起大陸的女性又多了一層種族和文化不同的因素。馬華女作家商晚筠在其小說《夏麗赫》、《七色花水》和《木板屋的印度人》中的三位不同種族的女主人公所處的現實情境做了生動的描述。這三位不同種族的女主人公活在男性強加於她們身上附屬地位裏，以及在各自的傳統文化內涵裏孤軍作戰。在這個內涵中，「性別、位置、角色、屬性」是一串重要的文化識別符號，她們的角色分配也經注定，所以結局讓人神傷是肯定的。在國家與民族的「宏大」視野中，她們似乎被遺棄了，這裏除了凸顯了第三世界傳統父權結構對女性的壓迫，也顯現經濟因素和文化因素如何對女主人公的命運產生決定性的影響。而不管是大陸的鐵凝或馬華的商晚筠，她們在各自的文本裏都

能以實質上、物質上、以及精神上局內人的經驗轉換成為她藝術創作的動源，力求恢復文化誤讀的本來面目，也還第三世界婦女的一個真面目。

如上所述，在第三世界女性主義下，抽象而單一的「婦女」並不存在，性別意識、性歧視觀念及性壓迫現象，總是與種族、階級、時代及宗教等其他社會因素及矛盾聯結在一起的。這樣的視界，修正了某些西方女性主義者將女性生存的困境僅歸咎為父權制的結論，標誌著女性主義應是開放的，多元的，是來自不同國家、地區、階級、種族的婦女表達自己利益的平臺。因此，女性主義也應尊重不同種族、民族、國家、階級、宗教信仰的婦女和從物質關係出發的政治鬥爭經驗及文化差異，在差異中尋找聯合共同反抗不平衡的權力結構。

時至當下，在全球化多元共生，雜語橫陳的語境之下，尋求特定的文化身份問題顯得尤其急迫和複雜。女性問題，無論指涉到哪個方向，因為其潛在的政治傾向性（這一點恰恰與後殖民主義不謀而合），顯得極為特殊和引人注目。在第一世界的文學文本與文學批評日益沉溺於文學遊戲的今天，第三世界文學女性文學中那種抑止不住的人類意識與性別意識，鮮活的他者話語、以及獨特的敘事策略，將會為殖民地文化乃至全球文化的持續發展注入了新鮮血液，提供了內在的生命力，只有借鑒它們、吸取養分才能解構帝國主義的殖民文化策略，縮小東西方的差距，真正向著殖民地解放、女性解放乃至全人類解放的目標邁進。中國與馬來西亞多元化的女性創作以「和而不同」的身份立場尊重差異，尊重個體的存在和自由，最後必定能建構自己真正的女性主體和女性話語，讓第三世界的女性創作引起廣泛的重視。

結語

結語

在新的二十一世紀，要求實現世界經濟一體化，而在文化上希望實現多元文化共存，這已逐漸成為多數人們的共識。誠如羅素早在 1921 年來中國演講時就說過：「不同文化的交流是世界文化發展的動力。」由於高科技的迅速發展，人類進入了信息時代。彼此生活在一個地球上，不同的文化之間，要提倡相互交流、理解、寬容和合作互補、以利於不同的國家和民族共同發展。文學正是文化中最活躍的因素，人是感情動物，不同的文學正是通過訴諸情感而比較易於實現溝通和理解。而我選擇大陸和馬華女作家的小說作品來做比較研究，就是想通過不同文學場域的交流，來促進不同文化之間溝通，實現一個多元共存，和諧互補，共同進步的人文環境，更何況大陸與馬華兩地的女作家共同擁有的還是割捨不去的中華文化血緣關係。

馬來西亞自獨立建國以後，馬華本土的女作家就相繼崛起文壇，經過幾十年的努力和執著，積累了豐富的作品和杰出的藝術風格，為文學的研究者提供了有價值的研究對象。而大陸女作家作為一個性別群體的文化群體代言人，早在五四運動的文學革命中就參與了文學創作，新文化允諾了女性說話的權利，大陸女性文學在經過時代的洗禮後更顯光彩，視野更開闊。所以選擇兩地女性文學來作比較研究這麼一個特殊的視角，是完全可以在深化女性文學研究這個板塊及在研究過程中發揮它獨特的作用。這實際上也意味著充分的認識和肯定了研究對象自身所具有的豐富性。

隨著對多元文化的深入討論以及民族、種族意識的逐漸成熟，身份問題成為人們關注的焦點。有論者就認為，我們生活在一個看重身份的世界裏。身份的重要性在於它從理論上來說是一個觀念，而且還在於它是當代政治生活中的一個競爭事實。文化身份（cultural identity）又可譯介為文化認同，在面對海外華文文學的研究中，這種對文化身份追問的一個主要方面就是訴諸海外華文文學創作中的民族本質特徵和帶有民族印記的文化本質特徵。因為就進行比較文學研究的比較視域來看，華裔越是在遠離中國本土的文學創作中，越是容易在外域民族語境和異質文化景觀下凸顯出自身中華民族的印記以及中國文化的本質特徵。這即是說，文化身份是「他者」在自我文化的影射中出現。而本論文所指的文化身份，它其實反映了兩地女性各自的歷史經驗與文化符碼，給她們提供一個穩定和連續的指涉的意義框架，並通過各自的歷史經驗與文化符碼，發出自我的聲音。所以說，文化身份的形成，是社會各種不同利益群體的成員，在共同的生產活動和精神活動中所形成的特有的思想方式、行為方式和感覺方式，所產生的集體意識和集體身份。[1]以此為據，在瞭解了馬華女性作家寫作的文化語境及其文化身份的建構與形成的現實依據後，本論文才試就把它與大陸的女性小說擺在一塊，以女性主義文學批評的理論基點和操作方法來呈現兩地女性在現實生活和文學話語中的處境，從其書寫中的不同詮釋裏去做出剖析，並進而確定文化語境與身份的差異對兩地女性文學整體意義的重要和不可分割。

而且，女性主義文學寫作的重重困難還在於：它必須在被書寫的歷史命運和複雜的現實社會關係中辨認自己的身份和主體性，又必須在自我之外的文化空間定位自身和展開主體性的想像，同時

---

[1] 埃里克‧埃里克松，張京媛主編，《新歷史主義與文學批評》，北京大學出版社，1997，第 71 頁。

還要有性別意識與文學意識的雙重自覺。所以不管在身份的本土追尋或是族群散居的漂泊流離，或許只有不斷展開的探索與對話，女性才能通向光明的未來。在這個意義上，「女性意識」、「女性主體性」、「女性主義文本」等均不是一種教條式的理念，而是一種尋找的姿態，一種對話方式，一種在獨特對話中生成新的自我的過程。所以，本論文在兩地女性書寫中去見證她們生命和寫作裏所經歷的理想漂流，以及她們創作的位置和轉移的視野，從而能夠為我們從性別的角度中去審視一個嶄新的文藝審美觀。

除此之外，在女性主義文學的觀照下，兩地女性文學的視野得以充分突現。文學的女性視野，廣泛地說，不僅包括女性作家創作的文學作品，而且也包括作品中的女性生活的描寫，還可以是文學作品中隱含的女性意識。所以，兩地女作家有關女同性戀的書寫其實就蘊含著積極的女性意識和政治主張，試圖為女同性戀者在父權制社會中爭取一席之地。書寫此類題材讓她們給讀者留下了一個「顛覆者」的形象，這不僅包括打破禁忌和改變生活方式，而且包括對男權有力的反抗，並希望「女人彼此聯繫並創造女人新意識」，[2]將女同性戀主題視為追求解放女人的理想目標。而女性主義批評在文化話語中也滲透改變了而且正在改變人們從前習以為常的思維方式，使傳統的性別角色定型觀念受到前所未有的衝擊，這也為此研究提供了一個新視野。

在兩地女作家的小說文本裏，我們也應把解讀的出發點放在女性的經驗上，因為傳統的文學批評裏，隱含了太多的男性父權制的標準，抹殺了女性的性別存在，讓女性變成文學或文化的消極接受者，而不是積極的創造者。同時，我們也不應把女性主體看成是不變的絕對的東西。無論女性主體，或女性主體的經驗範圍，都是隨

---

[2] 周華山：《同志論》，香港同志研究社，1995年，第108頁。

著時間在變動著，它們呈現一種「散播式」的狀態，需要隨時結合歷史的語境進行界定。與此同時，女性主義文學批評對文學的中介——語言展開了批判。語言是歷史文化的產物，深深積澱了父權制確立以來對女性的歧視觀念，批判男性父權中心必須同時批判或清理語言中壓制女性的成分。所以，為了批判男性語言的霸權性，兩地女作家於是在作品中呈現出「女性寫作」的主張，除了剔除有限的明顯具有男性構詞法的詞彙外，所謂的「女性寫作」對她們來說還可充分展現其獨特的軀體和欲望的一種實踐，以此和男性的理智寫作相對立，也使得女作家們的創作有了更多的選擇的自由，直接造成了兩地女性創作的繁榮和風格的多元。

西蘇的《美杜莎的笑聲》一文是肯定女性寫作的特徵和力量的代表作。她肯定了「身體敘事」的優異之處和生命中巨大的創造力及駕馭語言的力量，以此反對傳統的話語體系。從大陸的陳染到馬華的黎紫書，她們以書寫身體洞開女性生命之門，大膽表現女性真實的情感欲望乃至隱秘的性體驗，並以此對男權倫理秩序、欲望特權及閱讀經驗都形成了極大的挑戰性和衝擊力，冀能鬆動陽性價值體系中二分法僵化思考模式，企圖以多元化、開放性（openness）與尊重差異的理念為女性尋求更廣闊的生存空間。但兩地女作家若將感官性抬到並取代感性業已達到的高度，也就是「身體性」，當作女性存在的最後的根據，不容否認是對男權文化有一定的顛覆性和積極性，對女性文學的創造意識來說也深具獨特性。但這種「身體性」的自我堅守或自我膨脹，最終會不會只剩下衛慧《上海寶貝》等所謂「以身體寫作」的小說，只能剩下一個純粹的感官性的肉體，這其實也是兩地女作家要正視的傾向。

另一方面，雖然女性主義的總體傾向是超越文化的矛盾而強調性別的矛盾，但在後殖民的文化衝突的環境中，西方女性主義的普泛化傾向便遭遇到一系列悖論。本來以為，遠沒有達到女性權利的

自覺程度的東方女性，會翹首以待西方女性的到來和對她們的啟蒙。真實情況卻是，「第三世界婦女」的身份是「雙重殖民化」的，她們既是相對於帝國主義（廣義的）的種族的奴隸，又是本民族男子的性別的奴隸，「第三世界婦女」乃是本土與外來的夫權制帝國主義意識形態的雙重犧牲品。如果西方女性主義者想要啟蒙或解放第三世界的婦女，就會淪為帝國主義男性殖民的幫凶；反之，如果她們轉而抗擊帝國主義的男權，又有同第三世界的對女性直接施行奴役的男權沆瀣一氣的危險。所以，不管是大陸或馬來西亞的女性，她們身份、遭遇及面對的壓迫都造成了西方女性身份的矛盾。

在這種背景下，在兩地女性作家的小說作品裏呈現出來的話語，實際上是西方女性從來聽不到的聲音。女性主義理論的關注點在這裏發生了明顯的變化，因此對第三世界婦女的社會性別的考察也就必須置其於具體的階級、種族、族群、國家、文化和歷史中去確定。所以，我在論文中嘗試從不同於西方文化的視角去闡明大陸和馬來西亞兩地第三世界婦女的能動作用，切實的瞭解她們在想些什麼，她們面對「雙重殖民化」究竟作何選擇？並探尋了她們之間存在的由於階級、種族、文化背景等不同所造成的差異性，進而反思兩地女性小說在第三世界女性主義中的文學意義。

雖然馬華與大陸女作家的作品表現側重各有不同，藝術形態資質各異，但不管在具體的敘事方式、主題選擇及表現形式上，或在表現女性抽象的內心感受，心理流程，情感世界，生存處境方面，都有著某種一致性。需要特別強調的是，雖然這些女作家在營造自己文學世界的時候具有或隱或現的女性意識和女性立場，但她們並不以此自限，而是立足女性世界，向外生發和延展，思考的面向和涉及的領域，常常超出女性範疇，而針對人類共同面臨的問題。於是，她們作品的意義和價值，也就不僅僅止於女性層面，而有著更為深廣的涵蓋和包容。本選題研究的重點就大陸與馬華女性小說的

比較研究，通過翔實的資料和具體分析，去總結兩地女作家的創作在文學史上的意義與關係，並肯定交流所並發的光彩。這研究雖不算突破，但相對於馬華文學評論史上的空洞，還算是彌足珍貴的。從這裏出發，或許我們可以期待馬華的女性文學在大陸女性文學的參照下和對整個「華語語系文學」（Sinophone Literature）發展歷史過程中產生新的富有挑戰意味和發展潛力的啟發。

後記

　　本書是由我的博士論文修改而成，博士畢業以後，因為各種雜務耽擱，出版的事就一拖再拖。時隔兩年再次閱讀和修改自己的博士論文，總覺得存有不少欠缺之處，但是想想人生無處不遺憾，也就釋然。

　　回想當初剛從馬來西亞前來中國南京進修，除了要面對生活的轉變，還要面對學習的壓力。幸好遇到恩師楊洪承教授的不辭勞苦，在學習上對我諄諄教誨，生活上也不時關心，讓我這個從異國前來進修的學子倍感溫馨與感動。因為自己積累不足、眼界不夠開闊、基礎不深、所以想必給老師帶來很大的壓力。在學習期間，老師帶我參加學術會議，使我受惠良多；在論文寫作上，從選題到開題、從構思到寫作、直到反覆修改論文過程中，也不斷地給於敦促與點撥。老師為我付出的心血，時間和精力實在太多了。老師的深厚學養和敏銳眼光使我受益匪淺，他那嚴謹誠樸的學術風範和人格魅力，將是我一輩子難於忘懷和感激的。

　　在大陸攻讀我的博士學位，進入文學的系統學習和研究，給我極大的壓力，但有機會與大陸同門學友共同探討，相互啟發，使我獲益良多。我在攻讀期間也大量補修了文學理論類的有關課程。但是毫無疑問的，論文還存在不少的缺陷，而選擇大陸與馬來西亞的女作家的小說作品來做比較研究是希望兩地的華文文學能產生更多的對話與交流。博士學位論文的寫作只意味著一段學習和學術訓練的結束，卻意味著更漫長的路要走，我必須加強自我理論修

養，展開對這一論題和相關話題的探索與討論，以期推向更深入的思考。

最後讓我深懷感激的是我的父母，特別是已離世的父親，是他把我帶進中國文學的浩瀚海洋，提供了我成長過程中所需要的諸多養份，讓我終生受益。我希望我的努力能告慰父親在天之靈，是他讓我有勇氣把這篇拙作變成鉛字，並繼續在文學的路上一路走去。

生命之旅仍在繼續。

參考文獻

（一）論著

孟悅、戴錦華：《浮出歷史地表》，河南人民出版社，1988 年。

饒芃子：《比較詩學》，西安：陝西師範大學出版社，2000 年。

饒芃子：《世界華文文學的新視野》，中國社會科學出版社，2005 年 3 月。

王寧、薛曉源編：《全球化與後殖民批評》，中央編譯出版社，1998 年。

饒芃子、費勇：《本土以外：論邊緣的現代漢語文學》，中國社會科學出版社，1998 年。

張德明：《批評的視野》，上海社會科學院出版社，2004 年。

暢廣元：《文學文化學》，遼寧人民出版社，2000 年。

童慶炳等編：《全球化語境與民族文化、文學》，中國社會科學出版社，2002 年。

張旭東：《批評的踪迹——文化理論與文化批評 1985-2002》，北京三聯書店，2003 年。

林樹明：《多維視野中的女性主義文學批評》中國社會科學出版社，2004 年。

李仕芬：《女性觀照下的男性》，臺北聯合文學出版社，2000 年。

艾雲：《用身體思想》，江蘇人民出版社，2003 年

姚玳玫：《想像女性》，中國社會科學出版社，2004 年。

簡瑛瑛編：《女性心／靈之旅——女族傷痕與邊界書寫》，臺北女書文化事業有限公司，2003 年。

張小虹編：《性／別研究讀本》，臺北麥田出版，1998 年。

張抗抗編：《女性身體寫作及其他》，上海：文匯出版社，2005 年。

王一川：《語言烏托邦》，雲南人民出版社，1994 年。

郁達夫：《新文學大系・散文二集》，上海良友圖書出版公司，1955 年。

王吉鵬等編著：《中國百年女性文學批評》，吉林人民出版社，2001 年。

高鴻：《跨文化的中國敘事——以賽珍珠、林語堂、湯亭亭為中心的討論》，
　　上海三聯書店，2005 年 8 月。

張京媛主編：《當代女性主義文學批評》，北京：北京大學出版社，1992 年。

張京媛主編：《後殖民理論與文化認同》，臺北：麥田出版社，1995 年。

張京媛主編，《新歷史主義與文學批評》，北京大學出版社，1997 年。

張京媛主編：《後殖民理論與文化批評》，北京：北京大學出版社，1999 年。

劉象愚、羅鋼主編：《文化研究讀本》，中國社會科學出版社，2000 年 9
　　月版。

羅鋼、劉象愚編：《後殖民主義文化理論》，中國社會科學出版社，1999 年。

王政：《女性的崛起——當代美國的女權運動》，當代中國出版社，1995 年。

周華山：《同志論》，香港同志研究社，1995 年。

劉思謙：《女人的船和岸》，河北教育出版社，2002 年。

福柯著，嚴鋒譯：《性的選擇》，上海人民出版社，1997 年。

楊洪承：《文學社群文化形態論》，安徽文藝出版社，1998 年。

錢銘怡等：《女性心理與性別差異》，北京大學出版社，1995 年。

陳素琰：《文學廣角與女性視野》，廣州：花城出版社，1988 年。

李小江：《女性審美意識探微》，河南人民出版社，1989 年。

張小虹：《後現代／女人：權力，欲與性別表演》臺北時報出版社，1993 年。

申丹：《敘述學與小說文體研究》，北京大學出版社，1998 年。

劉思謙等：《文學研究：理論方法與實踐》，河南大學出版社，2004 年。

荒林：《新潮女性文學導引》，湖南文藝出版社，1995 年。

盛英：《中國女性文學新探》，中國文聯出版社，1999 年。

林樹明：《性別與文學》，重慶出版社，1977 年。

梅家玲編：《性別論述與臺灣小說》，臺灣麥田出版社，2000 年。

閻純德：《二十世紀中國女作家研究》，北京語言文化大學出版社，2000 年。

西慧玲：《西方女性主義與中國女作家批評》，上海社會科學出版社，
　　2003 年。

樂黛雲：《比較文學與比較文化十講》，復旦大學出版社，2004 年。

王周生：《關於性別的追問》，上海：學林出版社，2004 年。

李有亮：《給男人命名——20 世紀女性文學中男權批判意識的流變》，北京：社會科學文獻出版社，2005 年。

顧燕翎編：《女性主義理論與流派》，臺北女書文化事業有限公司，1996 年。

張小虹編：《性／別研究讀本》，臺北麥田出版，1998 年。

張小虹：《性別／越界——女性主義文學理論與批評》，聯合文學出版社，1995 年。

簡瑛瑛編：《當代文化論述：認同、差異、主體性：從女性主義到後殖民文化想像》，臺灣：立諸文化事業有限公司，1997 年。

羅婷等：《女性主義文學批評在西方與中國》中國社會科學出版社，2004 年。

黃華：《權力，身體與自我——福柯與女性主義文學批評》，北京大學出版社，2005 年。

鮑曉蘭主編：《西方女性主義研究評介》，三聯書店，1995 年版。

周蕾：《婦女與中國的現代性》，臺北：麥田出版社，1995 年。

林丹婭：《當代中國女性主義史論》，廈門大學出版社，2003 年。

陳賢茂、吳奕錡、陳劍輝、趙順宏著：《海外華文文學史初編》，廈門鷺江，1993 年。

陳賢茂編：《海外華文文學史》四冊，廈門：鷺江，1999 年。

王列耀：《隔海相望——東南亞華人文學中的「望」與「鄉」》，中國社會科學出版社，2005 年。

彭志恒：《中國文化與海外華文文學》，北京：中國文聯出版社，2000 年。

韓方明：《華人與馬來西亞現代化進程》，北京：商務印書館，2002 年。

王潤華、白豪士編：《東南亞華文文學》，新加坡：新加坡歌德學院與新加坡作協，1988 年。

王胤武：《中國與海外華人》，臺北商務出版社，1994 年。

黃萬華：《文化轉化中的世界華文文學》，中國社會科學出版社，1999 年。

黃萬華：《新馬百年華文小說史》，山東文藝出版社，1999 年。

黃萬華、戴小華編：《全球語境・多元對話・馬華文學》，山東文藝，2004 年。

崔貴強：《新馬華人國家認同的轉向：1945-1959》，廈門大學出版社 1989 年。

方修：《馬華新文學簡史》，星洲萬里書局，1974年。

方修：《馬華新文學史稿——修訂本》（上、下卷），新加坡世界書局，1976年。

馬侖：《馬華當代文學選》第二輯（小說），馬來西亞華人文化協會，1984年。

謝詩堅：《馬來西亞政治思潮演變》，檳城：友達企業，1984年。

何啟良：《文化馬華：繼承與批判》，吉隆坡：十方出版社，1999年。

林開忠：《建構中的「華人文化」：族群屬性，國家與華教運動》，吉隆坡：華社研究中心，1999年。

許文榮：《極目南方——馬華文化與馬華文學話語》，新山：南院，中協出版，2001年。

張錦忠編：《重寫馬華文學史論文集》，臺灣：國立暨南國際大學東南亞研究中心，2004年。

張錦忠：《南洋論述：馬華文學與文化屬性》，臺北：麥田出版，2003年。

黃錦樹：《馬華文學與中國性》，臺北元尊文化企業股份有限公司，1998年。

黃錦樹：《馬華文學：內在中國、語言與文學史》，吉隆坡：華社資料研究中心，1996年。

張永修，張光達等主編：《辣味馬華文學》，雪蘭莪中華大會堂，2002年。

陳大為、鍾怡雯、胡金倫編：《赤道回聲——馬華文學讀本 II》，臺北：萬卷樓圖書股份有限公司，2004年。

凱特·米利特著，宋文偉譯：《性政治》，江蘇人民出版社，2000年。

陶莉·莫依著，林建法，趙拓譯：《性與文本的政治——女性主義文學理論》，長春：時代文藝，1992年。

西蒙娜·德·波伏娃著，陶鐵柱譯：《第二性》，北京中國書籍出版社，1998年。

J.丹納赫等著，劉瑾譯：《理解福柯》，天津百花文藝出版社，2002年。

Patricia Ticineto Clough 著，夏傳位譯：《女性主義思想：欲望、權力及學術論述》，臺北：巨流圖書有限公司，1997年。

〔美〕愛森卓著，楊廣學譯：《性別與欲望：不受詛咒的潘朵拉》，中國社會科學出版社，2003年。

〔美〕葛爾‧羅賓等著，李銀河譯：《酷兒理論》，北京：文化藝術出版社，2003 年。

〔英〕瑪麗‧伊格爾頓編，胡敏等譯：《當代女性主義文學批評》，湖南文藝出版社，1989 年版。

〔美〕蘇珊‧S‧蘭瑟著，黃必康譯：《虛構的權威──女性作家與敘述聲音》，北京大學出版社，2002 年。

〔英〕厄內斯特‧蓋爾納著，韓紅譯：《民族與民族主義》，北京：中央編譯出版社，2002 年。

〔澳〕杰梅茵‧格里爾著，〔澳〕歐陽昱譯：《女太監》，百花文藝出版社，2002 年。

〔英〕塔姆辛‧斯巴格著，趙玉蘭譯：《福柯與酷兒理論》，北京大學出版社，2005 年。

（二）研究論文

王德威：〈華語語系文學：邊界想像與越界建構〉，《中山大學學報》，2006 年第 5 期。

江迅：〈女作家惡鬥文字是子彈〉，《亞洲周刊》，2001 年 7 月 30 日。

韓曉晶：〈復甦的性別──後新時期女性主義小說探索〉，中國人民大學複印資料《中國現代當代文學研究》，1995 年第 3 期。

王侃：〈九十年代女性文學的主題與修辭〉，《文學報》，2000 年 7 月 6 日。

陳惇：〈形象學〉；孫景堯、謝天振編，《比較文學》，1997 年 7 月。

孟華：〈比較文學形象學論文翻譯、研究札記〉；孟華主編《比較文學形象學》，北京大學出版社 2001 年 7 月版。

楊照：〈向女性世界回歸的未竟旅程：悼邱妙津與商晚筠〉，中國時報，1994 年 9 月 17 日。

王開平：〈孤獨之影（主題人物：黎紫書）〉，聯合報，1999 年 4 月 5 日。

雷達：《在當代中國女作家參照下，看戴小華、柏一、李憶莙、曾沛的創作》，馬華文學國際研討會論文，馬來西亞華文作家協會／馬來亞大學中文系畢業生協會主辦，2001 年。

〔美〕D.C.霍伊，張妮妮譯：〈批判的抵抗──福柯和布爾迪厄〉，《國外社會科學》，1996 年第 1 期。

弗・杰姆遜，張京媛譯：〈處於跨國資本主義時代的第三世界〉，《當代電影》，1989 年第 6 期。

〔加拿大〕張裕禾／錢林森：〈關於文化身份對話〉，《跨文化對話》第 9 輯，上海文藝出版社，2002 年 7 月版。

陳志明：〈華裔和族群關係的研究──從若干族群關係的經濟理論談起〉，《中央研究院民族學研究所季刊》69 期，1990 年。

陳染、蕭鋼：〈另一扇開啟的門〉，《花城》，1996 年第 2 期。

楊錦鬱：〈走出華玲小鎮──訪大馬作家商晚筠〉，《幼獅文藝》1988 年 12 月 420 期。

徐坤：〈重重簾幕密遮燈：九十年代的中國女性文學寫作〉，《作家》1997 年第 5 期。

朱崇儀：〈陰性書寫能被視為一種新文類嗎？一個比較文學方法論〉，佛光大學籌備處，臺北：松隆道場，文學研討會發表論文，1995 年。

陳寧、喬以鋼：〈論五四女性情愛主題寫作中的邊緣文本和隱形文本〉，《學術交流》，2002 年第 1 期。

張抗抗，劉慧英：〈關於「女性文學」的對話〉，《文藝評論》1990 年第 5 期。

瞿永明：〈天使在針尖上舞蹈〉，《芙蓉》，1999 年第 6 期。

南帆：〈軀體修辭學：肖像與性〉，《文化爭鳴》，1996 年第 4 期。

黃逸民：〈女性主義的貢獻與盲點〉，《中外文學》1992 年 2 月第 21 卷，第 9 期。

胡彥：〈女性寫作：從身體到經驗〉，《當代文壇》，1996 年 3 期。

魏天真：〈慎重對待身體〉，《讀書》，2004 年第 9 期。

（三）文集、作品

1.馬華女性小說

《馬華文學大系──短篇小說》（一）（二）馬來西亞華文作家協會，2001 年。

《馬華文學大系——中長篇小說 1965-1996》馬來西亞華文作家協會，2002 年。

《擺蕩經緯間》，吉隆坡：馬大中文系畢業生協會，1997 年 5 月。

《最初的夢魘——海外華人文學作品集》，北京現代出版社，1993 年。

《她們的小說》，星加坡：皇冠出版企業公司，1983 年。

《三相逢——海外華文女作家小說選集》，臺北：爾雅出版有限公司，1993 年。

《花踪文匯一》，八打靈：星洲日報，1992 年。

《花踪文匯六》，八打靈：星洲日報，2003 年。

劉紹銘，馬漢茂編：《世界中文小說選‧馬來西亞卷》，時報出版社，1987 年。

黃錦樹編：《一水天涯——馬華當代小說選》，臺北麥田出版，1998 年。

黃錦樹編：《別再提起——馬華當代小說選 1997-2003》，臺北麥田出版，2004 年。

陳大為等編：《馬華文學讀本 I：赤道形聲》，萬卷樓圖書股份公司，2000 年。

鞠藥如：《泣犬》，砂勝越華文作家協會，1988 年。

鞠藥如：《貓戀》，砂勝越星座詩社，1992 年。

商晚筠：《痴女阿蓮》，臺北：聯經出版社，1977 年。

商晚筠：《七色花水》，臺北：遠流出版公司，1991 年。

商晚筠：《跳蚤》，馬來西亞：南方學院馬華文學館，2003 年。

黎紫書：《天國之門》，臺北：麥田出版，1999 年。

黎紫書：《山瘟》，臺北：麥田出版，2001 年。

黎紫書：《我們一起看飯島愛》，星洲日報，2005 年 12 月 11 日。

賀淑芳：《像男孩一樣黑》，南洋商報，2006 年 3 月 7、11、14、18 日。

柏一：《水仙花之約》，學人出版社，1993 年。

柏一：《紅瘋子》，彩虹出版有限公司，1999 年。

朵拉：《十九場愛情演出》，石頭出版股份有限公司，1991 年。

李憶莙：《春秋輪轉》，彩虹出版有限公司，1996 年。

李憶莙 ：《鏡化三段》，彩虹出版有限公司，1999 年。

李憶莙：《李憶莙文集》，廈門：鷺江，1995 年。

戴小華：《闖進靈異世界》，人民文學出版社，1998 年 5 月。

戴小華：《深情看世界》，河北教育出版社，1996 年。

方娥真：《畫天涯》，臺北：皇冠出版社，1980 年。

愛薇：《變調的歌》，彩虹出版有限公司，1999 年。

芸亦塵：《渡越》，居鑾曙光出版社，1982 年。

唐珉：《津渡無涯》，馬來西亞華文作家協會，1991 年。

孫彥莊：《如果生命能 U 轉》，彩虹出版有限公司，1999 年。

林艾霖：《天堂鳥》，學人出版社，1998 年。

艾斯：《萬水千山》，彩虹出版有限公司，1998 年。

2.大陸女性小説

《丁玲全集》，石家莊：河北人民出版社，2001 年。

《廬隱文集》，北京燕山出版社，1988 年。

《凌叔華文集》，北京燕山出版社，1988 年。

《蘇青文集》，上海書店出版社，1994 年。

《草明小說選》，上海文藝出版社，1979 年。

《張愛玲文集》，合肥：安徽文藝出版社，1992 年。

《王安憶自選集》，北京：作家出版社，1996 年。

《林白文集》，江蘇文藝出版社，1997 年。

《陳染文集》，江蘇文藝出版社，1996 年。

《鐵凝文集》，江蘇文藝出版社，1996 年。

梅娘：《魚、蚌、蟹》，華夏出版社，1998 年。

韋君宜：《女人集》，人民文學出版社，1999 年。

竹林：《女巫》，人民文學出版社，1991 年。

徐坤：《女媧》，河北教育出版社，1995 年。

查建英：《留美故事》，河北：花山文藝出版社，2003 年 5 月。

虹影：《女子有行》，臺灣：爾雅出版社，1997 年 2 月。

虹影，趙毅衡編：《距離》，北京：中國工人出版社，2001 年。

虹影，趙毅衡編：《沙漠與沙》，北京：中國工人出版社，2001 年。

林白：《玻璃蟲》，北京：作家出版社，2000 年。

九丹：《新加坡情人》，武漢：長江文藝出版社，2002 年。

徐坤：《性情男女》，中國青年出版社，2001 年。

徐坤：《含情脈脈》，天津：百花文藝出版社，1999 年。

池莉：《你是一條河》，時代文藝出版社，1993 年。

張抗抗：《情愛走廊》，瀋陽：春風文藝出版社，1996 年。

張辛欣：《在同一地平線上》，三民書局股份有限公司，1988 年。

王安憶：《長恨歌》，北京：作家出版社，1996 年。

趙玫：《高陽公主》，中國青年出版社，1995 年。

衛慧：《上海寶貝》，瀋陽：春風文藝出版社，1999 年。

棉棉：《鹽酸情人》，上海：三聯書店，2000 年。

徐小斌：《羽蛇》，人民文學出版社，2004 年。

（四）外文參考文獻

Adkins, L., Merchant, V. ed., *Sexualizing the Social Power and the Organization of Sexuality*, London: Macmillan, 1996.

Amy Gutmann ed., *Multiculturalism: Examining the Politics of Recognition,* Princeton: Princeton University Press, 1994.

Amy K.Kaminsky, *After Exile: Writing the Latin American Diaspora*, Minneapolis: University of Minnesota Press, 1999.

Anne Loedt, Ellen Levine, Anita Rapone ed., *Radical Feminism*, New York: Quadrangle Books, 1973.

Anthony King, ed., *Culture, Globalization and the world system*, Minneapolis: University Of Minnesota Press, 1997.

B.N.Cham, ed., *Development and Underdevelopment in Southeast Asia*, Ottawa: Canadian Society for Asian Studies, 1977.

B.Warland, ed., *Inversions: Writing by Dykes, Queers & Lesbians*, Vancouver: Press Gang Publisher, 1991.

Cary Nelson, Lawrence Grossberg, ed., *Marxist Interpretation of Culture, Education*, Basingstoke, 1988.

Cf.Julia Kristeva, trans.Anita Barrows, *About Chinese Women*, New York: Urizen Books, 1997.

Chandra Mohanty, Ann Russo, Lourdes, eds., *Third World Women and the Politics of Feminism*, Bloomington: Indiana University Press, 1991.

Chris Jenks, *Culture*, London: Routledge, 1993.

Clifford Geertz, *The Interpretation of Cultures*, London: Hutchinson, 1975.

G.C.Spivak, *In the Other World: Essays in Cultural Politics*, New York: Methuen, 1987.

Grant, L.Sexing Millennium, *A Political History of the Sexual Revolution*, Harper Collins Publishers, London, 1993.

Halperin, D.M. Saint Foucault, *Towards a Gay Hagiography*, Oxford University Press, New York, Oxford, 1995.

Hanna F.Pitkin, *Wittgenstein and Justice* , Berkeley: University of California Press, 1972.

Helene cixous's, Catherine Clement, trans.Betsy Wing, *The Newly Born Woman*, Minneapolis: University of Minnesota Press, 1986

Helene cixous's, Sellers, Susan, *Autobiography, and Love*, UK: Cambridge Polity Press, 1996.

Isaiah Berlin, *Four Essays on Liberty*, London: Oxford University Press, 1969.

Jaggar, A.M., Young, I.M., *A Comparision to Feminist Philosophy*, Blasckwell Publishers, 1998.

James Clifford, *Routes: Travel and Translation in the Late Twentieth Century*, Cambridge: Harvard University Press, 1997.

James V.Jesudason, *Ethnicity and the Economy: The State, Chinese Business, and Multinationals in Malaysia*, Singapore: Oxford University Press, Oxford New York, 1990.

Judith Butler, *Gender Trouble: Feminism and the Subversion of Identity*, Routledge, 1999.

Julian Wolfreys ed., *Literary Theories: A Reader and Guide*, Edinburgh: Edinburgh University Press, 1999.

Kathryn Woodward ed., *Identity and Difference,* London: Sage Publications and the Open University, 1997.

Kelly Oliver ed., *Ethics, Politics and Difference in Julia Kristeva's Writing,* New York and London: Routledge, 1993.

Kua Kia Soong, ed., *National Culture and Democracy,* Kuala Lumpur: Kersani Penerbit, 1985.

Mahathir Mohamad, *Jalan Ke Puncak,* Sealngor: Pelanduk Publication, 1999.

Mahathir Mohamad, trans. Ibrahim bin Saad, *Dilema Melayu,* Kuala Lumpur & Singapore: Times Books International, 2001.

Mary Evans, *Introducing Contemporary feminist Thought,* Cambridge: Polity Press, 1977.

Mohammad A.Quayum, Peter C.Wicks eds. *Malaysian Literature in English: A Critical Reader,* Petaling Jaya: Longman, 2001

Nicholas Mirzoeff ed., *Diaspora and Visual Culture,* London and New York: outledge, 2000.

Peter du Preez, *The Politics of Identity: Ideology and the Human Image,* Oxford: basil Blackwell, 1980.

Ranger, T.& Hobsbawn, E.ed., *The Invention of Tradition,* London: Cambridge University Press, 1983.

Rey Chow, *Ethics after Idealism: Theory-Culture-Ethnicity-Reading,* Bloomington: Indiana University Pressn, 1998.

Sharon K.Hom, ed., *Chinese Women Traversing Diaspora: Memoirs, Essays, and Poetry,* New York: Garland Publishing, Inc., 1999.

Shiach, Morag, Helene Cixous, *A Politics of Writing,* London and New York: Routledge, 1991.

Tee Kim Tong, *Literary interference and the Emergence of a Literary Polysystem,* Doctorate dissertation, National Taiwan University , (unpublished), 1997.

Wignesan, T., *Invisiblility or Marginality: Identity Crisis in the Literature of Malaysia and Singapore,* Komparatistische Hegte 7, 1983.

W.Somerset Maugham, *Ten Novels and Their Authors,* London: W.Heinemann, 1954.

新銳文學叢書　PG0694

新銳 文創
INDEPENDENT & UNIQUE

當代大陸
與馬華女性小說論

作　　者	楊啟平
責任編輯	鄭伊庭
圖文排版	楊家齊
封面設計	王嵩賀

出版策劃	新銳文創
發 行 人	宋政坤
法律顧問	毛國樑　律師
製作發行	秀威資訊科技股份有限公司
	114 台北市內湖區瑞光路76巷65號1樓
	電話：+886-2-2796-3638　傳真：+886-2-2796-1377
	服務信箱：service@showwe.com.tw
	http://www.showwe.com.tw
郵政劃撥	19563868　戶名：秀威資訊科技股份有限公司
展售門市	國家書店【松江門市】
	104 台北市中山區松江路209號1樓
	電話：+886-2-2518-0207　傳真：+886-2-2518-0778
網路訂購	秀威網路書店：http://www.bodbooks.com.tw
	國家網路書店：http://www.govbooks.com.tw

出版日期	2012年3月BOD一版
定　　價	300元

國家圖書館出版品預行編目

當代大陸與馬華女性小説論 / 楊啟平著. --
一版. -- 臺北市：新創文學, 2012.03
面；　公分.
BOD版
ISBN　978-986-6094-59-0（平裝）

1.中國小説　2.馬來文學　3.現代小説
4.女性文學　5.比較研究

820.9708　　　　　　　　101001169

讀者回函卡

感謝您購買本書，為提升服務品質，請填妥以下資料，將讀者回函卡直接寄回或傳真本公司，收到您的寶貴意見後，我們會收藏記錄及檢討，謝謝！如您需要了解本公司最新出版書目、購書優惠或企劃活動，歡迎您上網查詢或下載相關資料：http:// www.showwe.com.tw

您購買的書名：＿＿＿＿＿＿＿＿＿＿＿＿＿＿＿＿＿＿＿＿＿

出生日期：＿＿＿＿＿年＿＿＿＿＿月＿＿＿＿＿日

學歷：□高中 (含) 以下　　□大專　　□研究所 (含) 以上

職業：□製造業　□金融業　□資訊業　□軍警　□傳播業　□自由業
　　　□服務業　□公務員　□教職　　□學生　□家管　□其它＿＿＿

購書地點：□網路書店　□實體書店　□書展　□郵購　□贈閱　□其他

您從何得知本書的消息？

　□網路書店　□實體書店　□網路搜尋　□電子報　□書訊　□雜誌

　□傳播媒體　□親友推薦　□網站推薦　□部落格　□其他＿＿＿＿＿

您對本書的評價：（請填代號　1.非常滿意　2.滿意　3.尚可　4.再改進）

　封面設計＿＿＿　版面編排＿＿＿　內容＿＿＿　文／譯筆＿＿＿　價格＿＿＿

讀完書後您覺得：

　□很有收穫　□有收穫　□收穫不多　□沒收穫

對我們的建議：＿＿＿＿＿＿＿＿＿＿＿＿＿＿＿＿＿＿＿＿＿

＿＿＿＿＿＿＿＿＿＿＿＿＿＿＿＿＿＿＿＿＿＿＿＿＿＿＿＿＿

＿＿＿＿＿＿＿＿＿＿＿＿＿＿＿＿＿＿＿＿＿＿＿＿＿＿＿＿＿

＿＿＿＿＿＿＿＿＿＿＿＿＿＿＿＿＿＿＿＿＿＿＿＿＿＿＿＿＿

11466
台北市內湖區瑞光路 76 巷 65 號 1 樓

秀威資訊科技股份有限公司　　　收

BOD 數位出版事業部

....

（請沿線對折寄回，謝謝！）

姓　　名：＿＿＿＿＿＿＿＿＿　年齡：＿＿＿＿＿　性別：□女　□男

郵遞區號：□□□□□

地　　址：＿＿＿＿＿＿＿＿＿＿＿＿＿＿＿＿＿＿＿＿＿＿＿

聯絡電話：(日) ＿＿＿＿＿＿＿＿＿　(夜) ＿＿＿＿＿＿＿＿＿

E-mail：＿＿＿＿＿＿＿＿＿＿＿＿＿＿＿＿＿＿＿＿＿＿＿